*los*
# SECRETOS
## DEL MULTIMILLONARIO

**Date: 04/16/21**

# *los* SECRETOS
## DEL MULTIMILLONARIO

### J.S. Scott

*traducción de Roberto Falcó*

AMAZON **CROSSING**

Título original: *The Billionaire's Secrets*
Publicado originalmente por Montlake Romance, Estados Unidos, 2017

Edición en español publicada por:
Amazon Crossing, Amazon Media EU Sàrl
38, avenue John F. Kennedy, L-1855 Luxembourg
Marzo, 2020

Impreso por: Ver última página

Primera edición digital 2020

ISBN Edición tapa blanda: 9782919805358

www.apub.com

# SOBRE LA AUTORA

J. S. Scott, prolífica autora de novelas románticas eróticas, es una de las escritoras con más éxito del género y ha ocupado los primeros puestos en las listas de libros más vendidos de *The New York Times* y *USA Today*. Aunque disfruta con la lectura de todo tipo de literatura, a la hora de escribir se inclina por su temática favorita: historias eróticas de romance, tanto contemporáneas como de ambientación paranormal. En la mayoría de sus novelas el protagonista es un macho alfa y todas tienen un final feliz, seguramente porque la autora no concibe terminarlas de otra manera. Vive en las hermosas Montañas Rocosas con su esposo y sus dos pastores alemanes muy mimados.

Entre sus obras destaca la serie «Los Sinclair», de la que forma parte la presente novela.

*Este libro está dedicado a mi hermana Beth, que nos dejó de forma inesperada y demasiado prematura el 30 de marzo de 2017. Fue una de las personas que más me apoyó, la mejor hermana y amiga que podría desear una mujer, y tenía muchas ganas de ver publicado el libro de Xander. Lamentablemente, no tuvo la oportunidad de leer esta historia, pero sé que ella sabía que nuestro protagonista acabaría teniendo su historia con final feliz, porque hablé con ella del argumento en varias ocasiones.*

*Te echo muchísimo de menos, Sissy, y mi vida no volverá a ser la misma sin ti. Gracias por todos los años de cariño y apoyo. Siempre vivirás en mis recuerdos y mi corazón.*

*Con todo mi cariño,*

*Jan*

# Prólogo

## Xander

*Un año antes…*

No sabía lo que se sentía al estar muerto, pero empezaba a sospechar que tal vez ya no me encontraba en este mundo y que había empezado a cumplir mi condena en las profundidades del infierno por todo lo que había hecho en la tierra.

Sentía un dolor inaguantable en todos los músculos y no podía controlar los pensamientos (¿o quizá eran recuerdos?) que inundaban mi cabeza. Intenté abrir los ojos, pero no pude aguantar el sufrimiento ni borrar las malditas imágenes.

Sí recordaba la necesidad irrefrenable de conseguir mi dosis y que había acudido a un camello de la zona más deprimida de la ciudad para conseguir la heroína. Al volver a casa la mezclé para poder pinchármela, porque fumada o esnifada apenas me hacía efecto. Estaba tan desesperado que necesitaba un alivio inmediato.

Y encontré la vena. Recordaba la intensa sensación de alivio en cuanto la droga empezó a fluir por mi cuerpo.

Apenas era consciente de lo que ocurrió luego hasta que los malditos sanitarios me dieron la madre de todas las descargas…, el antídoto para la sobredosis de opioides.

¡Mierda! Cómo odiaba ese medicamento que me había arrancado de la dulce sensación de olvido en la que me había sumido y había devuelto mi cuerpo a un estado de alerta, conciencia y padecimiento.

¿Cómo se atrevían a joderme el colocón?

—Esta vez casi no lo cuentas, Xander. ¿Se puede saber en qué diablos pensabas? —murmuró una voz grave y masculina junto a mi cama.

La reconocí de inmediato. En esta ocasión no se trataba de mi hermano Micah, sino de Julian. ¿Qué diablos hacía allí? Mi hermano mediano habría tenido que estar en el rodaje de su película. No pintaba nada en California.

Enseguida dejó de importarme cuál de los dos había venido a cuidar de mí por esta sobredosis en concreto. Qué más daba. No era la primera vez, ni mucho menos, pero casi siempre era Micah quien acudía al rescate.

Por desgracia, yo no estaba para fijarme en nada, solo podía pensar en el intenso dolor del síndrome de abstinencia.

¡Mierda! Lo único que quería era colocarme y que todo el mundo me dejara en paz. Quería olvidarme de mi existencia y trasladarme a un lugar donde mi única preocupación fuera cómo conseguir la siguiente dosis.

Sí, era un yonqui. Estaba seguro de haber caído ya a lo más bajo, aunque nunca llegué a acusar el golpe precisamente porque estaba demasiado colocado.

Empecé a temblar y el dolor se desplazó hasta la cabeza. Todo mi cuerpo era una agonía porque un imbécil había decidido devolverme a la realidad.

¡A la mierda la realidad! Llevaba años intentando huir de ella.

—¡Xander! ¿Me oyes? —me preguntó Julian con voz angustiada.

—Sí. Cállate —le solté. Sabía por experiencia que hablar solo serviría para agravar el padecimiento.

—¡Esto es increíble! ¿Cómo es posible que yo no supiera que eres adicto a la heroína?

Abrí los ojos para intentar ver a mi hermano, pero sentí una terrible punzada. Estaba en la cama del hospital.

—Porque normalmente es Micah quien viene cuando me pasa algo —respondí en tono inexpresivo. Poco me importaba que la gente supiera que era un adicto que necesitaba su dosis para sobrevivir.

Cuando asesinaron a mis padres, me refugié en el alcohol en un intento de mitigar el dolor de su pérdida y de las secuelas físicas que me dejó el ataque. Sin embargo, no lograba el efecto deseado y me di cuenta de que prefería la nada absoluta que me ofrecían las drogas. No era que no me gustara beber, pero necesitaba varias copas para olvidar quién era y qué me había pasado.

A decir verdad, habría preferido seguir recurriendo a los medicamentos que me habían prescrito y que tomaba desde hacía tres años para sobrellevar las secuelas de las heridas, pero el especialista decidió que había llegado el momento de que los dejara y se negó a recetarme más. Fue entonces cuando empecé a comprarlos en la calle. Y cuando estaba al borde de la desesperación, los mezclaba con heroína. Ese había sido uno de esos días «desesperados». ¿O había sido la noche anterior? Qué diablos, había perdido la noción del tiempo, pero ¿acaso importaba?

—Tienes que dejar esta mierda, Xander —declaró Julian con rotundidad—. No lo entiendo, antes odiabas las drogas. Recuerdo que me contabas que muchos de tus amigos rockeros las tomaban y decías que eran unos imbéciles. ¿Qué te ha pasado?

Observé su gesto angustiado y sentí un leve remordimiento. Sí, antes odiaba las drogas.

—Eso fue en otra vida —respondí.

3

—Es la misma vida, joder. La única que tienes —exclamó Julian, golpeando la barandilla de la cama con el puño—. Lo que has hecho es de idiotas.

—A lo mejor ya no me importa nada. Déjame en paz. Lárgate. ¿Acaso os he pedido ayuda en algún momento? —repliqué enfadado.

—No pienso irme a ningún lado hasta que te haya sacado de aquí —insistió con su habitual terquedad—. Luego te vendrás a la Costa Este conmigo para recuperarte. Hay un centro de rehab…

—No pienso volver a rehabilitación —gruñí. El dolor del síndrome de abstinencia se había apoderado de todo mi cuerpo—. ¿Por qué no podéis dejarme en paz de una vez Micah y tú? Él está saliendo con alguien y ambos sois felices. Vete a la Costa Este y déjame hacer con mi libertad lo que me dé la santa gana.

Julian me lanzó una mirada de decepción que me arredró fugazmente.

—Aunque no me guste lo que has hecho —insistió—, sigues siendo mi hermano pequeño. Vendrás conmigo.

—Ni hablar —repliqué.

—¿Qué se te ha perdido en California? Tu familia no está aquí y no creo que tengas muchos amigos. No has vuelto a grabar ni a dar conciertos. ¿Por qué quieres quedarte?

«Para drogarme todos los días sin que nadie me vea cuando me arrastro por las calles para conseguir mi dosis», pensé.

—Porque tengo una casa —repliqué—. Y es mi hogar.

—No me vengas con tonterías. Los Sinclair tenemos casas en todo el país y tú también tienes la tuya en Amesport. Una casa que te construyó Micah, por cierto.

—Le dije que no se molestara —repliqué, pero sabía que mi hermano mayor había sido fiel a su promesa de reunirnos a los tres construyendo una casa para cada uno en una ciudad de mala muerte de la Costa Este.

Julian guardó silencio unos instantes antes de respirar hondo.

—Eres un imbécil. Lo sabes, ¿verdad?

Me encogí de hombros. Poco me importaba lo que pensaran los demás de mí, aunque se tratara de mi hermano, que volvió a la carga.

—Micah ha conocido a una chica y es muy feliz, hostia. Por primera vez en la vida, lo veo sonreír casi a diario y no se merece que un cretino como tú le amargue la vida. Así que más te vale ponerte manos a la obra, Xander. No sé si lo sabes, pero esta situación nos afecta a todos.

—¡Es mi vida!

—Y tú eres nuestro hermano. ¿Crees que Micah y yo podemos ser felices sabiendo que estás en la otra punta del país intentando suicidarte? ¿Tienes idea de lo mal que lo pasamos cuando te hirieron y pasaste varios días ingresado en el hospital? ¡No nos apartamos de tu lado en ningún momento, aterrados porque no sabíamos si lograrías sobrevivir!

A Julian se le rompió la voz por la angustia. No lo había visto tan emocionado en toda mi vida.

—Soy un caso perdido, Julian. Es mejor que lo asumas y sigas con tu vida.

Para ser sincero, habría preferido que ninguno de los dos viajara a California cada vez que yo cometía una estupidez. Me partía el corazón. Tan solo esperaba que Micah se hartara de la situación y se diera por vencido, pero no había manera. Ahora, encima, había traído a Julian de refuerzo.

—Eso no ocurrirá —insistió Julian—. No vamos a abandonarte. Nunca. Así que asúmelo. Ya perdimos a papá y mamá. Micah y yo no podríamos soportar otra tragedia.

Cuando mencionó a nuestros padres, se intensificó el deseo irrefrenable de conseguir mi dosis, o al menos una gran botella de whisky. Con todo, debía admitir que el intento de Julian de hacerme sentir culpable empezaba a surtir efecto. Qué diablos, lo último que quería era ser el responsable de amargarles la vida a mis hermanos. ¿Tan importante era la geografía?

—De acuerdo, iré contigo. Pero no te prometo que vaya a cambiar nada. No es la primera vez que acudo a rehabilitación. Y, como ves, he fracasado.

—Hazlo. Porque, a pesar de esa coraza de cretino egoísta que llevas, aún te preocupa un poco lo que pensemos Micah y yo —expuso Julian, molesto.

El problema era que tenía razón. Sí, mis hermanos seguían preocupándome, pero solo quería que fuesen felices; no pretendía serlo yo. Sabía que no iba a cambiar y que tarde o temprano no les quedaría más remedio que aceptarlo.

—Haré lo que quieras —le dije, harto de su mirada de reprobación—. Ahora vete y déjame dormir.

—De acuerdo, pero volveré —me advirtió—. Vendré todos los días hasta que te den el alta.

—Genial —repliqué con sarcasmo.

—Hasta mañana, hermanito —se despidió, asintiendo con la cabeza. A continuación se volvió y salió de la habitación.

En ese instante, la ira empezó a acumularse en mi interior y estuve a punto de olvidar el dolor horroroso que padecía. Me incorporé, vi que me temblaban las manos y noté una fuerte punzada en la cabeza por culpa del súbito cambio de posición.

—¡Vete a la mierda! —grité en dirección a la puerta, a pesar de que ya no había ni rastro de Julian.

Estaba furioso porque Micah y él no me dejaban en paz.

Presa de un arrebato de ira descontrolada, cogí la bandeja de comida que me habían dejado mientras dormía y la lancé contra la pared. El estruendo de los cristales rotos y de los cubiertos contra el suelo lograron apaciguarme el ánimo.

Agotado, me dejé caer sobre la almohada, consciente de que mi vida estaba hecha más añicos que los platos que había en el suelo.

Julian y Micah iban a descubrir lo mal que estaba y que no había nadie en todo el planeta que pudiera salvarme.

# Capítulo 1

Samantha

*El presente...*

—Espero que estés preparada para esto —me dijo Julian Sinclair.

Yo asentí y observé cómo se mesaba el pelo en un gesto de desesperación.

—Podré manejar la situación, señor Sinclair.

Tomé otro sorbo de café helado, contenta de que el hermano de mi próximo «jefe» me hubiera citado en una cafetería. En el Brew Magic servían un café excelente y no me venía nada mal un poco de tiempo para organizarme. ¿Quién se habría imaginado que iba a disfrutar de uno de los cafés más deliciosos que había probado jamás justamente en Amesport, una pequeña localidad de la costa? Estaba agotada después del madrugón que me había dado para llegar en coche desde nueva York. Necesitaba esa dosis de cafeína más que ninguna otra cosa.

—Aún no conoces a Xander —me advirtió con un tono poco halagüeño—. He visto tus referencias y créeme que hemos comprobado todo lo que incluiste en tu currículum. Por cierto, llámame Julian. Hay demasiados señores Sinclair en Amesport.

—De acuerdo. Entonces eres consciente de que solo me ocuparé de atender la casa y cocinar.

Se lo había recordado varias veces, pero quería asegurarme de que no esperara ningún milagro.

Sí, sabía que Xander Sinclair era un desastre de hombre. Yo misma había hecho los deberes antes de ir a Amesport y había hablado largo y tendido con Julian por teléfono, en varias ocasiones. Estaba claro que había desarrollado un gran instinto protector hacia su hermano menor y que le preocupaba su situación.

—Lo sé —afirmó con un gesto de la cabeza—. Lo que no entiendo es por qué has decidido venir a Amesport. Cuando Micah y yo empezamos a buscar a alguien dispuesto a quedarse con Xander para ayudarlo, no esperábamos a una persona con tu preparación. Mi hermano está al corriente de que eres una asistenta y que te quedarás en la isla todo el tiempo que sea posible. Y bien sabe Dios que es lo que más le conviene ahora. Pero no le entusiasma la idea de que te alojes en su casa. Creo que quiere estar a solas.

Lo último que Xander necesitaba era seguir en aquel estado de aislamiento autoimpuesto. A juzgar por lo que me había dicho Julian, su hermano menor había pasado demasiado tiempo solo.

—Los motivos que me han llevado a aceptar la oferta de trabajo son personales —le expliqué—. Quería alejarme de Nueva York durante una temporada y me pareció que un lugar como Amesport podía ser ideal en verano.

—Eso me dijiste, pero también podrías haber venido de vacaciones y ya está.

Negué con la cabeza.

—Me gusta trabajar y me apetecía ver cómo se vivía un poco más al norte. Quizá con el tiempo me traslade a Maine. Cuando era pequeña, mis abuelos tenían una casita de verano en la zona, y siempre me ha gustado mucho.

Los recuerdos de las reuniones familiares en la casa de la playa de la abuela eran los más gratos que conservaba de la infancia. Por desgracia, la pobre falleció cuando yo aún estaba en el instituto.

—Aquí llevamos un ritmo de vida mucho más tranquilo. Nada que ver con el trajín de Nueva York.

Me encogí de hombros.

—No a todo el mundo le gusta vivir en una gran ciudad.

Bueno, eso era una mentirijilla. A mí me gustaba el trabajo que tenía en Nueva York y sabía que iba a echar de menos a mis amigas. Pero era cierto que necesitaba un pequeño descanso.

—Xander no quiere que vivas en su casa. Si supiera que mi intención es que trabajes para nosotros durante una buena temporada, se negaría en redondo. Pero ¿qué digo? Ni siquiera sé si te dejará entrar ahora.

Levanté el mentón.

—Qué duro. Pues tendrá que acostumbrarse a verme por allí.

Tenía una gran confianza en mí misma y en mi capacidad para convencer a Xander. En Nueva York había tratado con pacientes muy bruscos, mucho más que Xander Sinclair.

—No subestimes a mi hermano —me advirtió Julian tomando un sorbo de su café—. Últimamente se comporta como un cretino; nunca lo había visto tan mal. Ya no consume, pero tengo la sensación de que podría recaer en cualquier momento.

—¿Puedo serte sincera, Julian? —le pregunté.

Él asintió.

—Xander debe tener la voluntad de dejar las drogas. Si no es así, nadie podrá mantenerlo alejado de sus adicciones. Está aislado, y aunque físicamente se encuentra más cerca de su familia, es obvio que aún no se siente un miembro más.

Conocía bien la mentalidad de los adictos. A fin de cuentas, había tenido uno en mi familia.

—Creo que no quiere volver a formar parte de ella. Lo hemos intentado —respondió Julian—. Ya no sé qué hacer para que no vuelva a consumir drogas o alcohol. Es como si hubiera perdido a mi hermano pequeño y no supiera recuperarlo.

—Lo entiendo —murmuré—. Haré lo que pueda para ayudarlo.

Al menos el hermano de Julian tendría la casa limpia. Yo era una obsesa de la organización; consideraba que un entorno feliz y ordenado era una condición indispensable para lograr la recuperación.

—Es lo único que pedimos —dijo Julian—. ¿Qué harás si no te deja entrar?

—Le haré cambiar de opinión —respondí.

No iba a permitir que Xander me prohibiera entrar en su casa. No había dejado mi anterior trabajo y me había pegado un viaje por carretera de varias horas para que me diera con la puerta en las narices.

Julian sonrió.

—Casi me has convencido de que lo conseguirás.

Le devolví la sonrisa.

—Como te he dicho, creo que podré con él.

—En estos momentos su casa es una auténtica pocilga.

Julian hizo una mueca y apuró el café.

—No me importa —respondí—. La limpieza forma parte de mi trabajo.

Los dos hermanos Sinclair me pagaban para tener la casa en condiciones y cocinar para Xander. Daba igual que en estos momentos fuera un auténtico desastre.

Él negó con la cabeza.

—Es que aún no lo has visto. Es una casa preciosa que le construyó Micah. Hasta tiene estudio de grabación. Pero me temo que mi hermano pecó de ingenuo, porque Xander dice que no volverá a tocar nunca más. Está cerca de la playa, que suele ser bastante solitaria. Aunque es nueva, mi hermano… digamos que ha dejado huella.

—¿Siempre ha sido tan desordenado?

—No. Bueno, no más que cualquier otro chico al que no le entusiasma utilizar la escoba. Cuando éramos pequeños, era el más ordenado de los tres. Y también el que tenía el corazón más grande. Pero ahora ha cambiado.

—Parece un hombre enfadado y deprimido. Me has dicho que no ha hecho daño a nadie, ¿verdad?

Había hablado por teléfono varias veces con Micah y Julian para averiguar en qué estado se encontraba exactamente mi nuevo cliente. Yo sabía muy bien dónde me estaba metiendo, pero era importante que mi jefe no hubiera atacado a nadie. Podía aguantar a cualquier imbécil siempre que no tuviera tendencias violentas.

—No. Al menos a propósito. Ha tenido algún que otro episodio que le ha dado un buen susto, pero no le haría daño a nadie a propósito. Parece que solo quiere destruirse a sí mismo.

—Tiene varios problemas, Julian. Es evidente que le llevará un tiempo recuperarse.

Los hermanos de Xander habían sido muy sinceros a la hora de darme toda la información. No me habían ocultado nada; me habían contado que tenía problemas y cuál era su naturaleza exacta.

—¿Crees que solo es cuestión de tiempo? ¿A pesar de los años que han pasado desde el asesinato de mis padres? No es la primera vez que acude a rehabilitación y terapia.

—Como te he dicho por teléfono, es necesario que él mismo lo desee. Tiene que querer recuperarse por completo.

—Pues espero que consigas hacérselo ver, porque Micah y yo hemos fracasado rotundamente.

—Eso intentaré.

No podía prometerle nada más.

—Me parece bien —admitió—. ¿Quieres que te acompañe a su casa para presentártelo?

—¡Julian! —Una voz aguda de mujer interrumpió la conversación—. Hola, Julian.

Observé a mi guapísimo interlocutor de pelo rubio volverse hacia atrás. Estaba de espaldas a la entrada, y vi a una mujer de avanzada edad que lo saludaba desde la puerta. El Brew Magic estaba lleno a reventar, pero la anciana se abrió paso rápidamente hasta nuestra mesa, con más energía de lo que cabría esperar en alguien que pasaba de los ochenta años.

Julian le dedicó una sonrisa encantadora.

—Es un placer coincidir de nuevo contigo, Beatrice.

Me estremecí al ver la intensa mirada que me dedicó la mujer mientras me examinaba de arriba abajo. No entendí por qué me incomodaba, al fin y al cabo estaba acostumbrada a que me mirasen, y sus zapatillas rosa, a juego con la ropa deportiva fucsia, no resultaba muy intimidatoria que digamos. Sin embargo, por algún extraño motivo me sentí incómoda ante ella.

—Me alegro de que por fin hayas venido —exclamó la mujer con alegría.

Miré a Julian sorprendida. Creía que solo había hablado de mí en el más estricto círculo familiar.

Él negó con la cabeza, con un gesto que daba a entender que la mujer no sabía el motivo de mi llegada.

—Creo que me confunde con otra persona —le dije educadamente, devolviéndole la sonrisa.

—No, qué va.

Julian la interrumpió.

—Samantha Riley, te presento a Beatrice. Es la adivina y casamentera oficial de Amesport.

Por su tono de voz, deduje que Julian quería que le siguiera la corriente a la mujer. Parecía inofensiva y a mí no me importó hacerlo.

—Qué interesante —respondí amablemente—. Debe de poseer un talento extraordinario.

Beatrice hizo un gesto con la mano.

—Yo no diría tanto, aunque agradezco el detalle de Julian. Me considero más bien una vidente. Y no siempre reconozco a dos almas gemelas, pero es cierto que tengo un ojo especial para los Sinclair. He predicho todos sus matrimonios.

Yo no estaba del todo segura de que aquella afirmación fuera cierta, pero la anciana parecía buena persona y su espíritu jovial resultaba contagioso.

—¿En serio?

—Oh, sí. Hace tiempo que esperaba tu llegada. Xander te necesita desesperadamente. Toma, esto es para ti.

Abrí la mano de forma instintiva y me ofreció un objeto oscuro.

—¿Qué es? —pregunté con curiosidad.

—Es tu lágrima apache —me explicó—. Creo que no la necesitas tanto como Xander, pero te ayudará. Tú también debes romper tus defensas.

Vale… Era una de las conversaciones más raras que había tenido en mi vida, pero cuando cerré la mano tuve la sensación de que la piedra desprendía calor.

—Es preciosa, pero no puedo aceptarla. Ni siquiera me conoce.

Beatrice me miraba fijamente, algo que me hacía sentir más incómoda aún.

—Puedo ver tu alma —replicó.

—¿Me estás diciendo que Samantha es el alma gemela de Xander? —preguntó Julian con un deje de sorpresa.

13

Lo miré y me pregunté si de verdad creía en la supuesta magia de la mujer. A juzgar por su tono de voz, no estaba muy convencido, pero me dio la sensación de que en el fondo albergaba cierta esperanza, algo que me asustó enormemente.

La anciana asintió.

—Y todos sabemos cuánto la necesita Xander. Tenía miedo de que fuera a llegar demasiado tarde.

Beatrice se volvió hacia la puerta y saludó con la mano a otra mujer que debía de tener su misma edad.

—Ah, ahí está Elsie. Tengo que hablar con ella. Ha sido un placer conocerte, cielo. Bienvenida a Amesport. —Tras estas palabras, le dio una palmada en el hombro a Julian—. Me alegro de que seas feliz. Cuida mucho de tu preciosa mujer.

—Sabes que lo haré —respondió.

Observé a la menuda anciana, que se dirigió a la puerta y le dio un fuerte abrazo a su amiga.

Por mi parte, cerré la mano con fuerza en torno a la piedra. Quería deshacerme de la extraña sensación de que estaba predestinada a ser mía.

—No he soñado lo que acaba de pasar, ¿verdad?

Julian se rio.

—No. Con el tiempo comprobarás que Amesport es un lugar pintoresco, pero yo no lo cambiaría por ningún otro.

—¿Es cierto que adivinó quiénes eran vuestras almas gemelas, o es que delira?

—Es verdad. No sabemos si fue una coincidencia o si tiene poderes mágicos, pero somos tan felices que poco nos importa.

—Interesante —murmuré. Beatrice iba a llevarse una buena decepción esta vez. Guardé la piedra en el bolso, que colgaba del respaldo de la silla.

—Eso creo yo también —dijo Julian en tono burlón—. Y lo cierto es que espero que no se equivoque.

Me levanté, apuré el café y tomé el bolso.

—¿Por qué? Lo último que necesita tu hermano en estos momentos es una relación formal. Y yo menos aún.

Julian se puso en pie.

—No tengo ni la más remota idea de lo que necesita mi hermano, Samantha. Lo hemos probado casi todo.

—Llámame Sam, por favor —le pedí, al tiempo que le tendía la mano.

Julian me la estrechó con firmeza.

—Sam —se corrigió—. La verdad es que no me importa qué método emplees para ayudar a Xander. Lo único que quiero es recuperar a mi hermano.

Asentí con la cabeza.

—No será un camino de rosas —le advertí—. Y si no quiere hablar conmigo, no podré ayudarlo. Tendrás que conformarte con que me encargue de la limpieza de la casa.

—Puedo esperar —dijo con voz grave y me soltó la mano.

—Pues ya hablaremos. —Me pasé la correa del bolso por encima de la cabeza.

—¿Quieres que te lleve? —preguntó mientras salíamos del local.

—No, gracias. Ya encontraré el sitio.

Era mejor que abordara sola a Xander. Si no le entusiasmaba la idea de tener compañía, prefería elegir mis propios métodos de persuasión.

«Decidiré cuál es la mejor estrategia cuando conozca a Xander; la cuestión es que pienso entrar en esa casa por las buenas o por las malas».

—Cuídate —me dijo Julian antes de separarnos—. Y llámame si la situación se pone fea.

Asentí y me dirigí a mi coche. Pulsé un botón del llavero para abrir la puerta y me dejé embriagar por el delicioso aroma de aquel día perfecto de verano del que estábamos disfrutando en la costa atlántica.

La ciudad estaba llena de turistas, la mayoría en la playa. El murmullo de las olas y el olor del agua salada me permitieron evadirme durante unos instantes.

Respiré hondo una última vez, me senté al volante y me puse en marcha.

Lo único que esperaba era que él estuviera preparado para mi visita.

# Capítulo 2

## Xander

¡Me moría por un trago! ¿Por qué diablos me costaba tanto mantenerme en el camino de la sobriedad?

La seducción de aislarme de la realidad con alcohol o drogas me acechaba en todo momento para que cayera en la tentación. Y no me engañaba pensando que un trago me serviría de algo. ¡Quería toda la botella!

Sí, había pasado por Narcóticos y Alcohólicos Anónimos. Más de una vez. Pero nunca había ido más allá del primer paso del total de doce. Cuando hablaba con mi consejero, siempre me mostraba seguro de mí mismo para convencerlo de que podía abandonar el programa. Y admitía que me sentía impotente en mi relación con el alcohol y las drogas. Pero nada más.

Me estaba volviendo loco.

No podía entregarme a un poder superior a mí mismo.

Y nunca había hecho un inventario moral de mis acciones. Cuando me adentraba en mi alma, solo encontraba una oscuridad que lo engullía todo.

Mi brújula moral no funcionaba. Lo único que me impedía pegarme un tiro, tomar una sobredosis de pastillas o darme a la cerveza eran mis hermanos mayores. Ellos habían sobrevivido a su propio infierno, pero habían recuperado la felicidad. Por nada del mundo quería echar a perder la paz que habían alcanzado y que tanto merecían. Julian y Micah me habían aguantado muchas cosas a lo largo de los años: desde sobredosis de drogas hasta un alcoholismo que me habían llevado al hospital y a centros de rehabilitación.

Ahora podía cuidar de mí mismo y quería demostrárselo dejando todas esas sustancias de una vez por todas.

Aunque muriera en el intento.

Y a decir verdad, tenía la sensación de que me estaba muriendo.

Pero lo último que quería era una niñera. No necesitaba tener a otra persona en casa día y noche.

Además, no disfrutaba de la compañía de los demás. Prefería regodearme en mi miseria a solas.

¿Una cocinera y asistenta? ¿Y a mí qué me importaba que la casa no estuviera presentable? No iba a tener invitados. Los únicos que venían eran mis hermanos y Liam Sullivan de vez en cuando.

—Una niñera, lo que me faltaba —murmuré, y tiré una lata de refresco vacía a un cubo que rebosaba de basura, por lo que no me sorprendió que rebotara y cayese al suelo.

Lo ignoré, como hacía siempre.

Julian me había dicho que ese día iba a venir un tipo llamado Sam, pero yo le dije que no lo enviara. No quería vivir con nadie, aunque solo se dedicara a limpiar y cocinar. ¿De verdad creían que era tan tonto? Mis hermanos querían que me vigilara alguien, que se asegurara de que no volvía a beber y a drogarme.

Pero a mí no me gustaba la gente.

No me gustaban los ruidos fuertes.

Y si tenía hambre, podía comer un bocadillo o cualquier plato precocinado que pudiera meter en el microondas.

Sonó el timbre. Levanté el trasero del sofá a regañadientes, con la esperanza de que mis hermanos mayores no hubieran seguido adelante con la amenaza de enviarme a alguien que se ocupara de mí. Si era así, me desharía de él de inmediato. Aunque tal vez era mejor que lo dejara entrar en casa para que viera el caos y huyera gritando. En cualquier caso, debía asegurarme de que no se hiciera la ilusión de que iba a trabajar para mí.

Eso no iba a suceder, ni hablar.

Me había acostumbrado a ahogar mi desesperación a solas, y no pensaba cambiar de hábitos.

De camino a la puerta tropecé con algo que había tirado en el suelo y lo aparté de una patada. Una pequeña parte de mí deseó que fuera uno de mis hermanos o Liam. ¡Maldición! Echaba de menos a Julian y Micah, pero también sabía que en estos momentos yo no era una buena compañía.

Abrí la puerta... y me quedé paralizado al ver a una mujer. Era imposible no fijarse en la maleta con ruedas que arrastraba.

¿Mi asistenta?

¡No podía ser, hostia!

Era menuda, pero era imposible no fijarse en las curvas de su delicioso cuerpo, sobre todo para alguien como yo, que llevaba varios años sin acostarse con nadie. De pronto mi entrepierna cobró vida e intentó abrirse paso entre la tela de los vaqueros; algo en aquella mujer me puso en estado de firmes de inmediato. Hacía tiempo que no me pasaba y me obligó a mirarla dos veces de arriba abajo.

No se parecía en nada a las chicas con las que había salido en el pasado. Era el paradigma de la «vecinita de al lado». Apenas llevaba maquillaje y tenía el pelo rubio recogido en una coleta, pero un par de mechones rebeldes enmarcaban su delicado rostro.

Cuando nuestras miradas se cruzaron, me quedé sin aliento, como si me hubieran dado un puñetazo.

Sus ojos me recordaban las aguas cristalinas del Caribe en un día plácido.

¿Eran verdes?

¿O eran azules?

La respuesta a ambas preguntas era sí, pero no. Si hubiese tenido que elegir, me habría decantado por el azul.

Intenté quitarme aquel pensamiento estúpido de la cabeza. ¡¿Y a mí qué diablos me importaba el color de los ojos de esa mujer, joder?! Sobre todo porque iba a irse de inmediato.

—¿Señor Sinclair? —preguntó, con una voz firme y segura que me la puso aún más dura. Era una voz muy sexy, una voz que inmediatamente quise que gritara mi nombre en medio de un orgasmo estremecedor. Si no supiera que la habían enviado para limpiar la casa y cocinar, podría haberse ganado una fortuna en una línea erótica.

—¿Qué quieres? —le solté a bocajarro.

Debo admitir que sentía algo de curiosidad, pero no suficiente para permitir que alguien invadiera mi espacio. Maldije a mis hermanos por enviarme a una mujer. Tampoco quería tener a un hombre en casa. De hecho, no quería a nadie.

—Soy Sam, tu nueva asistenta.

—No eres un hombre.

Brillante conclusión, pero era lo que estaba pensando.

Hizo visera con la mano para protegerse del sol.

—Nunca he afirmado que lo fuera —replicó y, sin más, entró en casa.

Fue tan rápida que no pude cerrarle la puerta en la cara, tal como era mi intención. El problema es que me distraje cuando pasó junto a mí y me rozó.

—Tienes que irte. Le dije a Julian que no te enviara. Y te aseguro que no tenía ni la más remota idea de que eras una mujer.

Sam estiró el brazo con toda la calma y cerró la puerta.

—No quiero que entren las moscas. A juzgar por el olor de tu casa, se está convirtiendo en el hogar ideal para todo tipo de alimañas.

—Que me da igual. Largo —le dije, apretando los dientes, cada vez más molesto.

—No, lo siento, necesito el trabajo —respondió mientras arrastraba la maleta hasta la sala de estar—. Estás hecho un auténtico cerdo.

Intrigado, la seguí. Ni se había inmutado al verme las cicatrices de la cara. Tenía varias y dos de las peores iban desde la sien hasta las mejillas.

—Da igual que la casa esté hecha un asco. No vas a limpiar.

Se volvió y puso los brazos en jarra. Con ese gesto se le levantó el vestido amarillo que llevaba y dejó un poco más al descubierto sus piernas desnudas.

—Voy a quedarme. Como te he dicho, necesito el trabajo. Si quieres, puedes enseñarme cuál será mi habitación; si no, ya la encontraré yo.

—Vete —dije en un tono cada vez más molesto.

Sam enarcó una ceja.

—Tendrás que obligarme. ¿Qué harás? ¿Arrastrarme hasta la puerta? Venga, inténtalo. Me quedaré ahí sentada hasta que me dejes entrar. Y claro, teniendo en cuenta el calor que hace, podría deshidratarme. Pero seguro que llamarías a una ambulancia en cuanto perdiera el conocimiento.

Me estaba desafiando y lo sabía.

—No estés tan convencida. No me preocupa lo más mínimo lo que te pueda pasar.

No estaba dispuesta a quedarse sentada ante la puerta de mi casa, ¿no? La miré de arriba abajo y vi su gesto desafiante, de obstinación. Era bien capaz de hacerlo.

Me dio la espalda, salió de la sala de estar y recorrió la planta baja, arrastrando la maleta detrás de ella. Yo no abrí la boca mientras exploraba. Su mirada de asco lo decía todo sin articular palabra. Al final, encontró el ascensor, entró y pulsó uno de los botones.

—La cena será a las ocho. He de limpiar la cocina antes de preparar algo.

—Lo que tienes que hacer es irte…

Antes de que pudiera sacarla del ascensor y echarla a ella y a su actitud dictatorial, se cerró la puerta.

—¡Mierda!

«Maldita rubia maciza», pensé y me dirigí a las escaleras.

Quizá Sam me había sorprendido, pero no iba a permitir que me manejara a su antojo. Era mi casa y quería que se fuese.

Al llegar al primer piso la seguí a grandes zancadas, decidido a echarla de casa antes de que pudiera ver los dormitorios.

«Tengo que sacarla de aquí, no quiero ni verla».

Si de verdad creía que se iba a quedar es que se había vuelto loca.

Por mucho que dijera, no iba a hacerme cambiar de opinión.

# Capítulo 3

## Samantha

Hubo una época de mi vida en la que me gustaba la música de Xander Sinclair. Fue mi consuelo, un placer que no me atrevía a confesar. Tenía un estilo único: no era metal, sino una especie de rock potente mezclado con baladas muy dignas.

Me sentía identificada con sus letras, que me tocaban la fibra y me ayudaron a salir adelante en mi época más triste.

Y ahora que lo conocía, varios años después de que hubiera grabado su último tema, me costaba creer que fuera un hombre tan distinto a su música.

Negué con la cabeza y, añorando los días en los que Xander fue mi héroe, entré en un dormitorio. Supe de inmediato que era la habitación de invitados porque todo estaba en su sitio y bien ordenado. Era obvio que no la había pisado.

Dejé la maleta en la cama e intenté concentrarme en lo que tenía que hacer. Antes de ponerme a trabajar en serio, debía limpiar la pocilga en la que Xander había convertido su casa. Parecía como si la hubiera arrasado un tornado y nadie se hubiera tomado la molestia de ponerla en orden.

«Si yo viviera en un lugar tan desordenado, seguramente también estaría deprimida», pensé. Mi obsesión con mantener un entorno organizado y limpio tenía sus desventajas, pero no podía vivir en un lugar como ese. Tenía mis manías, pero era consciente de ellas e intentaba mantenerlas bajo control.

—¿No te he dicho que te largues?

No me pilló desprevenida, pero la voz grave de Xander me sobresaltó. Sabía que lo tenía detrás, pero no me volví. No quería reaccionar a sus palabras, así que abrí la cremallera de la maleta para empezar a sacar mis cosas.

—He oído tu «petición» —admití—, pero no voy a tenerla en cuenta. Me necesitas. Vives en una casa muy bonita y la estás destrozando. Te la construyó tu hermano. ¿Es que no quieres cuidarla?

Se acercó un poco más.

—Me importa una mierda. Solo es un sitio para vivir —gruñó y dudó antes de preguntar—: ¿Cómo sabes que la construyó él?

—Tus hermanos me han proporcionado cierta información. Me han puesto en antecedentes. No ibas a creer que me enviarían aquí sin más, ¿no? Ya sabía que te comportarías como un cretino. Era consciente de dónde me metía. Y a juzgar por el estado de la casa, han hecho bien en avisarme. Me ganaré con el sudor de la frente hasta el último centavo que me paguen.

Xander se acercó un poco más y vi con el rabillo del ojo que se cruzaba de brazos.

—¿Entonces te han dicho que estoy intentando recuperarme? ¿Que soy un drogadicto y un alcohólico?

—Sí. —No quería que nuestra relación se basara en las mentiras.

—Entonces, ¿por qué diablos quieres trabajar aquí? ¿Quién quiere vivir con un desgraciado como yo?

—Yo misma —respondí con naturalidad.

—¿Por qué?

—Porque necesito el trabajo y tú necesitas mis servicios. En estos momentos, es la situación perfecta para ambos.

—¡Caray! ¿Siempre disfrutas tanto mandando?

Tuve que reprimir una sonrisa.

—Es lo habitual. Y no creo que sea mandona, yo diría que soy una persona firme y enérgica.

—Y un incordio —añadió Xander con el ceño fruncido.

No era la primera vez que alguien me decía algo así, por lo que no me afectó demasiado. Simplemente me lo quité de la cabeza.

Empecé a guardar la ropa en la cómoda y el armario. Si Xander quería que me fuera, tendría que recurrir a la fuerza y echarme de su casa.

—Tampoco es que tú seas la persona más agradable del mundo.

Por decirlo suavemente, Xander era un capullo integral, pero por mucho que se quejara o gruñera, era obvio que no me encontraba ante un hombre violento. Era grande y corpulento, podría haberme echado sin problemas, pero, por algún motivo, no lo había hecho. Al menos de momento.

—¿Cuánto dinero necesitas? —me preguntó—. Te lo daré en efectivo para que te largues ahora mismo. No quiero verte en mi casa.

Me volví hacia él.

—No quiero que me paguen por no hacer nada. No puedo aceptarlo. Lo único que quiero es trabajar de forma honrada. ¿Tanto te molesta que te limpie la casa?

Se puso tenso y a la defensiva antes de responder.

—¿Hay alguna mujer que no quiera dinero? Te estoy ofreciendo pagarte sin que tengas que trabajar. Te daré el sueldo de un año. Me parece justo.

Era una oferta mucho más que generosa, lo que demostraba que Xander tenía conciencia, pero no pensaba aceptarla. Yo siempre había tenido una buena ética de trabajo y no pensaba irme. Si quería deshacerse de mí tendría que echarme por la fuerza.

—Ni hablar. Nunca he aceptado nada que no me haya ganado con el sudor de la frente, y no pienso cambiar ahora —insistí con tozudez.

Aproveché que lo tenía enfrente para mirarlo de arriba abajo. A pesar de las cicatrices que surcaban su rostro, era un hombre muy guapo. Para mí aquellas marcas eran un símbolo de su valor, que le conferían un aspecto salvaje. A juzgar por sus potentes bíceps, supuse que en algún lugar de la mansión tenía un gimnasio en el que se machacaba. La camiseta que llevaba no podía ocultar sus extraordinarios abdominales. Era innegable que estaba en excelente forma física.

Tenía el pelo algo alborotado y largo, y lucía barba de tres días. Al mirarlo detenidamente, calculé que medía algo más de metro ochenta. En general no me entusiasmaban los tatuajes, pero las elaboradas cenefas negras de los bíceps le quedaban muy bien. Tenía los ojos castaño oscuro, fiel reflejo del enfado que sentía. Objetivamente, habría asustado a cualquiera, pero no a mí.

Ignoraba el motivo, pero no me asustaba. Tenía que ser algo relacionado con un instinto primario, porque desde el primer momento me había dado razones para huir corriendo de aquel lugar, tan lejos como me permitieran llegar mis sandalias blancas.

—No quiero verte en casa —insistió en tono beligerante.

—Ya me lo has dicho. Entonces, ¿qué quieres? —pregunté—. Salta a la vista que no eres feliz.

—¿Qué diablos sabrás tú de la felicidad? —gruñó.

De hecho, sabía bastante sobre el tema. Me había pasado gran parte de mi vida buscándola desesperadamente, de modo que había aprendido a valorar y apreciar hasta el más mínimo instante de felicidad fugaz ahora que era una mujer adulta que debía manejar las riendas de mi propia vida.

—Sé que a menudo es esquiva —confesé—. Xander, dame una oportunidad y déjame quedarme una semana. Dime lo que quieres e intentaré adaptarme a ti.

—Litros de whisky para olvidarme de quién soy.

—Ni hablar.

—Me has preguntado lo que me haría feliz —me soltó.

—Piensa en algo distinto. Puedo cocinar y limpiar.

—Las únicas dos cosas que me apetecen en estos momentos son el sexo y emborracharme o drogarme.

Estaba esperando un comentario de ese estilo. En mis conversaciones con Micah y Julian me habían advertido que su hermano podía tener reacciones de ese tipo.

Había llegado la hora de la verdad. No podía darle ninguna de las sustancias de las que estaba intentando desengancharse, pero podía concederle el otro deseo. Y estaba dispuesta a hacerlo si me permitía quedarme durante una temporada.

—De acuerdo —acepté sumisamente. Me volví hacia la maleta para acabar de deshacerla.

—¿Qué significa ese «de acuerdo»? —Parecía ligeramente confundido y desconcertado—. ¿Qué respuesta es esa?

Colgué el vestido y a continuación cogí unos vaqueros.

—Pues que acepto. No puedo darte alcohol, pero entiendo que quieras acostarte con alguien. Es una necesidad física normal para una persona de tu edad. Lo entiendo.

—Me alegra que al menos tú entiendas algo, porque en estos momentos estoy bastante perdido —dijo muy serio.

Pasé por alto el hecho de que había citado mal lo que yo había dicho. Abrí la cremallera del bolsillo de la maleta, pero entonces me volví hacia Xander.

—Toma.

Le dejé la caja en la mano.

—¿Qué diablos es esto? —La tomó como si fuera una serpiente.

—Preservativos. Ya sabes, sexo seguro.

Tiró la caja en la cama.

—Quédatelos. En estos momentos no hay ninguna mujer dispuesta a acostarse conmigo.

—Yo sí —le aseguré—. Si fueras más amable, me acostaría contigo. Eres atractivo, pero no me acuesto con chicos que apestan porque no se han duchado.

Me miró con ojos desorbitados como si me hubiera vuelto loca.

—Tú estás mal de la cabeza.

Me encogí de hombros.

—¿Eso crees? ¿Qué tiene de malo ser sincera? Serías mucho más atractivo si te ducharas y te cuidaras un poquito.

—¿Y qué pasa con todas esas cosas tan importantes para las mujeres? —me preguntó, confundido.

—¿El amor? ¿Las citas? ¿Las flores?

—Sí, sí. Todo ese rollo. A mí no me va para nada. Yo quiero sexo, y punto.

Estaba incómodo y no paraba de trasladar el peso del cuerpo de un pie a otro.

—Los chicos os acostáis con alguien por placer, ¿verdad? ¿Tan mal te parece que esté dispuesta a hacer lo mismo?

En realidad, yo no me dedicaba a ir por ahí buscando a candidatos a los que llevarme a la cama. Y los pocos encuentros sexuales que había tenido en mi vida habían sido importantes para mí. No me iba mucho el sexo en plan aquí te pillo, aquí te mato. Mi cuerpo nunca había experimentado esa reacción visceral e inmediata como me estaba sucediendo con Xander. Cuando no tenía pareja estable, mi vibrador me ayudaba a satisfacer mis necesidades. Pero no quería que Xander lo supiera, claro.

—Todas las mujeres quieren algo —gruñó.

—Yo no. Sexo sin ataduras. Solo necesito cierta química sexual.

Era el sueño de todo hombre, ¿no? Una mujer que solo quisiera sexo. Sabía que Xander necesitaba mucho más que eso, pero podía empezar por ahí.

—¿Eso es lo que necesitas? ¿Conmigo? —me preguntó como si no diera crédito a lo que había oído.

Se me encogió el corazón al percibir el deje de vulnerabilidad de su voz. Me sentía atraída por él y no necesitaba una relación estable para acostarme con alguien. La vida me había enseñado que nada es eterno. Y aunque no lo había hecho antes, estaba dispuesta a probar el sexo sin más con Xander.

Eso dice mucho de mi grado de desesperación para que me dejara quedarme en su casa.

—Sí —respondí sin más.

—¿Sabes que estás loca? —preguntó con titubeos.

Sonreí.

—Tal vez.

Vi que le temblaban los labios cuando se acercaba a la cama y cogía el paquete de preservativos.

—¿XL? No te conformas con poco.

No dije nada.

—¿Y por qué diablos vas por ahí con una caja de preservativos tamaño industrial?

Tampoco respondí.

A decir verdad, no sabía exactamente qué responder, algo poco habitual en mí. No solía llevar preservativos encima. Había sido una compra impulsiva, un presentimiento que había tenido antes de llegar a Amesport, y no tenía ni idea de que era una caja tan grande. Obviamente, me había pasado.

Quizá había tenido la esperanza de conocer a alguien interesante durante mi estancia en aquel pueblo de la costa al que la mayoría de gente acudía para pasárselo bien. Sabía de primera mano que las relaciones formales no eran eternas y que no siempre acababan bien.

Me encogí de hombros.

—¿Por qué no?

Xander negó con la cabeza, pero se llevó la caja consigo.

—Puedes quedarte. Una semana y entonces tomaremos una decisión.

No parecía en absoluto contento con el acuerdo, pero al menos no iba a echarme de su casa. De repente se relajaron una serie de músculos de mi cuerpo que ni siquiera sabía que estaban tan tensos.

—Gracias.

—Mi decisión no tiene nada que ver con el sexo —se apresuró a añadir.

—Claro que no —concedí—. Y tampoco te he dicho cuándo estaría dispuesta a hacerlo. Por el momento, quiero conocer tu lado más amable.

—Dímelo ahora —dijo con la respiración agitada, como si estuviera enfadado, y sin quitarme el ojo de encima—. Y que sepas que este es mi lado más amable.

—No puedo decirte cuándo nos acostaremos. Solo sé que es algo que me apetece.

Se volvió y salió de la habitación sin decir nada más.

—¿Adónde vas? —pregunté con curiosidad.

—A darme una ducha, joder —respondió sin volverse.

Solté un suspiro de alivio cuando se hubo ido, mientras intentaba asimilar el pacto diabólico que había cerrado con Xander Sinclair.

# Capítulo 4

## Xander

Me desperté a la mañana siguiente, sorprendido al comprobar que había dormido la noche de un tirón, sin sentir la necesidad de levantarme y recorrer la casa como un alma en pena. Así era como solía pasar las noches, con un sueño inquieto y tan nervioso que apenas podía dormir más de tres o cuatro horas seguidas. Me puse boca arriba, con la mirada fija en el techo.

Me sentía... relajado, una sensación a la que no estaba nada acostumbrado.

Sabía que existían muchas posibilidades de que la mujer que ocupaba la habitación de invitados al final del pasillo estuviera como una cabra.

Sí, la noche anterior se había comportado de un modo bastante normal. Había recorrido la casa como si fuera suya, había limpiado la cocina, pasado la aspiradora y hasta había quitado el polvo. Me sentí un poco mal cuando empezó a estornudar por culpa de la suciedad acumulada, pero no tanto como para echarle una mano. Me limité a sacar las numerosas bolsas de basura que iba llenando ella. A decir verdad, no sé por qué lo hice, pero me pareció una opción más fácil y llevadera que ponerme a discutir con una mujer como Samantha.

Maldita sea, tenía un mal genio…, pero debía admitir que no le daba miedo arremangarse y ponerse a trabajar.

La cena fue… la mejor de los últimos años, y eso que consistió en un plato de pasta con verduras. Pero es que hacía meses que mi dieta consistía en comida basura o platos precocinados para microondas.

No le di mucha conversación, pero disfruté escuchándola. No paraba de decir lo mucho que le gustaba Amesport y los sitios que tenía ganas de ver. Me dio la impresión de que le gustan los deportes acuáticos y la vida al aire libre. Si hasta me dijo que sabía pescar.

Sin embargo, no podía quitarme de la cabeza los motivos que podía tener alguien como ella para ofrecerme sexo sin compromiso.

¿Qué mujer es capaz de algo así a menos que esté borracha, colocada o muy caliente? Y Samantha no encajaba con ninguna de las tres opciones. A decir verdad, parecía… una persona muy agradable. Bueno, era un poco mandona, pero se dejó la piel para limpiar la casa y me quedó muy claro que podía ser muchas cosas, pero no una holgazana. De modo que lo del sexo me dejó algo descolocado.

Pero, bueno, si al final resultaba que estaba loca, ¿qué podía hacer salvo darle la bienvenida al club? Tampoco yo era la persona más cuerda del mundo.

Bienvenida al manicomio.

Sentí un escalofrío al levantarme de la cama y me metí en la ducha.

Una vez aseado y afeitado, me puse unos pantalones y una camiseta del armario, sin darme cuenta de que era el primer día desde hacía mucho que me levantaba, me duchaba, afeitaba y vestía como una persona normal. También era la primera vez que había sentido la motivación necesaria para hacer algo desde que perdí la cabeza y la sobriedad hace varios años.

«Es porque sé que hay alguien más en casa. Porque la oigo trastear en la cocina», pensé.

El ruido debería haberme sacado de quicio, pero por extraño que parezca no fue así.

Normalmente dormía cuándo y dónde quería, y a veces me pasaba varios días sin ducharme porque no había nadie que pudiera olerme.

Sin embargo, ese día me alegré de recuperar esa rutina.

A ver, no es que me alegrara de tener a Sam en casa. Quería estar solo, pero antes me habría gustado averiguar cuáles eran sus motivaciones. Luego ya tendría tiempo para ponerla de patitas en la calle.

—Es guapa y me pica la curiosidad —murmuré, intentando hallar un motivo racional que justificara que siguiese tolerando su presencia. No quise admitir que llevaba varios años sin sentir interés o curiosidad por algo.

Me vestí a toda prisa y bajé descalzo las escaleras enmoquetadas para ver qué diablos hacía esa loca en la cocina.

—Buenos días.

Dios, hasta su voz era alegre. Demasiado feliz para ser tan temprano.

—Café —gruñí.

—Vaya… Está claro que no te sienta bien madrugar —dijo—. El café está listo. Ya he vaciado el lavaplatos, así que encontrarás las tazas limpias en el armario.

Estaba sentada a la mesa con el periódico local abierto, tomando un café recién hecho y devorando un desayuno pantagruélico que rebosaba su plato.

Era obvio que no iba a mover ni un dedo para servirme. Me alegré de ello, porque me habría hecho sentir muy incómodo y molesto.

Me serví el desayuno y me senté a la mesa con el plato y el café.

—¿Qué lees?

Sentía curiosidad por si había visto algo en la sección de local. En Amesport nunca ocurría nada especial. La misma mierda todos los días.

—Nada. Solo quería saber qué pasa en el mundo.

—¿Y a quién le importa? Las noticias que se publican siempre son deprimentes.

Acabó de masticar la tostada y la engulló antes de levantar la mirada y decirme:

—Pues no es todo tan triste como lo pintas. Las noticias locales son bastante interesantes. Hay un artículo sobre las tradiciones de Amesport en verano. Se organizan unos festivales interesantes y también hay un mercado de agricultores de la zona. Lo ha escrito una mujer llamada Elsie Renfrew. ¿La conoces?

Tomé un trago de café y caí en la cuenta de que, a pesar de que estábamos a plena luz del día, Samantha no se había ni inmutado al verme las cicatrices de la cara. No había dejado traslucir reacción alguna ante mi aspecto físico. Ni un asomo de asco.

—No la conozco en persona, pero es amiga de Beatrice. Es una mujer mayor y su familia vive aquí desde hace varias generaciones.

—¿Te refieres a esa encantadora anciana que me dio la piedra negra?

Levanté la mirada del desayuno.

—Sí, yo también tengo una. Está como una regadera.

—¿Por qué lo dices? Bueno, quizá no sea muy normal, pero es interesante.

—Si tú lo dices… —Preferí darle la razón para poder seguir disfrutando de mi desayuno.

—¿Te gusta vivir aquí? Sé que has llegado hace poco.

Hice una pausa para analizar su pregunta.

—No lo sé. Es una casa y ya está.

—Me refería a Amesport. Y tu casa es preciosa.

Me encogí de hombros y devoré el desayuno, como si me estuviera muriendo de hambre.

—Apenas conozco el pueblo. No salgo demasiado.

—¿Por qué no? A mí me parece un lugar bonito para vivir.

¿Qué diablos le pasaba? ¿Es que no se daba cuenta de que a la gente le daba grima verme la cara? Yo solo me miraba al espejo cuando no me quedaba más remedio, y lo que veía era espeluznante.

—Preguntas demasiado. Empiezas a parecerte a mis psiquiatras —le dije apesadumbrado.

—Porque apenas nos conocemos —respondió, como si le hubiera hecho gracia mi comentario—. Por lo general la gente se conoce mejor hablando que guardando silencio.

Dejé el tenedor en el plato y agarré el café. A decir verdad, yo solo tenía ganas de conocerla a nivel carnal. Me fijé en que tenía la misma mirada que el día anterior, la única diferencia era que llevaba un vestido distinto: este era blanco con alguna que otra pincelada de color y flores bordadas. Se había recogido el pelo con una horquilla, aunque ya había un par de mechones rebeldes que se habían liberado. Apenas se había maquillado, lo mínimo imprescindible para resaltar sus fascinantes ojos y esos labios que soñaba con ver practicándome una lenta y placentera felación.

Sam me recordaba todo lo bueno que había en el mundo, pero tenía la sensación de que era algo que hacía referencia a la vida de otras personas, no a la mía. Yo vivía sumido en la puta oscuridad, el lugar que me correspondía.

La observé en silencio, impregnándome de la luz que parecía irradiar con una simple sonrisa.

Me entraron ganas de decirle que se me ocurría otra forma de conocerla. Una forma que implicaba empotrarla contra la pared, metérsela hasta el fondo y oír cómo gritaba mi nombre mientras su cuerpo sucumbía a un orgasmo estremecedor.

—Acostúmbrate al silencio. No soy muy hablador —repliqué en un esfuerzo por poner fin a cualquier intento de prolongar la conversación.

—¿Por qué?

La fulminé con la mirada, para recordarle que estaba harto de oír esas dos palabras. Ella me lanzó una sonrisa de complicidad y me di cuenta de que me estaba tomando el pelo.

—No vuelvas a decirlo —le advertí.

Por un momento pareció que la asaltaban las dudas, pero entonces enarcó la ceja en un gesto desafiante, se levantó de la mesa y llevó el plato vacío al fregadero.

—¿Por qué? —insistió.

Maldita sea, aquel descaro insolente hizo que la erección desbocada de mi entrepierna amenazara con reventarme la cremallera de los pantalones. Era tan desvergonzada que me fue imposible enfadarme.

Ella sabía que me estaba provocando, y yo también.

Me puse en pie y me abalancé sobre ella a una velocidad de vértigo, con una rapidez de reflejos que no había mostrado en meses, y la arrinconé contra la encimera. Apoyé un brazo a cada lado para que no pudiera apartarse.

—Sigue así y tal vez me cobre la recompensa que me habías prometido —le advertí.

Nuestras miradas se cruzaron en un choque de trenes entre mi voluntad y la suya.

—Qué guapo eres, Dios —dijo con la respiración entrecortada.

Me estremecí al oír sus palabras.

—No sigas —le ordené.

Sabía perfectamente que mi cara daba miedo. ¿Quería tomarme el pelo?

Entonces levantó una mano y me acarició la mejilla, recorriendo las cicatrices con la yema de los dedos. Tuve que hacer un esfuerzo titánico para no apartarle la mano. No me gustaba que nadie me tocara.

—¿Que no siga? ¿Que no te diga que eres atractivo? Te guste o no, eres muy guapo.

—Tengo la cara llena de cicatrices. ¿Es que no las ves?

—No tengo ningún problema de visión —replicó con voz dulce.

Tenía las manos muy suaves y cálidas. Lo único que deseaba en ese momento era seguir disfrutando del dulce roce de su piel, acariciándome la mejilla. Cuando me abrazó, acerqué la cara a su pelo y me impregné del aroma floral que desprendía.

—Qué bien hueles —le dije.

Hacía tanto tiempo que no disfrutaba del suave tacto de una mujer que me desarmó enseguida. Sabía que no estaba jugando conmigo. La atracción que sentía era auténtica y la química que existía entre ambos era una sensación desconocida para mí.

Antes de caer en las redes de las drogas me había acostado con muchas mujeres, pero nunca había vivido algo tan real como lo que estaba experimentando con Sam.

Quería apartarla de mí, pero me faltaban fuerzas. Se estaba convirtiendo en una adicción para mí, una droga; el calor que desprendía era irresistible.

Apoyó la cabeza en mi pecho y, cuando por fin la solté, no sabía cuánto tiempo había pasado.

Tenía tantas ganas de besarla que sentí una punzada de dolor en el estómago, pero lo último que quería era asustarla.

No sabía por qué, pero no quería que se marchase corriendo. La verdad era que prefería mantener las distancias con la mayoría de habitantes del planeta, pero no con ella.

Nos miramos fijamente y me estremecí al ser consciente de la sensación de consuelo que me provocaba el simple hecho de abrazar a Samantha. No solo era una mujer dulce y amable, sino que casi podía palpar sus emociones, su empatía.

—¡Mierda! —exclamé. Me di la vuelta y salí de la cocina.

¡Un día!

Llevaba menos de veinticuatro horas en mi casa y mi mundo ya había empezado a cambiar. Eso no me gustaba, pero al menos sabía que no iba a durar demasiado. Yo era un desecho humano y no quería que ninguna mujer tuviera que aguantarme, aunque fuera a cambio de sexo.

Cogí las llaves que tenía en una mesita auxiliar del salón, dispuesto a irme antes de ponerme a mí mismo en ridículo y hacer algo de lo que pudiera arrepentirme más adelante.

Entonces oí que Sam pronunciaba mi nombre y el impulso de volver fue desgarrador. Entré en la cocina, pero me detuve al darme cuenta de que era absurdo desear estar cerca de ella.

Me dejé llevar por el instinto e hice lo que hacía siempre cuando me enfadaba conmigo mismo. Cogí la taza en la que había tomado el café y la lancé contra la pared. Sentí una gran satisfacción al oír que se hacía añicos y pensé que yo mismo era como esa taza: estaba hecho pedazos y nunca volvería a ser el mismo.

Sin decir una palabra más, salí de la cocina y me alejé de la mujer que intentaba hacerme creer que había algo de luz al final del oscuro túnel.

\*\*\*

Acabé en casa de Liam, sentado a su mesa, observándolo mientras él desayunaba. Cuando se había presentado en mi casa con Micah, no quise confesarle cómo me sentía. Pero luego me confió que él también había tenido problemas de drogas y alcohol en su época en California, y me di cuenta de que él entendería por lo que yo estaba pasando. Liam no había tenido un problema de adicción tan grave como el mío, pero había asistido a muchas fiestas y bebido lo suficiente para comprender la mentalidad de alguien que necesitaba un trago o una dosis para sobrevivir.

—Es normal que no quieras tener una aventura con alguien —me dijo Liam—, pero tarde o temprano tendrás que asumir ese riesgo. No puedes quedarte encerrado en casa eternamente. Es más, creo que sería una opción peligrosa.

—Es la más fácil —expuse.

—Pero es una mierda.

—A veces —concedí a regañadientes.

Liam apartó el plato.

—A veces no, siempre. No intentes engañarme. Desengancharte de los problemas de drogas puede ser un esfuerzo muy solitario. He pasado por ello. Mis amigos seguían de fiesta en fiesta y yo no quería estar cerca de la tentación. Es muy fácil recaer en la bebida.

—No te imaginas la de veces que he tenido ganas de volver a beber. —Muchas más de las que recordaba.

Liam me lanzó una mirada inquisitiva.

—¿Por qué no lo has hecho?

—Porque no quiero decepcionar a mis hermanos… una vez más.

—Entonces, tarde o temprano tendrás que reincorporarte a la sociedad, Xander. Quedarte solo en esa casa tan grande son ganas de complicarte la vida. Acabarás cayendo en una depresión y entonces no te importará beber o no hacerlo. Te convencerás a ti mismo de que es algo que no afectará a la vida de Micah y Julian. Encontrarás una excusa para tomar un trago o una pastilla. Lo sé. He pasado por todo eso.

Sí, debía admitir que no era una idea nueva para mí. Pero siempre recordaba la mirada de decepción de Micah y Julian y al final lograba contenerme.

—Odio mis cicatrices —le solté con brusquedad.

Hasta el momento nunca había admitido que no quería asustar a los niños o a los animales con mi cara, pero, por algún motivo, quería que Liam me comprendiera. El problema no era que no quisiera salir, sino que tenía la sensación de que no debía hacerlo.

—Las cicatrices que no se ven son mucho peores que las de fuera —me aseguró—. Mucha gente tiene defectos, pero tú estás convirtiendo tu aspecto físico en un problema mucho más grande de lo que es.

Yo no le había preguntado a Liam por sus problemas con las drogas y el alcohol, pero a menudo daba muy buenos consejos.

—La gente solo ve el exterior.

—Pues enséñales quién eres. Sal a la calle y ve a ver a esa familia tan numerosa que tienes. Vuelve a tocar la guitarra, tu música. Hace tiempo que abandonaste lo que era más importante en tu vida. ¿No crees que ha llegado el momento de recuperarlo?

—No —repliqué.

Para mí, la música lo había sido todo. Mi vida. Mi corazón. Mi alma, joder. Pero ya no lo sentía así. Me pasaba casi todo el día atontado y había perdido la capacidad de expresar mis sentimientos a través de ella.

—Creo que ha llegado el momento —me aseguró—. No puedes perder algo tan importante sin volverte loco, es algo que aprendí gracias a Tessa. Yo quería protegerla, pero acabé ahogándola. Le arrebaté lo que más amaba; temía que si volvía al patinaje le ocurriera algo horrible. Sin embargo, cuando redescubrió lo que de verdad le gustaba, volvió a sentirse libre. Es verdad que en ese período también se enamoró de tu hermano, pero lo que al final le permitió dar un paso al frente fue volver a ponerse los patines y saltar a la pista de hielo.

La hermana de Liam, mi cuñada, era una de las mujeres más valientes que había conocido jamás. Y yo nunca se lo había dicho.

—Tuvo muchas agallas.

—Y tú también las tienes. —Liam se levantó y dejó el plato en el lavavajillas—. Lo único que pasa es que aún no las has encontrado. Podrás superarlo, Xander. Tal vez Samantha llegue a convertirse en tu musa.

Solté una carcajada. Fue un sonido áspero que me sorprendió incluso a mí mismo.

—Lo único que quiero de Samantha es tenerla desnuda y debajo de mí.

Liam se volvió.

—¿Estás seguro de lo que dices?

Tragué saliva.

—Sí, claro.

Era lo único que quería y lo máximo a lo que podía aspirar si aceptaba acostarse conmigo. No había podido quitarme de la cabeza la aterradora sensación de intimidad y proximidad que había sentido fugazmente a su lado hacía un rato. Ahora que estaba lejos de ella, no me cabía ninguna duda.

—Ni siquiera estás dispuesto a intentarlo —dijo Liam, exasperado.

—Deberías hablar con ella —repliqué—. Al menos yo no llevo tanto tiempo enamorado de alguien como te pasó a ti con esa camarera.

Se volvió bruscamente, apoyó las manos en la encimera y me fulminó con la mirada.

—Se llama Brooke y no estoy enamorado de ella. ¡Joder! Debe de tener diez años menos que yo. Quizá más. Es dulce e inocente, y yo he tenido una vida intensa. Simplemente... me preocupo por ella.

—Y una mierda. Eres tan posesivo que estás a la que salta a la mínima que cualquier hombre la mira. Micah me ha contado que el otro día montaste una escena cuando alguien se limitó a ser amable con ella...

Liam hizo una mueca.

—No fue solo amable. La estaba... tocando.

Sabía que había encontrado su punto débil. Se había puesto tenso y estaba apretando los dientes.

—Sí, claro, tú piensa lo que quieras. ¿Qué harás cuando decida salir con alguien?

—Nada. Si es lo que ella desea.

¿A quién diablos creía engañar? Aún no había nacido un hombre que fuera lo bastante bueno para aquella joven que despertaba los deseos más íntimos de Liam. Yo sabía que preferiría matar a cualquiera antes que permitir que le pusiera un dedo encima a Brooke.

—Nadie será lo bastante bueno para ella —le dije.

—Ya basta —replicó. Era evidente que empezaba a perder los nervios—. Estábamos hablando de Samantha, no de Brooke.

—No hay nada que hablar —insistí—. No estoy buscando una relación duradera. Solo quiero sexo.

—No siempre podemos elegir. Beatrice os dio a los dos una lágrima apache.

Me encogí de hombros.

—¿Y?

—Pues que tiene un historial de aciertos impresionante con los Sinclair. No ha fallado ni una sola vez.

—Pura suerte. No creo en esas memeces —dije a la defensiva. Cogí mis llaves y me pregunté si Samantha se habría ido después de que yo saliera de casa de forma tan precipitada.

Una parte de mí deseaba que así fuera.

Pero otra, tenía miedo de que se hubiera ido.

—Xander —me llamó Liam mientras me iba.

Me volví cuando estaba a punto de salir por la puerta y lo vi en el umbral de la cocina.

—¿Sí?

—No permitas que tus temores te impidan disfrutar de algo que mereces más que nadie —me advirtió.

Asentí lentamente antes de salir por la puerta. Había muchas cosas que Liam no comprendía porque no conocía toda la verdad. Yo le había confiado algunos secretos, pero siempre había otros que era mejor no desenterrar.

Algunas cosas habían muerto con mis padres, y al igual que mi padre y mi madre, a los que amaba con locura, jamás volverían a ver la luz del día.

# Capítulo 5

## Samantha

Después de pasar la aspiradora y limpiar los baños, me senté en el salón con un refresco *light*, intentando poner en orden mis pensamientos. Había recogido la taza que Xander había roto justo antes de irse.

Tal vez había sido lo mejor, que se hubiera marchado de aquel modo. Su pequeño ataque de ira no me había asustado en lo más mínimo, porque sabía que, en realidad, solo estaba enfadado consigo mismo.

El encuentro que había tenido con Xander por la mañana había sido algo inquietante. Yo no había ido allí buscando algún tipo de vínculo profundo. Mi objetivo era ayudarlo en todo lo que pudiera. Él no estaba preparado para ningún tipo de relación. Yo solo quería ser su amiga y confidente.

Sin embargo, al final me había visto arrastrada por el torbellino de sentimientos que se había formado en mi interior mientras él me sujetaba tan cerca de él, pero al mismo tiempo tan lejos del dolor que había llevado consigo durante tanto tiempo.

—No sé cómo llegar hasta él —susurré.

El problema no era que yo dudase de mis dotes de persuasión o de mi determinación. Si hasta le había ofrecido mi cuerpo para que me dejara quedar en su casa. Si aquello no era una opción desesperada, no sé qué podía serlo.

Lancé un suspiro y me recosté en el sofá. ¿Qué enfoque debía adoptar para que Xander me abriera su corazón? Era obvio que el de la amistad no me iba a servir de nada. A la mínima que habíamos disfrutado de un momento de calma y tranquilidad, Xander se había ido corriendo.

Comprendía por qué lo había hecho. Para ser sincera, nuestro breve encuentro también me había afectado un poco, pero Xander siempre sentía la necesidad de alejarse de todo aquello que amenazara con derribar el muro de defensa que había levantado a su alrededor en los últimos cuatro años.

Me sobresalté al oír el portazo, levanté la mirada y vi a Xander. No dijo nada. Se quedó inmóvil, observándome fijamente con una intensidad que me estremeció.

—¿Qué pasa? —pregunté con nerviosismo.

—Quiero acostarme contigo. Me has dicho que estabas dispuesta. ¿Sigue en pie la oferta? —me soltó con voz grave y descarnada.

Yo me lo quedé mirando boquiabierta y asentí lentamente.

Nunca decía algo que no sintiera de verdad. Si la única forma de comunicarme con Xander era acostándome con él, estaba dispuesta a hacerlo. Quizá no pudiéramos ser amigos, pero podíamos comunicarnos como amantes.

—Desnúdate —me ordenó, con un tono que me sorprendió por su brusquedad.

—¿Aquí?

Yo no era una *femme fatale*. Había salido con chicos en la universidad, pero mis experiencias en este ámbito eran bastante limitadas. Por mucho que intentara convencerme a mí misma de que me gustaba el sexo sin compromiso… no era cierto. Siempre había tenido una actitud algo reservada en lo que se refería a las relaciones íntimas.

Después de lo ocurrido por la mañana, sabía que tal vez no podría mantenerme al margen emocionalmente si me acostaba con Xander.

—Aquí y ahora, si de verdad lo deseas —me dijo apretando la mandíbula y con todo el cuerpo en tensión.

Me levanté, consciente de que no podía echarme atrás. Sus palabras eran un desafío; tal vez quería que demostrara que no había recurrido a esa promesa solo para colarme en su casa y en su vida. Y yo sabía que bajo el deseo carnal que rezumaba por todos los poros de la piel habitaba una ira que no se aplacaría hasta que él decidiera iniciar el proceso de sanación.

Mi oferta había sido sincera. Me sentía atraída por él, pero había creído que tardaría más tiempo en dar el paso, de modo que yo no tendría la sensación de estar acostándome con un desconocido.

Por desgracia, si algo no tenía era tiempo. Si me echaba atrás en ese momento, pasaría a formar parte de la lista de personas que lo habían engañado para conseguir lo que querían y salirse con la suya. Xander estaba decidido a cobrarse la oferta que me había hecho porque creía que no cumpliría con mi palabra.

Pese a todo ello, decidí quitarme el vestido por la cabeza sin apartar la mirada de su rostro. Se había producido un cambio apenas perceptible que yo no sabía expresar de forma clara.

Xander estaba al borde de la desesperación, pero yo no sabía si deseaba mi cuerpo o solo necesitaba una especie de liberación.

Era obvio que la taza que había destrozado por la mañana no le había servido de gran cosa.

Dejé caer el vestido al suelo y permanecí inmóvil, conservando únicamente mis braguitas de encaje verde. Nunca había ido muy sobrada de delantera, por lo que no era imprescindible que llevara siempre sujetador.

Me estremecí cuando Xander avanzó hacia mí y se detuvo a escasos centímetros. Era un hombre imponente.

—Preciosa —dijo con voz grave.

Sin dejar de mirarme con sus ojos oscuros, me agarró las braguitas con una mano y, con un rápido tirón, acabaron en el suelo, con el vestido.

Oí su pesada respiración mientras me devoraba con la mirada, excitado por lo que veía ante sí.

Entonces me besó de forma brusca. Me devoró con avidez, pero no me importó. Yo lo agarré del pelo con fuerza. Xander insistió en su incursión con la lengua, y yo cedí y me entregué sin reservas.

Lancé un gemido al notar sus dedos entre mis piernas, buscando mi clítoris.

—Ya estás mojada —murmuró sin apartarse—. Quiero que me rodees la cintura con las piernas.

Obedecí y de pronto me empotró contra la pared mientras intentaba desabrocharse el botón de los pantalones. Yo lo abracé con fuerza para no caer, sorprendida por la agilidad de sus movimientos.

Antes de que pudiera asimilar lo que estaba pasando, Xander me penetró. Tuve que morderme el labio para reprimir un gemido de dolor.

Estaba muy bien dotado y hacía tiempo que yo no tenía ningún tipo de relación sexual con nadie.

Me dolió, pero Xander se había dejado arrastrar por la pasión del momento y decidí no pararlo.

Por un instante, disfruté de su aliento entrecortado, del tacto de sus músculos en tensión con cada embestida a un ritmo que yo no podía seguir.

De hecho, acabó antes siquiera de yo tuviera tiempo de empezar a disfrutar. Llegó al orgasmo y se apartó para que yo pudiera volver a apoyar los pies en el suelo.

Mientras se quitaba el preservativo que no le había visto ponerse y se abrochaba los pantalones, sentí un vacío como no había experimentado jamás.

Yo se lo había ofrecido todo, y él lo había tomado.

Para mí había sido una relación fría y sin sentimientos.

Para él, fue poco más que una forma de liberar sus impulsos más primitivos.

Y todo ocurrió en muy poco tiempo.

No hubo ninguna intimidad. Fue solo una sesión de sexo poco gratificante.

—¿Estás bien? —me preguntó con voz grave.

¿Lo estaba? A decir verdad, no sabía qué responder. Lo miré. El corazón me latía tan fuerte que era casi lo único que podía oír.

No me gustaba nada lo que acababa de pasar entre nosotros, pero había sido culpa mía. Me había convencido a mí misma de que podría acostarme con Xander para darle la satisfacción que buscaba y que me dejara entrar en su mundo.

Pero me había equivocado por completo.

No estaba preparada para la devastadora sensación de entregarme a alguien por el mero hecho de hacerlo.

No me gustaba lo que sentía.

No me parecía bien.

De hecho, me sentía… utilizada.

—¿Samantha? —preguntó Xander con brusquedad.

—Estoy bien —me limité a responder de forma inexpresiva.

Recogí las braguitas desgarradas y el vestido con manos temblorosas.

—No quería que pasara esto —dijo.

Tal vez era cierto y no se esperaba que yo fuera a aceptar. ¿Había sido una prueba? Estaba convencida de que sí.

—Yo me he ofrecido —le aseguré. La única culpable era yo—. Y he cumplido con mi promesa.

Si me dolía el corazón y sentía el alma vacía, era porque había creído que podría manejar la situación fácilmente.

Pero… no era así.

—Samantha, yo…

—No pasa nada —le corté, tapándome los pechos con la ropa.

A fin de cuentas, era cierto. Lo que había ocurrido… no era nada. Yo había conseguido lo que había pedido: sexo sin compromiso y sin sentimientos.

Ambos nos habíamos comportado de manera fría y distante.

Los ojos se me inundaron de lágrimas. No quería que Xander las viera, así que hice lo único que podía hacer.

Me fui corriendo.

# Capítulo 6

—¡Maldita sea, Samantha! ¡Espera!

Pero ya se había ido. La ira se acumulaba en mi interior; cogí un jarrón de cristal de la mesita y lo estrellé contra la pared.

Esta vez no me produjo ninguna satisfacción oír el sonido del cristal hecho añicos.

—¡Mierda!

Me había subido los pantalones, pero me sentía como un idiota ahí en el medio de la habitación, intentando asimilar lo que acababa de ocurrir.

Yo quería… Me había limitado a tomar lo que me había ofrecido. Y, por extraño que parezca, no sentía una satisfacción especial después de haber practicado sexo con Sam.

Lo cierto era que quería conectar con ella a nivel emocional, lo deseaba más que nada en el mundo, pero era incapaz. Por eso había recurrido al único método que sí dominaba.

Y todo se había ido a la mierda.

—Soy un imbécil —gruñí.

Entonces cogí otra estatuilla de la mesa. Rodeé la frágil guitarra de cristal con la mano, la que me habían regalado Micah y Tessa en su última visita.

Hice el gesto para tomar impulso, pero al final dejé el objeto en la mesa. No quería destruir un regalo de mi familia. Era una de las muchas cosas que había hecho mi cuñada por mí. Quizá era un capullo, pero romper un regalo de Micah y Tessa habría sido demasiado.

Después de dejar la figura en la mesa con cuidado, me puse a dar vueltas por la habitación para templar los nervios. No dejaba de oír la frase que había pronunciado Sam con tanta indiferencia: «No ha sido nada».

Tenía razón. No había sido nada. Mi incapacidad para darle algo había sido uno de los actos más egoístas que había perpetrado jamás. Y tenía mucha experiencia en ese aspecto.

Era cierto que nunca me había enamorado como Micah o Julian, pero no me comportaba de forma tan egoísta cuando me acostaba con una mujer. Todas mis conquistas eran importantes, aunque supiera que nuestra relación no fuera a durar eternamente. En cierto modo, antes del asesinato de mis padres, siempre había entregado un pedacito de mí mismo a todas las mujeres con las que había estado.

Sin embargo, era obvio que en ese momento era incapaz de darle nada a nadie. Tenía tanto miedo de mostrar mis sentimientos más íntimos que me los guardaba todos para mí. Lo que acababa de ocurrir con Sam había sido un acto puramente mecánico, y eso siendo generosos. Estaba claro que para ella no había sido nada satisfactorio. ¿Cómo podía serlo, si no había tenido tiempo de disfrutar de nada?

Yo, por mi parte, me había dejado arrastrar por la sensación de placer indescriptible de metérsela hasta el fondo. No había podido parar. La parte del orgasmo no fue tan agradable. Me gustó más la sensación de estar en contacto íntimo con alguien después de haber pasado tanto tiempo solo.

—He oído un ruido. ¿Va todo bien? —preguntó Sam cuando bajó por las escaleras, con una mirada de preocupación en la cara.

A pesar de todo lo que le había hecho, ¿todavía se preocupaba por mí? ¡Mierda! No era digno de ella.

—No, no va todo bien. Te he hecho daño.

Se acercó hasta mí, vestida con unos pantalones vaqueros y una camiseta de tirantes.

—No es culpa tuya, Xander. Quería probarlo. Supongo que no soy de ese tipo de mujeres que se contentan solo con el acto físico.

—No eres de las que disfrutan con el sexo sin compromiso, ¿verdad? —pregunté.

Al penetrarla noté su estrechez y enseguida me di cuenta de que no era tan promiscua como yo.

—Normalmente no.

—Lo sabía. ¿Por qué lo has hecho, entonces?

—Porque me atraes y sé que en estos momentos no puedes darme nada más.

Me conocía tan bien que me enfadé aún más.

—¿Porque soy un drogadicto y un alcohólico?

—No, lo digo por tu actual estado de ánimo. Sé que has dejado las drogas y el alcohol, pero aún buscas una vía de escape, y lo último que necesitas en estos momentos es establecer un vínculo emocional con alguien.

Se sentó en el sofá y cruzó las piernas.

—Es que no puedo —admití con voz desesperada—. No tengo nada que dar.

—Tienes mucho que ofrecer a los demás —me corrigió amablemente—. Pero no quieres darlo.

Me di un puñetazo en el pecho.

—Estoy vacío, joder. Ya no tengo nada aquí dentro. Solo queda el caparazón del hombre que fui. ¿No lo entiendes? Apenas me quedan fuerzas para sobrevivir.

Sam asintió con un gesto tranquilo.

—Lo entiendo, Xander. De verdad. Pero debes encontrar una forma de dejar a un lado el dolor y enfrentarte a la realidad.

—Esta es mi realidad, joder —grité—. Mi vida se acabó el día que un puto loco mató a mis padres a tiros delante de mí. Cuando cierro los ojos, aún veo su sangre y su dolor. Veo a las dos personas que más quería en el mundo indefensas ante un loco sin piedad. Me acecha el pánico de su mirada cuando entendieron que iban a morir. Yo sobreviví físicamente, pero mi cuerpo se convirtió en algo vacío.

¡Joder! Qué ganas de beber tenía. Quería pastillas también. Cualquier cosa que cortara de raíz el dolor que estaba a punto de embestirme como un tren de mercancías.

Guiado por mi instinto, me encerré en mí mismo, porque no estaba dispuesto a enfrentarme a la oleada de emociones que crecía en mi interior. De hecho, no era capaz de hacerlo.

En esos momentos no podía enfrentarme a ello. Quizá nunca lograría asimilarlo.

Entonces vi la lágrima solitaria que se deslizaba por la mejilla de Sam. Tenía los ojos empañados y me escuchaba con atención.

—La realidad es que tus padres ya no están —me dijo con voz grave y descarnada—. Te querían y tú los querías también a ellos. Pero ya hace varios años que murieron. No puedo decirte que lo superes o que intentes olvidarlo. Solo te pido que no te aferres a ese dolor. El sufrimiento no hará que resuciten.

—No puedo —repliqué, frustrado.

—¿Por qué?

Otra vez esas dos malditas palabras que me sacaban de quicio… una vez más.

—Porque no habrían muerto si no hubieran estado en casa ese día. Aún estarían vivos. A salvo.

—Eso no lo sabes…

—Lo sé —gruñí. Entonces le confesé algo que nunca había podido compartir con mis hermanos—. Murieron por mi culpa. Perdieron la vida porque aquel puto loco me buscaba a mí.

Nadie sabía por qué habían intentado robar en casa de mis padres ese día. Yo era el único que conocía la verdad, un secreto que me había acechado durante años, que me había reconcomido las entrañas hasta dejarme vacío.

—¿Cómo lo sabes? —preguntó con voz suave.

Me dejé caer en el sofá, derrotado.

—Porque me lo dijo. Primero me disparó, pero solo para inmovilizarme. El disparo en el abdomen me impidió reaccionar y tuve que presenciar cómo morían mis padres. Después de agotar las balas con ellos, solo le quedaba un cuchillo enorme. Cada puñalada fue una declaración, no paraba de hablar de las ganas que tenía de matarme. No había asaltado la casa por mis padres. Ellos solo eran dos víctimas inocentes que se encontraban en el lugar equivocado. Venía a por mí.

—Pero estaba loco —dijo Sam, acariciándome el brazo—. No puedes culparte por los actos de un hombre que no estaba en sus cabales.

Volví la cabeza y la miré fijamente.

—¿Cómo no voy a hacerlo? Si no hubiera estado con mis padres, me habría encontrado en otro lugar. Ellos no habrían muerto. Dejé huérfanos a mis hermanos. Tienes razón. Nos querían, y nosotros los queríamos tanto o más. Mis hermanos no merecían perder a nuestra madre y a nuestro padre solo porque yo fuera una superestrella de la música a la que alguien odiaba y quería matar. Es el precio que tuvieron que pagar por mi fama.

—Pero ¿acaso tus hermanos te culpan?

—No. No lo saben. La policía cerró el caso enseguida. El tipo había muerto, nadie sabía nada de lo que ocurrió ese día ni del móvil del asesino. Las autoridades llegaron a la conclusión de que había sido un robo sin más. Pero eso no importaba gran cosa, porque el asesino había muerto.

Aparté el brazo para que no me tocara y me senté en el otro extremo del sofá. No quería que nadie me tocara. Me había convertido en una especie de veneno, en una sustancia tóxica que acababa con la vida de los demás.

—Julian también es un personaje público. ¿Cómo te sentirías si le hubiera ocurrido esto a él? ¿Y si hubiera sido él quien estaba con tus padres y alguien hubiera querido matarlo por ser famoso? ¿Lo odiarías si alguien hubiera asesinado a tus padres por culpa de su fama?

Aparté los ojos de su mirada empática. Nadie me había hecho esa pregunta jamás.

—No lo sé.

—Claro que lo sabes.

—¡No es verdad! ¡Te acabo de decir que no lo sé, hostia!

Tenía la habilidad de sacarme de quicio.

—De acuerdo —replicó, y la serenidad de su tono hizo que me dieran aún más ganas de arrancarme el pelo.

Aun así, no podía dejar de pensar en cómo me sentiría si todo hubiera ocurrido de otra forma, si hubiera sido Julian quien se encontrara en casa de mis padres el fatídico día y un loco hubiera intentado matarlo. ¿Lo habría culpado?

—Intenté convencer a Julian para que me acompañara. Le eché en cara que apenas veía a nuestros padres —confesé—. Así que también estuvo a punto de morir por mi culpa.

—Pero está vivo, Xander. No te tortures por algo que no pasó.

Cerré los puños con fuerza. Estaba tan tenso que me sentí a punto de explotar. Seguramente tenía razón: de nada me servía pensar en lo que podría haber pasado, pero a veces no podía evitarlo.

Vi a mis padres cubiertos de sangre, muertos... Era una imagen que no podía quitarme de la cabeza. Recuerdo que en ese momento deseé haber muerto con ellos. Me desperté en el hospital, presa de una ira incontrolable que no me había abandonado desde entonces.

—¿Crees que a mí me gusta estar así? —gruñí—. ¿Crees que no me gustaría viajar al pasado y cambiar todo lo que pasó? No soporto ser quien soy, pero no puedo hacer nada. No tengo una máquina del tiempo que me permita evitar que mis padres sufrieran una muerte brutal, dolorosa y despiadada. Todo por mi culpa.

—¿Crees que tus padres habrían querido que te sintieras así? —preguntó Samantha, armándose de paciencia—. Te querían. ¿Crees que les habría gustado verte en este estado?

En ese preciso instante la odié con toda el alma porque había dado en el clavo. Mis padres no habrían querido que me hundiera. Habrían querido que disfrutara de la vida, algo que ellos no habían podido hacer.

—Sí, habrían querido que saliera adelante. Estaban orgullosos de mi éxito.

—Pues la mejor forma que tienes de honrar su memoria es vivir la vida al máximo. Porque ahora mismo es como si hubieran muerto en vano. ¿Qué has hecho para asegurarte de que todo el mundo los recuerde? ¿Has creado algún tipo de beca? ¿Un monumento? ¿Una fundación a favor de algunas de las causas que defendían?

Mis padres habían donado grandes cantidades de dinero a muchas organizaciones benéficas, sobre todo mi madre. Además, siempre anteponía el trabajo al dinero y no le importaba dedicar todas las horas que fueran necesarias a labores de voluntariado.

A pesar de todo ello, me enfadé, me levanté del sofá y miré fijamente a Samantha.

—¿Crees que eso serviría de algo? ¿Que regalara su dinero?

Negó con un gesto lento de la cabeza, sin dejar de mirarme.

—De nada serviría si no lo haces de corazón.

—No tengo corazón, maldita sea —le solté. Entonces agarré una lámpara que había en una mesita y la estampé contra la pared—. Me da todo igual.

La pantalla de cristal se hizo añicos tras el impacto. Samantha negó con la cabeza y se puso en pie.

—¿Adónde vas? ¿Quieres que hable y luego no eres capaz de asimilar quién soy? ¿Crees que bajo este rostro horrible cubierto de cicatrices se esconde un hombre bueno y decente?

—Sé que eres buena persona —replicó—, pero si tú no estás dispuesto a aceptarlo, yo tampoco voy a quedarme aquí sentada, de brazos cruzados, viendo cómo te destruyes. Así que tú mismo. Puedes lanzar todo lo que te dé la gana contra la pared, como si fueras un niño de dos años con un berrinche. Pero eso no cambiará nada.

—¡Que te den! —le grité.

Se dio la vuelta al llegar a las escaleras.

—No, gracias. Ya me han dado suficiente —me soltó—. Y te agradecería que barrieras los trozos de cristal del suelo. Ya lo había limpiado y no tengo por qué ir recogiéndolo todo detrás de ti como si fuera tu criada.

Me la quedé mirando mientras subía por las escaleras contoneando las caderas. Me hervía la sangre. ¿Cómo coño se atrevía a darme órdenes? Era ella la que trabajaba para mí. Si quería romper todo lo que había en la casa, podía hacerlo y ella tenía que limpiarlo sin rechistar. Era su trabajo. Mis hermanos le pagaban por eso. O, mejor dicho, era Julian quien le pagaba.

«¿Y si se corta con los cristales mientras los barre? ¿Y si se hace daño por mi culpa?», pensé.

No se me había ocurrido hasta entonces, pero lamentablemente ahora debía tener en cuenta esa posibilidad.

Exhalé el aire que estaba conteniendo y me relajé un poco ahora que Sam se había ido.

Mientras recuperaba el aliento, me di cuenta de lo tenso y alterado que me había puesto. Lo cerca que había estado del precipicio. Pero nunca le habría hecho daño a Samantha. Al menos a propósito. En cualquier caso, si yo estaba tan alterado, era por su culpa. Tenía que lograr que dejara de presionarme y de hacerme preguntas impertinentes.

Porque sabía que tenía razón.

A decir verdad, me había obligado a pensar, que era lo último que me apetecía.

Eché un vistazo alrededor, pensando en lo que me había pedido Sam, y al final decidí hacerle caso y limpiar los fragmentos de cristal, sin dejar de negar con la cabeza.

# Capítulo 7

## Samantha

Durante unos días, tuve que hacer un gran esfuerzo para disimular el hecho de que el dolor de Xander me estaba partiendo el corazón. Me hería tanto que no podía soportarlo. Logré mantener la compostura hasta que llegué a mi habitación, pero una vez allí me derrumbé y rompí a llorar, arrastrada por la pena después de que él hubiera compartido conmigo su sentimiento de culpabilidad por la muerte de sus padres.

Tenía que ser fuerte, a pesar de que me afectaba mucho verlo tan vulnerable. Sí, era cierto que Xander estaba fatal, pero es que nadie podía soportar semejante dolor y salir indemne. Lo sabía por propia experiencia. Y también sabía que debía intentar deshacerse de la culpa. Tenía que lograr que se abriera más, hacerle ver qué era real y qué no. Se estaba regodeando en su sufrimiento, avergonzado por algo que no atendía a ninguna lógica. Julian me había asegurado que nunca se le había pasado por la cabeza culpar a su hermano por lo que les había pasado a sus padres. Y estaba convencida de que Micah tampoco lo haría.

«En estos momentos la realidad es lo que menos le importa. Entiendo cómo se siente, lo que ocurre cuando cargas con la culpa de algo que no dependía de ti. Yo lo he hecho y sé que la culpa que siente Xander es real, a pesar de que no es responsable de nada de lo que ocurrió», pensé.

El doble asesinato fue un hecho trágico, horrible y sumamente doloroso, provocado por las acciones de alguien que sufría algún tipo de trastorno mental.

Por desgracia, Xander no compartía mi punto de vista. No era capaz de pensar con racionalidad porque el sentimiento de culpa le había enturbiado el juicio. Era él quien había sufrido un trauma al convertirse en testigo del homicidio de sus padres. A decir verdad, no podía imaginar lo duro que debió de ser para él ver que sus padres, a los que tanto amaba, perdían la vida de forma tan cruel y violenta.

Los últimos días habían sido muy tensos y no lo había forzado para que volviera a hablar del tema. Comimos juntos y me llevé una agradable sorpresa al comprobar que había limpiado los cristales de la lámpara que había roto en el salón. No obstante, nuestras conversaciones se limitaron a temas banales. De vez en cuando notaba que me miraba, como si tuviera ganas de decir algo, pero al final siempre cualquier tema que tuviera una carga emotiva o fuera doloroso.

Lancé un suspiro mientras me ponía un vestido holgado por encima del bañador y agarré la toalla que había dejado sobre la cama. Me había pasado el día trabajando, organizando la casa y preparando la cena en la olla de cocción lenta.

Hasta entonces había logrado evitar la tentación de la playa, pero en ese momento necesitaba tomarme un descanso, necesitaba la paz y la serenidad de la playa.

Me puse el sombrero para proteger mi delicada piel y no quemarme, cogí el cesto de la playa y bajé.

—¿Adónde vas? —me preguntó Xander desde la salita.

Me detuve en la puerta de la sala de estar y le dediqué una sonrisa. Vi que la habitación estaba bastante ordenada y que había empezado a recoger todo lo que ensuciaba. Era un cambio sutil, pero confiaba en que empezara a sentirse orgulloso de la preciosa casa que tenía.

—Bajo un rato a la playa. Julian me ha dicho que es muy grande.

—No lo sé, nunca he ido.

—¿Te apetece acompañarme?

—Podría haber gente. No me gusta la compañía.

—Quizá, pero no creo. Estamos bastante alejados de Amesport.

—¿Y si ha ido alguien raro? Últimamente hay muchos turistas y no todos vienen con buenas intenciones.

¿Era posible que estuviera preocupado por mi seguridad? Pero si vivíamos en una pequeña población… Sí, estábamos en la costa y en verano había muchos visitantes, pero estábamos lejos de las playas más concurridas y yo estaba segura de que no habría nadie. Las probabilidades de que apareciera un loco en la playa eran minúsculas.

—No pasará nada.

Me miró fijamente de arriba abajo.

—No conoces la zona.

—Dame tiempo y la conoceré. Tampoco es que vaya a perderme. —Caray, si ya se ponía así cuando quería ir a la playa, ¿qué haría cuando le dijera que quería ir a Amesport?—. He vivido en Nueva York, Xander. Creo que podré cuidar de mí en Amesport.

—¿Has vivido en Nueva York? —me preguntó, asombrado.

—Sí, durante años viví y trabajé en la Gran Manzana.

Por lo visto, en ninguna de nuestras charlas insustanciales había llegado a contarle de dónde venía.

—El peligro acecha en todas partes —masculló.

—Es verdad. —Tenía razón, hasta las poblaciones más pequeñas podían ser peligrosas, pero no era un tema que me preocupara en exceso. Hacía tiempo que había aprendido que no podía vivir constantemente atemorizada—. ¿Quieres acompañarme? —insistí, convencida de que rechazaría la invitación.

Dudó unos segundos.

—Bueno.

El corazón me dio un vuelco.

—Pues vamos, nos quedaremos por aquí cerca.

Si algo deseaba era que Xander saliera durante un rato de aquellas malditas cuatro paredes, de aquel lugar en el que estaba atrapado por miedo a que el mundo exterior no lo aceptara.

Se levantó y apagó la televisión, que había puesto en silencio cuando bajé, y me siguió en silencio a la calle.

En cuanto crucé la puerta me embargó el olor del mar y me detuve en seco para respirar hondo, disfrutando del calor del atardecer. Reinaba una calma absoluta, solo se oían las olas a lo lejos.

—Esto es precioso —dije con alegría—. No sé cómo has podido resistir la tentación del océano tanto tiempo. Yo me pasaría todo el día fuera si pudiera.

Juntos atravesamos el jardín y tomamos el camino que conducía a la playa.

Xander se encogió de hombros.

—Antes me gustaba. Ahora ya no.

No tenía ganas de discutir con él, así que seguí andando, pero me detuve bruscamente al ver el océano.

—Dios… es maravilloso.

Era una playa pequeña, pero de sobra para los dos. Estaba desierta y la arena cálida me trasladó al paraíso en cuanto la pisé.

—Si tanto te gusta la playa, ¿qué hacías viviendo en Nueva York? No creo que tuvieras vistas al mar desde tu apartamento —me dijo Xander.

Lo miré y puse los ojos en blanco.

—No todos podemos permitirnos el lujo de tener una casa en primera línea de mar.

—O un piso en Nueva York —replicó.

—Yo vivía en un piso alquilado de una sola habitación. Muy modesto. Y te aseguro que no había vistas al mar.

No era un apartamento barato, pero no era nada en comparación con las mansiones gigantescas y los jardines a pie de playa que poseía la familia Sinclair en esta encantadora población de Nueva Inglaterra.

Tendí la toalla cerca del agua y me senté, esperando a que Xander hiciera lo mismo.

—Creo que a veces quedamos atrapados en las obligaciones del día a día; supone un esfuerzo tan grande el mero hecho de sobrevivir, que acabamos olvidando lo que de verdad nos gusta.

Al final se sentó en la arena, junto a la toalla.

—¿En Nueva York te limitabas a sobrevivir? —preguntó con un deje de curiosidad.

Dirigí la mirada al mar para pensar la respuesta.

—Me gustaba la ciudad y echo de menos a mis amigas, pero sí, quizá tengas razón. Había olvidado lo mucho que me gustaba Maine. Mi abuela tenía una casita en la playa, en un pueblecito al norte de Amesport. Iba todos los veranos, pero la pobre murió cuando yo llegué a la adolescencia, y dejé de ir. Al final mis padres vendieron la casa y, con el tiempo, acabé olvidando lo agradable que es relajarse en el océano. —Hice una pausa al recordar los veranos con la abuela—. Hacía unos pasteles deliciosos. Nunca he llegado a su nivel, pero me encantan las tartas. Quizá porque me traen a la memoria esos recuerdos tan felices.

—¿Por eso hiciste el pastel ayer? —preguntó—. Hacía años que no probaba uno tan bueno.

Me encogí de hombros.

—Solo era un pastel de limón, pero me alegro de que te gustara. Mi abuela preparaba un pastel de arándanos silvestres que se derretía en la boca. Me gustaría hacerlo algún día.

Mi obsesión con el dulce no me había permitido olvidar que no había vuelto a probar un pedazo de pastel de arándanos silvestres desde la adolescencia.

—En el mercado de agricultores venden todo tipo de frutas, verduras y hortalizas. Kristin y Tessa siempre vuelven cantando sus alabanzas.

Asentí con la cabeza.

—Algún día me gustaría ir a verlo, pero ahora prefiero disfrutar del sol y el calor del océano.

—Antes me encantaba el mar —confesó Xander—. En California tenía una casa junto al océano y no me cansaba del murmullo de las olas o de contemplarlo. Salía a pescar siempre que podía y hacía surf con mis amigos.

—A mí me gusta pescar. ¿Se te da bien el surf? Yo nunca he tenido la oportunidad de aprender. Pasaba poco tiempo en la playa y se necesita mucha práctica para llegar a dominar la tabla.

—Depende de lo que entiendas por «bien».

—¿Te aguantabas en pie?

—Sí.

—Entonces se te daba bien —le solté—. Yo lo probé varias veces, pero apenas me mantenía sobre la tabla. Ya ni te cuento ponerme en pie.

Xander se encogió de hombros.

—Es algo que pide práctica y paciencia.

El corazón me dio un vuelco cuando me volví y lo miré. Su pelo oscuro ondeaba con la brisa, alborotado. Nunca lo había visto tan relajado desde mi llegada y era agradable que se atreviera a compartir ese tipo de detalles conmigo. Después de lo que nos había pasado solo un par de días antes, no quería presionarlo más de la cuenta. Lo último que deseaba era que volviera a encerrarse en sí mismo.

—¿No echas de menos la música?

Sabía que me adentraba en arenas movedizas, pero tenía que intentarlo.

—No puedo tocar ni cantar —respondió con voz grave—. Lo he intentado, pero ya no llevo la música dentro. Como te dije, me siento vacío.

—No puede haber desaparecido —le aseguré con tacto—. Estoy convencida de que tarde o temprano volverá.

Era imposible que hubiera perdido ese gran talento que poseía. Lo que le pasaba era que había perdido el deseo de tocar y cantar. En una conversación con Julian, su hermano me había asegurado que no existía ningún motivo físico que le impidiera volver a actuar. Simplemente... estaba bloqueado.

Xander se rio... Soltó esa carcajada forzada que tanto odiaba.

—Lo tuyo sí que es optimismo. Lo he intentado, pero no ha servido de nada.

—Tengo motivos para ser optimista, era muy fan tuya.

Volvió la cabeza bruscamente para mirarme y me observó durante unos segundos antes de decir:

—¿Lo dices en serio o me tomas el pelo?

—¿Por qué iba a hacer eso? No tengo ningún motivo para mentirte sobre tu música y tampoco me gusta tomarte el pelo. Era muy fan. Pregúntame lo que quieras. Conozco todas las canciones que grabaste.

Enarcó una ceja con escepticismo y recitó parte de un fragmento sin llegar a cantarla:

No hay vuelta atrás.
Debo seguir adelante.
Tengo una nueva vida, no quiero más.

Reconocí la letra de inmediato. Era una de mis favoritas.

—«Destruido» —dije. Era el título de la canción—. Del disco homónimo, publicado en 2011.

Me miró boquiabierto y se puso a cantar otra canción. Le dije el título y el año sin pensármelo dos veces.

—Vaya, pues sí que eras una fan —admitió Xander.

—Aún lo soy. Tu música no ha muerto. Tus canciones me ayudaron a salir adelante en mi época más oscura. Tu música no ha dejado de existir y sigue siendo muy importante para tus seguidores.

No respondió, se limitó a girar la cabeza y mirar hacia el mar.

—Es posible —dijo al final—. Mis discos siguen vendiéndose. ¿A qué te referías con tu época más oscura? ¿Alguien te rompió el corazón?

Guardé silencio, incapaz de hablarle de mi tragedia más íntima; tan solo me encogí de hombros.

—Fue hace mucho. Pero tu música me ayudó enormemente.

Xander asintió.

—Me alegro de que le sirviera de algo a alguien.

Fue un pequeño paso, pero mi corazón empezó a latir con fuerza y tuve que respirar hondo. No iba a lograr mi objetivo en un solo día. Tenía que ir paso a paso y confiar en que Xander lograra recuperar una parte de lo que había perdido. Saqué el teléfono que llevaba en el cesto de la playa. Abrí la aplicación de música y elegí el disco de uno de mis cantantes favoritos, pero no de Xander. Aún no estaba preparado para enfrentarse a ello.

Cuando empezó a sonar la canción, dejé el teléfono en la toalla y me quité el vestido, de color rosa, muy ligero. Casi podría haber pasado por una camiseta muy larga.

—Oh, no. Ni hablar —gruñó Xander, que me cogió el teléfono—. Ese grupo es muy malo.

—A mí me gusta. Déjalo —repliqué.

—Pero si dan pena. Solo saben dos acordes.

Se puso a examinar todos los discos que llevaba en el teléfono, pero se lo arranqué de las manos.

—Devuélvemelo.

—Voy a poner otra cosa. El cantante maltrata a su mujer y el batería está trastornado.

Forcejeamos en broma para hacernos con el control del aparato hasta que lo tiré al suelo e intenté recuperar lo que me pertenecía.

—Me gusta su música.

—Pues yo no los soporto como personas —replicó, estirando su largo brazo para que no pudiera quitarle el teléfono.

—No pienso salir con ninguno de ellos.

—¡Solo faltaría!

—Xander —le dije en tono amenazador y me senté encima de él.

Ninguno de los dos hablaba en serio, o, cuando menos, confiaba en que él estuviera bromeando. Era tan agradable y divertido bromear de aquel modo que no quería que acabara.

Llevaba el pelo suelto y tuve que apartármelo de la cara mientras me estiraba para recuperar el control de mi teléfono, que no había dejado de reproducir la canción.

—Caray, Sam, qué guapa eres.

Me quedé paralizada y lo miré a los ojos. Xander me devoraba con la mirada mientras sus ojos se deslizaban por mi piel desnuda.

—Xander…

¿Qué podía decirle? ¿Que no quería que me tocara? No habría sido verdad. Todavía lo deseaba, quizá más en ese momento que cuando me había empotrado contra la pared, para dar rienda suelta a nuestro lado más salvaje en un encuentro que no había durado más de dos minutos. Pero no quería que se repitiera de aquel modo porque me había dejado destrozada.

—Siento lo que te hice, Sam. Lo siento, soy un cretino. Siento que estés atrapada conmigo. No quería hacerte daño. —Me suplicó con la sincera mirada de sus ojos oscuros y no pude apartar los míos.

—Yo no lo siento. Me alegro de estar aquí contigo —confesé fascinada.

Sus ojos eran una hoguera de pasión que desencadenaron una reacción volátil en mí. Excitada, noté que los pezones se me ponían duros y que el calor se extendía en mi entrepierna. Y también el corazón, que empezó a martillearme el pecho como un yunque.

—¿Me perdonas? —preguntó con voz grave, como si no estuviera acostumbrado a pronunciar aquellas palabras.

—Ya lo he hecho.

Agaché la cabeza y lo besé porque no podía aguantarme más. No soportaba ver su mirada de dolor.

Sentí un escalofrío de placer cuando mis labios se posaron sobre los suyos. Mi corazón estaba a punto de explotar.

—Samantha —murmuró Xander, deslizando las manos por mi espalda desnuda.

—Xander —susurré con un suspiro sin apartar los labios de los suyos, para que notara mi cálido aliento.

En un abrir y cerrar de ojos intercambiamos posiciones y se abalanzó sobre mí. Yo lo agarré del pelo para que no se separara de mí. El beso se transformó en un arrebato de pasión desesperada y, mientras Xander se hacía con el control de la situación, su lengua buscó la mía con un frenesí que escapaba a nuestro control.

La excitación me superaba. Aquello era tal y como debería haber sido un encuentro sexual con él... pero sin la parte del sexo. Éramos todo pasión, desesperación... Pero yo no podía aguantar aquella tortura y entrelacé las piernas en torno a su cintura para sentirlo más cerca.

Él me agarró de la nuca en un gesto posesivo e instintivo mientras su lengua no daba tregua a mi boca.

Aquello era real.

Era carnal.

Y era extraordinario.

Lancé un gemido cuando se apartó unos segundos y me mordí el labio inferior.

No quería apartarme, pero tuve que hacerlo cuando se incorporó sin soltarme.

—¡Ha sido casi mejor que si hubiéramos llegado al final! —dijo con un tono algo serio.

Tuve que reprimir una sonrisa.

—Mucho mejor —admití—. Creo que tengo que ir a refrescarme un poco.

Me levanté lentamente. Estaba tan caliente y excitada que tenía la sensación de que podía empezar a arder en cualquier momento. Tenía que meterme en el agua fría antes de abalanzarme sobre Xander y exigirle que acabara lo que había empezado y me dejara disfrutar de los placeres de su cuerpo apolíneo.

—¿Sam? —me preguntó con un deje de duda.

—¿Sí?

—Después de lo que ha pasado, ¿aún me deseas tanto como yo a ti?

Se mostraba tan inseguro que se me llenaron los ojos de lágrimas. Le acaricié los labios con la yema de los dedos.

—Por supuesto. Pero tenemos que ir paso a paso. No debemos precipitarnos.

Xander negó con la cabeza.

—Soy un puto desastre. No nos hemos precipitado. Tenía ganas de hacerlo contigo desde que te vi.

Solté una risa. Era una de las cosas más halagadoras que me habían dicho jamás, aunque algo tosca. Pero viniendo de Xander, sabía que era un cumplido.

—A lo mejor me equivoqué al hacerlo contigo sin involucrar los sentimientos. Creo que necesito… algo más. No pido flores ni nada por el estilo, pero necesito sentir un vínculo especial.

Enarcó una ceja.

—Y yo quiero establecer un vínculo íntimo contigo —me aseguró con voz grave.

«¡Yo no me refería exactamente a eso!», pensé.

No pude evitar sonreír.

—Vayamos paso a paso, ¿de acuerdo? Ahora voy a refrescarme un poco.

Los vínculos íntimos, los revolcones en la arena... Todo eso me superaba. Después de haber probado las mieles de la pasión de Xander, quería más, mucho más.

—Cuidado con las corrientes. Y recuerda que el agua está muy fría. No te alejes demasiado —me advirtió.

Mientras entraba en el mar, oí que cambiaba la música que sonaba en mi teléfono. Era obvio que Xander había encontrado algo que le gustaba mucho más.

No pude reprimir la sonrisa al pensar en los motivos que había aducido para justificar lo poco que le gustaba el grupo que yo había puesto. Era una alegría saber que no soportaba a los maltratadores ni a la gente que le hacía la vida imposible a los demás.

Cuando el agua me llegaba a los muslos, me tiré de cabeza y me embargó una sensación de fábula. No me había sentido mejor desde que había llegado a Amesport.

# Capítulo 8

## Samantha

Durante unos días, Xander me demostró que no tenía inconveniente alguno en seguir hablando de temas personales, todo un alivio, a pesar de que tampoco me confió ningún secreto más sobre el traumático asesinato de sus padres. Empezó a proponerme casi a diario que fuéramos a la playa, y aunque seguimos tonteando, no intentó besarme de nuevo, lo cual debo admitir que supuso una pequeña decepción.

Al final llegamos a establecer una pequeña rutina. A primera hora él hacía deporte en el gimnasio de casa, lo que me permitía preparar el desayuno a la misma hora todas las mañanas. Luego se metía en su despacho a trabajar con el ordenador, o veía la tele mientras yo me ocupaba de la limpieza. A la hora de almorzar ya lo tenía todo limpio, comíamos algo rápido y bajábamos a la playa. Por extraño que parezca, tomó por costumbre hacerme compañía mientras yo preparaba la cena. Normalmente se ofrecía a echar una mano y yo lo aceptaba encantada. Le daba tareas muy simples y le fui enseñando a preparar los platos que más le gustaban. Poco me importaba que fuera un multimillonario que nunca había tenido que levantar un dedo para hacer nada. Era importante que aprendiera a cocinar los platos más sencillos y, si no quería tener a nadie en casa, había de manejarse bien en los fogones antes de que yo me fuera.

Yo intentaba no pensar demasiado en ese día, no muy lejano en el tiempo, en el que me vería obligada a abandonar Amesport. Pero no me quedaba más remedio. Había ido hasta allí con un objetivo muy concreto, y cuando lo hubiera cumplido, tendría que seguir adelante con mi vida.

Cuando me ayudaba, nunca eran tareas excesivamente complicadas, pero el simple hecho de que hubiera empezado a mostrar interés por cualquier cosa era alentador.

Por las noches, discutíamos sobre lo que queríamos ver en la tele, o leíamos. No sé por qué me sorprendía tanto que Xander tuviera unos gustos de lectura tan variados. Quizá no era justo dar por sentado que era de los que ni se acercaban a los libros solo porque era rockero y llevaba tatuajes muy sexis. Aun así, debo admitir que me picaba la curiosidad. Era todo un misterio y no me cansaba de descubrir esos detalles que lo convertían en un hombre aún más atractivo de lo que era de por sí.

—Es raro que lleve varios días sin ver a Liam o Julian —me comentó un día mientras desayunábamos—. Creo que nunca habían pasado más de una semana sin venir a verme.

Yo había acabado de desayunar y estaba tomando el café.

—Están en Nueva York con Tessa y Micah. Julian me informó de los días que estaría fuera antes de empezar a trabajar aquí. Espero que la operación de Tessa haya ido bien.

Xander dejó la taza en la mesa y me miró con el ceño fruncido.

—¿La han operado?

—¿No te lo contó Micah? —Yo sabía que Xander no había sido la persona más comprensiva del mundo en los últimos tiempos, pero creía que su hermano le habría dicho al menos que Tessa debía someterse a una operación—. Hoy tenían que ponerle los implantes cocleares. Se fueron hace unos días para que pudieran hacerle el preoperatorio.

—¡Mierda! —exclamó y se levantó—. No sabía que era hoy. Micah me lo dijo, pero supongo que no relacioné las fechas. A veces pierdo un poco la noción del tiempo.

—Pues sí, es hoy. Julian y Liam están en Nueva York con Micah. En principio le darán el alta a Tessa mañana.

—Debería ir. ¿Kristin también ha ido?

Asentí con la cabeza.

—Todos querían acompañarla.

—Y han dado por sentado que yo no querría —afirmó con un deje de tristeza—. Lo entiendo. No confían en mí.

Se me cayó el alma a los pies al ver sus ojos oscuros, aquella mirada vulnerable y dolida de un hombre que solo quería reconstruir la relación con sus hermanos, pero no sabía cómo. Xander tenía que contarles la verdad a Micah y Julian. Solo así comprendería que ninguno de sus hermanos iba a echarle en cara nada de lo ocurrido.

—No es tan extraño, ¿no crees? —le pregunté con voz suave—. Se preocupan por ti y lo último que quieren es que te eches más presión encima.

—No es ninguna presión —replicó con voz grave y sincera—. Son mis hermanos, maldita sea. Lo único que me queda. Micah ama a Tessa con locura. Si le ocurriera algo, no lo superaría.

Los ojos se me inundaron en lágrimas, pero intenté mantener la compostura. Era la primera vez que veía una reacción tan emotiva de Xander que no naciera de la rabia. Era obvio que se sentía herido, y no podía ocultarlo.

—Seguro que va todo bien —le aseguré—. Es una intervención relativamente sencilla, de rutina.

—Me da igual. Micah debe de estar muy asustado. —Hizo una pausa antes de añadir—: Quiero estar a su lado. Aprecio mucho a

Tessa; sé que hizo un gran esfuerzo para hacerme sentir parte de la familia.

—Pues ve. Tienes tu avión privado esperándote en el aeropuerto, como los demás miembros del clan Sinclair, ¿no? El vuelo a Nueva York no es muy largo.

—No me gusta mucho salir de casa —dijo con titubeos.

—Pero tienes la posibilidad de hacerlo.

—Verás…, es que algunos ruidos me transportan al pasado —admitió.

—Creo que podrás superarlo. Cuanto más salgas, menos difícil te resultará.

—¿Podrías acompañarme? —preguntó con timidez.

El peso que notaba en el pecho se hizo más grande. Sabía que Xander no era una persona acostumbrada a pedir favores.

—Faltaría más; si quieres que vaya contigo, te acompañaré.

Sabía también que el síndrome de estrés postraumático y las cicatrices que tenía le provocaban una gran inseguridad en sí mismo y lo habían convertido en un hombre solitario que vivía aislado. Pero el hecho de que su amor por su hermano y su cuñada fuera más intenso que su miedo me conmovió tanto que apenas pude contener las lágrimas.

Xander asintió con gesto solemne.

—¿Crees que podrás tenerlo todo preparado con tan poco aviso? Me levanté.

—Estaré lista dentro de veinte minutos —le prometí—. Pondré una muda en la maleta por si quieres quedarte a pasar la noche.

—Sí que quiero —confirmó—. Será mejor que pongas un par de trajes por si acaso.

Dejé los platos en el fregadero y, antes de subir al piso de arriba, ayudé a Xander a coger la maleta. Me puse de puntillas y le planté un beso en la mejilla.

—Eres un buen hermano —le dije.

Por mucho que intentara mostrar indiferencia, amaba a su familia y la echaba de menos.

Negó con la cabeza.

—Soy un inútil. Tendría que haberlo planeado todo para estar a su lado. Tendría que haber sido más previsor.

—Vas a estar a su lado —le recordé antes de subir corriendo las escaleras para preparar mi equipaje. Tenía la sensación de que Xander acababa de mostrarme un rinconcito de su corazón.

Quería estar con sus hermanos. Quería apoyarlos, pero su sentimiento de culpa y el desprecio que sentía por sí mismo lo habían alejado de ellos durante demasiado tiempo.

—Ha llegado el momento de regresar al mundo, Xander —susurré para mí, mientras llenaba la maleta presa de una extraña sensación de felicidad.

***

No estaba acostumbrada a viajar como lo hacen los millonarios.

El avión privado de Xander era una extravagancia que yo nunca había imaginado siquiera, ni tan solo en sueños. Su comportamiento fue sorprendente, cómo subió a bordo del lujoso aparato sin pensar siquiera en lo afortunado que era. Y tenía su lógica. Los Sinclair eran escandalosamente ricos y estaban acostumbrados a llevar aquel tren de vida desde la cuna. No conocían otra cosa.

—Esto es increíble —dije cuando el avión despegó.

Íbamos sentados uno al lado del otro, en los mullidos asientos de cuero, aunque no había ningún motivo para estar sentados tan cerca, ya que la cabina era muy espaciosa y, además de los cómodos y grandes asientos, había una mesa con sillas y un sofá que ocupaba una parte de la pared.

—¿De verdad? —preguntó algo confuso—. Solo es un avión.

—Bueno, a mí me parece increíble —me corregí—. Me crie en una familia modesta y llevo una vida modesta. Normalmente viajo como el común de los mortales, en un avión abarrotado de gente.

—Una vez tomé un vuelo comercial y fue horrible —dijo con una mueca.

Me llevé la mano al pecho, fingiendo sorpresa.

—Menudo trauma. Lamento profundamente que tuvieras que experimentar en carne propia una experiencia tan estremecedora. Debió de ser atroz no tener a tu disposición un avión privado.

Xander esbozó una levísima sonrisa antes de responderme.

—Muy graciosa, listilla. Sí, logré sobrevivir. Mi avión había sufrido una avería y tenía que dar un concierto.

Enarqué una ceja.

—¿Volaste en primera?

Se volvió hacia mí y me lanzó una mirada a medio camino entre la provocación y la advertencia.

—Por supuesto.

—Pues entonces no tomaste un vuelo comercial. En primera hay sitio de sobra y las azafatas te tratan a cuerpo de rey. Simplemente es un poquiiito menos malo que un avión privado. Si quieres saber las condiciones en las que vive la gente normal, vuela un día en turista.

—Yo soy normal —replicó y puse los ojos en blanco.

—Me refería a la inmensa mayoría de la población, que no puede permitirse el lujo de tener un avión privado o viajar en primera.

—Solo intentaba pasar desapercibido —gruñó.

Me reí.

—No te critico por viajar del modo más cómodo que puedas permitirte. Solo quiero que entiendas que la mayoría de gente no lleva la misma vida que tú. Eres muy afortunado.

—Sí, supongo que sí. La verdad es que nunca lo había pensado. No me parecía que fuera tan diferente a los demás. No me considero mejor que ninguno de mis amigos que no pueden permitirse este tipo de lujos.

—Es que no eres mejor, solo tienes más dinero —bromeé. Me lo estaba pasando en grande poniéndolo en un aprieto.

—¿Y eso está mal?

—No, pero ser rico tiene sus ventajas.

—¿Como por ejemplo?

Respiré hondo. Me moría de ganas de decirle que la mayoría de gente no podía permitirse el lujo de recluirse y abandonar toda vida social sin preocuparse por cómo iba a seguir ganándose la vida. En cierto sentido, la riqueza de Xander le había permitido convertirse en un anacoreta, pero no quería que se ofendiera, así que elegí las palabras con sumo cuidado.

—Puedes trabajar cuando te apetece y ni siquiera estás obligado a hacerlo. Eso es algo inconcebible para el común de la gente.

—Ser común también tiene sus ventajas. Si me hubiera visto obligado a trabajar, no habría tenido dinero para drogas o alcohol y quizá no me habría convertido en el cretino egoísta que soy. Hago lo que puedo desde casa. Asumí la gestión de mi patrimonio, aprendí a invertirlo y a sacarle más rendimiento a pesar de estar atrapado en mi propio hogar. Pero no puedo decir que tenga un trabajo de verdad.

Miró por la ventana con gesto pensativo.

De modo que eso era lo que hacía en su despacho después de desayunar.

No me cabía la menor duda de que era sincero. Lo conocía lo bastante bien para saber que no le entusiasmaba pasarse el día sin hacer gran cosa. De hecho, a veces parecía un hombre atrapado, aunque las barreras no eran físicas. Estaba aislado por el miedo y el sentimiento de culpa, que lo habían llevado a desarrollar unos hábitos de evasión de la realidad algo enfermizos.

—¿Aprendiste a invertir en internet?

Se encogió de hombros.

—He aprendido muchas cosas leyendo. Si algo me ha sobrado en esta vida es tiempo. Podría tener varias carreras si me lo hubiera propuesto.

Se rio de sí mismo, pero no de un modo negativo.

—¿Debería llamarte doctor Sinclair? —le pregunté, en broma.

De repente pareció que tenía un escalofrío.

—Ni hablar. Ya tenemos una doctora en la familia, la mujer de mi primo Dante, Sarah. La admiro muchísimo, pero me cansé de ver a médicos y sufrimiento en los hospitales. No me va el tema.

—¿Estuviste ingresado mucho tiempo cuando te hirieron?

—Demasiado —gruñó—. Varias semanas, y tuve que someterme a tantas operaciones que ya ni recuerdo el número exacto. Cuando por fin recuperé la conciencia, mis padres ya estaban enterrados. No pude asistir al funeral ni despedirme de ellos.

Su dolor me llegó muy hondo y algo me removió las entrañas. Sentí una gran empatía por él.

—Lo siento. Debió de ser muy difícil.

—Lo fue, pero me comporté como un cobarde, Samantha. Solo quería huir y esconderme.

—Es el instinto de conservación —le dije—. Creo que la mayoría de gente querría huir.

—Lo que hice fue someter a una gran presión a Micah y a Julian. Sobre todo a Micah. Cada vez que acababa en el hospital, él tenía que desplazarse al otro extremo del país para salvarme el trasero. Yo me odiaba a mí mismo, y lo jodido es que no podía parar —confesó, emocionado y muy arrepentido por todo lo que había hecho.

Estiré el brazo y le agarré la mano con la esperanza de que no me rechazara y me permitiera consolarlo.

—Basta ya, Xander. No te tortures por algo que no puedes cambiar. Estabas pasando una mala racha, pero tus hermanos te quieren. Lo que pasa es que les cuesta entenderte.

Me estrechó la mano.

—No los culpo, ni yo mismo me entiendo.

Por suerte, yo comprendía perfectamente por lo que estaba pasando. Era un hombre consumido por el dolor, alguien que no había aprendido a asimilar lo ocurrido y que no se había perdonado. Xander había quedado paralizado por la pena mientras el resto del mundo y su familia seguía adelante.

—Lo sé, pero debes tener más paciencia contigo mismo. Lo que te ocurrió es algo que la mayoría no puede comprender. Muy poca gente vive experiencias tan traumáticas.

Apoyó la cabeza en el asiento y cerró los ojos.

—Es que los echo muchísimo de menos —dijo con un tono tan angustiado, que entrelacé los dedos con los suyos para transmitirle cuánto me importaban sus sentimientos.

—Lo sé.

—Dicen que el tiempo cura todas las heridas, pero las mías aún no han cicatrizado. Es como si todo hubiera ocurrido ayer. Nada ha cambiado. El tiempo se difumina y tengo la sensación de que nada cambia, todo sigue igual.

Había pasado muchos años negando lo ocurrido, en una huida continua hacia delante, de modo que era lógico que el dolor fuera tan agudo.

—Paciencia —le dije con voz suave—. Hace poco que estás limpio.

—Estar limpio es una mierda —se quejó.

Sonreí.

—Eso te lo parecerá al principio, pero luego seguro que cambias de opinión.

—Eso espero. Si no, acabaré agarrando la primera botella de alcohol que tenga a mano para ahogar mis problemas.

Sabía que no hablaba en serio. Xander se había esforzado demasiado para dejar el alcohol y las drogas, que lo habían aislado de todo el mundo. Sentía un dolor descarnado y no tenía nada para aplacarlo.

—Si no te hubieras desenganchado, no te habrías subido a este avión para apoyar a tu hermano.

—No me lo habría perdonado —admitió—. Me he perdido tantas cosas… Mis hermanos se han casado, dos de mis primos están a punto de tener su primer hijo. La vida ha seguido su curso mientras yo permanecía anclado en el pasado.

—Aún puedes recuperar el tiempo perdido —afirmé para animarlo.

Me volví hacia él y vi que me miraba fijamente.

—¿Siempre eres tan optimista? A veces cansa un poco —me dijo con una sonrisa que me desarmó. Me limité a responder encogiéndome de hombros.

—Yo me tomo cada día como un regalo. ¿De qué sirve ser negativa?

—¿Es que nunca te ha pasado ninguna desgracia?

Había vivido muchas desgracias, por eso valoraba tanto los buenos momentos. Y también por eso comprendía tan bien a Xander.

—Más de las que crees —respondí.

—Cuéntamelo —me pidió.

Negué con la cabeza.

—En otro momento. Ahora no importa. Solo quiero que te reúnas con tu familia.

Se llevó la mano al pelo en un gesto de frustración.

—Yo también.

Guardó silencio, como si estuviera enfrascado en sus pensamientos, pero cuando aterrizamos en Nueva York aún no me había soltado la mano.

# CAPÍTULO 9

—¿Xander? ¿Qué diablos haces aquí? —preguntó Micah sorprendido cuando nos vio entrar en la habitación de Tessa.

No faltaba nadie, pero había espacio de sobra para toda la familia porque Tessa tenía una habitación enorme. Micah, Julian y Liam estaban junto a la cabecera de la cama. También había una chica pelirroja, que deduje sería la mujer de Julian. No conocía a Micah en persona, pero había hablado por teléfono con él y lo reconocí de las fotos que había visto en los medios de comunicación.

—Creía que era un miembro más de la familia, que sería bien recibido —dijo Xander, y me estremecí al ver su mirada apesadumbrada.

Contuve la respiración unos segundos. Solo deseaba que los Sinclair no echaran por tierra el intento de su hermano de integrarse de nuevo en la familia. No le había resultado nada fácil abandonar el entorno seguro de su hogar para desplazarse a Nueva York. Había sido un gran paso adelante y lo último que yo quería era que sus hermanos lo ahuyentaran.

Micah negó con la cabeza.

—No lo decía en ese sentido. Solo es que me ha sorprendido verte aquí, pero me alegra que hayas venido.

—Quería estar con vosotros —respondió de forma algo brusca mientras se acercaba a Micah—. ¿Cómo se encuentra?

Exhalé el aire, aliviada al ver que sus hermanos no daban mayor importancia a la decisión de Xander.

Micah le dirigió una sonrisa a su hermano menor.

—Está bien. Un poco mareada y algo cansada por la anestesia, pero evoluciona favorablemente.

Me aparté un poco y observé a Xander. Tessa estiró los brazos y él le tomó las manos y se inclinó para darle un beso en la mejilla.

—Me alegro mucho de que hayas venido —le dijo la mujer de Micah, todavía algo aturdida.

Parecía agotada y le costaba articular las palabras, pero sonreía de oreja a oreja.

Entonces Xander retrocedió un poco y me sorprendí al ver que empezaba a hacer gestos con las manos. Tardé unos segundos en darme cuenta de que estaba hablando con Tessa utilizando el lenguaje de signos. Debía de creer que le resultaría más fácil comunicarse con él mediante este sistema que leyéndole los labios e intentando hablar.

Micah y Julian me miraron con curiosidad y negué con la cabeza, confiando en que comprendieran que no tenía ni idea de lo que estaba pasando. El hecho de que Xander dominara el lenguaje de signos nos había pillado a los tres por sorpresa.

Tessa se agarró las manos y respondió a Xander.

La conversación se prolongó un rato más y Xander parecía más cómodo a medida que avanzaba.

—¿Dónde diablos has aprendido el lenguaje de signos? —preguntó Julian con curiosidad.

Xander volvió la cabeza para dirigirse a su hermano.

—Te sorprendería lo mucho que puedes aprender cuando tienes tanto tiempo libre como yo.

—Gracias —le dijo Micah a su hermano pequeño con sinceridad—. Ha sido un día difícil, pero con tu gesto has logrado levantarle el ánimo a Tessa.

—No hay de qué —respondió Xander, que no dio mayor importancia a las palabras de su hermano—. Es mi cuñada. Me preocupo por ella.

Micah le dio una palmada a Xander en la espalda.

—Los dos te agradecemos mucho que hayas venido.

—¿Y qué pasará ahora? —preguntó Xander en voz alta y con lenguaje de signos. Observó a Tessa mientras ella respondía de igual modo.

—En principio mañana ya me dan el alta.

—¿Puedes oír bien?

—No —respondió Micah—. Tardará varias semanas en recuperarse del todo antes de que puedan activar los implantes.

Tessa asintió en silencio desde la cama.

Mientras ellos hablaban, yo me dediqué a observar la conversación, a la que también se unieron Julian y Liam. Sin embargo, me sobresalté al oír una voz femenina junto a mí.

—¿Cómo lo has hecho? ¿Cómo lo has arrastrado hasta aquí? Xander apenas había salido de su casa, es casi un milagro que se haya desplazado hasta Nueva York.

—¿Señora Sinclair? —pregunté educadamente, aunque estaba casi segura de que la guapa pelirroja que hablaba conmigo era la mujer de Julian.

—Llámame Kristin, por favor —me pidió.

Estábamos lo bastante lejos de la cama para que nadie pudiera oír nuestra conversación, y menos aún ahora que los chicos estaban enfrascados en la suya.

—Fue él quien quiso venir —respondí en voz baja—. No he tenido que hacer nada.

—Vaya… Eso es toda una novedad. Gracias por acompañarlo. Seguro que le ha sido de gran ayuda.

Me volví y por fin pude ver con detenimiento a la mujer que había conquistado el corazón de Julian Sinclair. Debía de ser tan alta como yo, pero tenía unas curvas rotundas y una melena pelirroja hechizante.

—Para mí ha sido todo un placer. Me alegro de que la intervención de Tessa haya ido bien.

—Micah lo ha pasado muy mal —confesó Kristin—. Está muy agradecido por el apoyo que ha recibido de la familia.

—Es normal que Xander quiera estar aquí. Hasta ahora siempre había sido él quien había recibido vuestro apoyo.

Kristin sonrió.

—Es… reconfortante que haya venido. No suele salir mucho. Cuando queremos verlo, normalmente somos Julian y yo los que tenemos que desplazarnos.

—¿Lo invitáis a vuestra casa? —pregunté con curiosidad.

El gesto de Kristin se transformó al oír mi pregunta. No sabía qué responder.

—Pues… la verdad es que no. Siempre hemos dado por supuesto que no querría venir.

Yo era del todo consciente de que Xander habría rechazado la mayoría de las invitaciones, pero aun así también sabía que le habría venido muy bien para la autoestima recibir alguna invitación de vez en cuando.

—Quizá no —admití—, pero ha decidido venir hasta aquí porque para él era importante demostrarles a Micah y a Tessa que podían contar con su apoyo. Aunque rechace la invitación, le vendría muy bien saber que es bienvenido en vuestra casa.

Kristin asintió.

—Tienes razón. Me gustaría que viniera alguna vez. Julian sería muy feliz.

—Creo que quiere restablecer los vínculos familiares, pero no sabe cómo. Aun así ha invertido mucho tiempo en aprender el lenguaje de signos para hablar con Tessa. Sé que crees que no se preocupa por su familia, pero yo diría que el problema es que se preocupa demasiado.

No podía traicionar la confianza que Xander había depositado en mí y revelar el motivo por el que se sentía inferior a sus hermanos. Era él quien debía dar ese paso.

—Lo sé —admitió Kristin—. Y nunca he pensado que no se preocupa por nosotros. Sé que ha hecho un gran esfuerzo para asistir a varias reuniones familiares, a pesar de que odia los ruidos estridentes y las multitudes. Debió de ser difícil para él, pero no por ello dejó de venir.

Miré a Kristin a los ojos y asentí. Tenía una mirada llena de bondad.

—Sí, esas cosas le cuestan mucho. Pero si sigue intentándolo, al final se dará cuenta de que las echa de menos. La mejor forma de empezar es hacerlo en un entorno seguro. Ahora ya sale casi a diario, paseamos juntos por la playa y pasamos el rato juntos. Al final, podrá hacerlo él solo sin problemas.

—Me aseguraré de que sepa que siempre es bienvenido —dijo Kristin con una sonrisa—. Una vez lo asusté sin querer y vi el miedo reflejado en sus ojos. Creo que revivió demasiadas cosas. No he podido olvidar ese día. Antes de que perdiera a sus padres no lo conocía, pero Julian dice que siempre fue el más atento y bueno de los tres. Me gustaría que volviera a ser el mismo de antes.

—No sé si eso será posible —murmuré—. Después de lo que le ocurrió, tiene que ser una persona distinta por fuerza. Los hechos traumáticos como los que vivió él siempre dejan una huella. Sin embargo, aún está a tiempo de descubrir quién es ahora.

No me cabía la menor duda de que, en algún lugar de su ser, aún quedaba el espíritu del Xander divertido, amable y talentoso que todos habían conocido. Tan solo había que eliminar el miedo y la ira que lo atenazaban.

—Debo admitir que no acabo de entender por qué te has trasladado a un lugar como Amesport, pero me alegro mucho de que estés a su lado para ayudarlo —dijo Kristin.

Le devolví la sonrisa.

—Yo también me alegro.

De pronto ambas miramos al grupo de hombres que rodeaban la cama de Tessa cuando su conversación subió de tono. Me di cuenta de que los hermanos y Liam se estaban dando codazos. También oímos risas y vi que Xander esbozaba una sonrisita mientras le decía algo a Julian.

Tessa no podía oírlos, pero no se perdía detalle de lo que estaba pasando. No apartaba los ojos de la boca de su marido para leerle los labios.

Cuando por fin cerró los ojos, se quedó dormida con una sonrisa.

—Tessa se preocupa mucho por Xander —dije. Era algo fácil de percibir en la mirada de la mujer.

—Tienes razón —admitió Kristin—. Todos nos preocupamos por él, pero Xander se portó muy bien con Tessa en cierta ocasión, cuando ella lo estaba pasando muy mal. Y ahora no soporta verlo en este estado.

—¿Lo conocía antes de que murieran sus padres? —pregunté, algo confundida. ¿Cómo se habían conocido antes del asesinato? Micah y ella no llevaban tanto tiempo juntos.

Kristin negó con la cabeza.

—No, no. Solo se habían visto una vez, pero Xander tuvo un detalle muy especial con ella. Tessa no ha olvidado ese encuentro y le disgusta lo mucho que ha cambiado.

Asentí con un gesto de la cabeza. Ojalá hubiera conocido al Xander de antes para ser más consciente de la magnitud de su cambio.

—Aun así, sigue siendo una buena persona —le aseguré a Kristin con voz suave. No podía decirle que era un hombre encantador, porque habría sido una mentira. Pero podía percibir todo lo que se ocultaba bajo su ira, su sentimiento de culpa y su dolor—. Le llevará un tiempo, pero lo conseguirá —le prometí, con la esperanza de que mis palabras no acabaran convirtiéndose en mentira.

# CAPÍTULO 10

## SAMANTHA

—Debería haber comprado algo mejor que una pizza —dijo Xander con desagrado—. Estamos en Nueva York, aquí hay algunos de los mejores restaurantes del planeta.

—Fui yo quien pidió pizza —le recordé. Estábamos en una de las habitaciones de hotel más lujosas que había visto jamás. Era un ático carísimo, con unas vistas impresionantes de la ciudad—. Esta habitación es mucho más grande que mi antiguo apartamento —le dije.

—Micah aún tiene un piso aquí, pero quería dejarlo un poco tranquilo. Cuando Tessa tenga el alta del hospital, los dos se quedarán unos días para asegurarse de que puede viajar en avión.

Mientras lo escuchaba, entré en la cocina para agarrar platos y servilletas.

—Tampoco es que sea una tortura alojarse en un hotel como este —comenté mientras sacaba los platos del armario.

Puse varios trozos de pizza y saqué un par de refrescos del bar, intentando no pensar en cuánto le cobrarían a Xander por aquellas dos bebidas.

—El hotel no está mal —admitió Xander con su plato y el vaso en la mano—. Pero no puedo evitar tener la sensación de que sales perdiendo si te quedas aquí conmigo. Julian ha llevado a Kristin a un restaurante japonés de lo más exclusivo y tú tienes que conformarte con una ración de pizza en la habitación.

Quise recordarle a Xander que yo solo era una empleada, no su mujer, pero fui incapaz y me reí.

—No me entusiasma la comida japonesa.

Me senté en un cómodo sillón frente al sofá donde se encontraba él.

Xander sonrió, un gesto que cada vez era más habitual en él, y me dirigió una mirada traviesa que hizo que el corazón me diera un vuelco.

—¿Me tomas el pelo? —respondió

—No, hablo en serio. No como sushi. Me parece insulso y aburrido.

—A mí también —confesó—. Me alegra saber que no soy el único que lo odia.

Sabía a qué se refería. Tenía varias amigas que no se cansaban de decirme lo mucho que les gustaba el sushi.

—Yo prefiero la pizza —confesé.

—Eres de las mías —dijo con un gesto de asentimiento.

Dimos cuenta de la cena en silencio y solo intercambiamos un par de frases. Cada vez nos sentíamos más cómodos en presencia del otro y yo no sentía la necesidad de llenar todos los silencios con conversación. Nos bastaba con poder saciar el hambre para ser felices.

Además, yo tampoco sentía la obligación de comer educadamente. Devoraba la comida hasta que me llenaba y luego seguíamos con la charla.

—Me ha parecido que Tessa estaba evolucionando muy bien. Creo que le darán el alta mañana.

Me sentía especialmente orgullosa y conmovida por el hecho de que Xander se hubiera desplazado hasta Nueva York, a pesar de que yo sabía que no le apetecía en absoluto.

Dio cuenta del último trozo de pizza antes de responder:

—Sí, tenía buen aspecto. Creo que Micah estaba más asustado que ella. Es increíble que sea tan feliz a pesar de todo lo que ha vivido.

Tuve que hacer un gran esfuerzo para contener la risa.

—¿Es que quieres que la gente sea desgraciada e infeliz?

—Sí —respondió de inmediato, pero hizo una pausa antes de añadir—: No, la verdad es que no. Supongo que me cuesta imaginarme a mí mismo tan feliz. Pero me alegro de verdad de que les vaya tan bien a mis hermanos.

Lo observé mientras comía. Me moría de ganas de hacerle más preguntas.

—¿Por qué te drogabas? ¿Lo hacías porque querías morir?

Me miró con sus ojos oscuros en un gesto de advertencia. Estaba librando un debate en su interior, no sabía si quería hablar de sus problemas de adicción o no. Al final, se encogió de hombros:

—La verdad es que no lo sé. Estaba tan mal que creo que no sabía lo que hacía. Lo único que no soportaba era estar sobrio. Pero si me preguntas si lo hacía de manera consciente para no despertarme nunca más, pues la respuesta es no. Era algo que por aquel entonces me ocurrió varias veces cuando no podía conseguir los opiáceos y usaba un sustituto.

—¿Heroína? —pregunté.

—Cuando no podía conseguir otras drogas... sí. Me ponía hasta arriba como si fuera un yonqui. Bueno, ¿a quién pretendo engañar? Era un yonqui.

—Eras un adicto, Xander. ¿Empezaste a tomar analgésicos después de pasar por el hospital?

Asintió.

—Sí. Me sometí a varias operaciones y tenía mucho dolor, sobre todo el primer mes después de que me dieran el alta.

—Y tu médico se limitaba a recetártelos sin más, ¿no?

—Al final cerró el grifo y lo llevé muy mal. Me gustaba la sensación que me proporcionaban esos medicamentos porque me dejaban medio aturdido. Si tomaba suficientes y los mezclaba con alcohol, lograba olvidar lo que me había pasado. En la calle puedes comprar de todo. Si no encontraba opiáceos, buscaba una droga parecida. Y también bebía mucho, aunque nunca era suficiente.

Me comí el resto de la pizza en silencio, pensando en lo que acababa de decirme Xander. No soportaba la epidemia de adicción a los opioides que asolaba el país y que no hacía sino empeorar. La historia de Xander no era un caso único. Había mucha gente que empezaba a tomar analgésicos recetados por el doctor y acababa siendo adicta. Cuando los médicos ya no les prescribían los medicamentos que necesitaban, los pacientes buscaban otra forma de aliviar el síndrome de abstinencia, o acababan comprando drogas en la calle.

—Necesitabas algo para evadirte de la realidad —murmuré. Si estaba tan malherido como me había dicho Julian, no me cabía ninguna duda de que Xander necesitaba esos medicamentos. Pero también estaba convencida de que cuando se curó se habría tomado cualquier cosa que le hubiera caído en las manos con tal de evadirse del mundo.

—¿Y vas a culparme por eso? —preguntó Xander a la defensiva—. Cuando me desperté de la intervención, mi vida se había ido al garete. No podía soportar las imágenes, los recuerdos y el maldito sentimiento de culpa.

—No, te entiendo —le aseguré con sinceridad.

—Aún no sé cómo enfrentarme a ello —admitió con voz grave—. ¿Por qué me salvé y ellos tuvieron que acabar muriendo?

¿Por qué no morí yo? Era a mí a quien buscaba. ¿De qué me ha servido salvarme? No puedo ni salir de casa.

—Son preguntas y reacciones muy normales, Xander —le aseguré.

—Pero no logro encontrar una respuesta —me soltó enfadado.

—Una persona normal nunca comprenderá los actos de un desequilibrado. No te queda más remedio que aceptarlo. Nunca lo entenderás porque tu cabeza no funciona igual que la del asesino.

—¿Cómo voy a olvidar que ni siquiera pude despedirme de mis padres? ¿Cómo voy a seguir adelante sabiendo que yo era el único que debería haber muerto, porque su objetivo era yo? —preguntó con una voz preñada de emoción.

Su gesto de tormento era desolador, pero intenté no pensar en el dolor inconsolable que debía de estar sintiendo.

Estaba demasiado cerca de Xander y sus emociones. Nuestra relación ya no era tan solo producto de la empatía, sino que yo empezaba a sufrir por él y con él.

—¿Dónde están enterrados tus padres? —pregunté en voz baja.

—Julian los trasladó al norte de Massachusetts, la zona donde nos criamos. Están enterrados en el cementerio de nuestra ciudad natal. Es lo que ellos habrían querido.

—¿Podríamos parar ahí en el camino de vuelta a Amesport?

Quizá no estuviera del todo preparado para cerrar esa etapa de su vida, pero lo necesitaba más que nada.

Engulló el último trozo de pizza y me preguntó:

—¿Por qué?

—Para que puedas despedirte de ellos.

No se negó. De hecho, no dijo nada, solo me miró con gesto intranquilo.

—Me lo pensaré —dijo al final.

—Puedo acompañarte —le propuse. Sabía que para él sería muy duro enfrentarse a la muerte de sus padres, pero si podía dar ese paso, yo quería estar a su lado para ayudarlo.

—Gracias —me dijo con su voz de barítono.

Sonreí y me di cuenta de que era la primera vez que Xander me daba las gracias por algo.

—De nada —contesté.

Era mucho más fuerte de lo que él mismo creía. Y yo cada vez veía más claro que el amor que sentía por su familia era infinito. Si no los hubiera querido tanto, no habría sido tan duro consigo mismo. Nueva York era una ciudad demasiado bulliciosa y llena de gente, quizá el lugar menos adecuado para alguien que aún padecía síntomas de trastorno por estrés postraumático. Lo había visto estremecerse en un par de ocasiones cuando salíamos del hospital y entrábamos en el hotel. Pero su gesto se había vuelto más adusto y decidido a medida que se enfrentaba a sus miedos.

«No lo hará por sí solo porque cree que no se merece nada de esto, pero sí que lo hará por su familia».

Y creo que ese razonamiento me conmovió mucho más de lo que estaba dispuesta a admitir.

—Ya casi es la hora de *Supernatural* —dijo al mirar el reloj de la pared.

Me levanté, llevé los platos vacíos a la cocina y los dejé en el fregadero. Ya los lavaría por la mañana.

—Pero si no soportas esa serie —le recordé mientras regresaba al sillón.

—Pero a ti te gusta —gruñó. Se inclinó sobre mí y me agarró de la cintura—. Y la verás mejor desde aquí.

No pude contener la risa cuando nuestros cuerpos entrechocaron y me dejó caer a su lado.

—Admítelo, te estás enganchando a la serie.

—Más o menos.

—¿Quién puede resistirse?

Yo llevaba varios años siguiéndola. A veces me daban ganas de tirarme de los pelos cuando me dejaban en vilo con algún final de capítulo, pero luego siempre volvía a por más.

En casa de Xander me había puesto al día y él solía verla conmigo, aunque siempre se quejaba de lo absurda que era la trama de aquellos hermanos cazadores de demonios. Pero al cabo de algunos episodios, me fijé en que empezaba a hacerme preguntas sobre los personajes, hasta que al final tuve que resumirle de todo el reparto.

Fue entonces cuando supe que él también se había enganchado, por más que se negara a admitir que no podía dejar de ver aquella peculiar serie de televisión.

Se encogió de hombros.

—Bueno, ahora la tolero. Pero a ti te gusta.

Lancé un suspiro cuando me acarició la cabeza y me atrajo hacia su pecho. Fue una sensación tan agradable, cálida y natural, ese contacto directo y sincero, que no opuse ninguna objeción. Respiré hondo, embriagándome con su aroma masculino. Pese a que me esforzara por evitarlo, mi cuerpo siempre reaccionaba cuando me encontraba tan cerca de él. Me embargaba un anhelo lujurioso que había intentado ignorar, algo que me resultaba cada vez más difícil.

—No quiero que la mires solo porque me gusta a mí —le dije. Sabía perfectamente que se moría de ganas de ver el nuevo episodio aunque no quisiera admitirlo en voz alta.

—Me gusta esto —confesó. Se acercó aún más a mí para olerme el pelo y me acarició la espalda con mano firme—. Me gusta acariciarte, y tu olor, que es como el de una flor que no puedo identificar. Me gusta cómo me escuchas, como si lo que yo dijera fuera algo importante y no una sarta de tonterías. Me gusta estar a tu lado, Sam, porque contigo dejo de sentirme solo.

Le puse una mano en el pecho.

—No estás solo, Xander.

Me estremecí porque sabía cómo se sentía. Había estado solo durante demasiado tiempo.

—Creo que empiezo a comprenderlo, Sam. Por algún motivo que ignoro…, me entiendes. Y no te imaginas lo mucho que me arrepiento de lo que pasó aquella vez que… —confesó con un sincero arrepentimiento.

—No debería haber pasado —lo interrumpí—. No debería haberte ofrecido algo así. Creía que sería capaz de no implicarme a nivel emocional, pero he fracasado miserablemente.

—Ninguna mujer se merece lo que te pasó, Sam. Nunca. Fui un idiota por pensar que me daría por satisfecho con esa vez. No es eso lo que quiero de ti.

Sabía que no debía hacerlo, pero no pude evitar preguntarle:

—Entonces, ¿qué es lo que quieres?

Guardó silencio un minuto y cuando lo miré, vi que estaba apretando la mandíbula, muy tenso.

Nuestras miradas se cruzaron y me dejé arrastrar a su oscuridad, hipnotizada por su mirada ardiente.

—En estos momentos, lo quiero todo —respondió al final—. Quiero darte todo lo que puedas desear y luego empezar de nuevo. Quiero desnudarte, llevarte hasta el orgasmo y que me pidas otro más entre jadeos.

Me quedé sin aliento al oír su voz cargada de deseo, mientras él me devoraba con la mirada.

—No voy a decirte que no te deseo, Xander. Mentiría —confesé—, pero en estos momentos solo podemos ser amigos.

Él necesitaba un confidente, alguien que estuviera a su lado, no un melodrama romántico.

Me agarró con fuerza de la cintura.

—De acuerdo —dijo con cierto pesar—. Pero al menos ahora ya sabes lo que pienso cada vez que te miro.

Desnuda, en pleno éxtasis, jadeante.

¡¿Cómo iba a olvidarlo?! Tenía los pezones duros como diamantes y empezaba a notar ciertos fluidos entre las piernas…

A pesar de todo, quería seguir exactamente como estaba, embriagada entre los fuertes brazos de Xander.

¡Debía de ser masoquista!

—A mí me gustaría verte del mismo modo —dije con sinceridad, sin dejar de preguntarme cómo sería él en pleno orgasmo pasional.

—Créeme, Sam, es mejor que no me veas desnudo.

Pensé en su respuesta unos segundos antes de preguntarle:

—¿Por qué? Estás en muy buena forma.

—Te aseguro que no da gusto verme. Estoy en forma, pero tengo muchas cicatrices.

Fruncí el ceño.

—Eso preferiría juzgarlo yo misma. Tú no soportas la cara que tienes, pero a mí me gusta. Cada vez que te miro, solo veo a un hombre que se ha enfrentado a sus demonios y ha vencido. Donde tú ves fealdad, yo veo fuerza y belleza.

—No ha sido una victoria muy satisfactoria, que digamos, he quedado bastante maltrecho de la batalla —replicó con rotundidad.

—A lo mejor me gustan los hombres con cicatrices de guerra.

—Qué retorcida eres —me soltó con una sonrisa y yo le di un suave puñetazo en el bíceps.

—Quizá por eso te gusto.

—Ese es solo uno de los motivos —admitió con maldad.

«No puedo preguntarle por el resto de motivos. No debo hacerlo. Como me siga hablando en este tono, no habrá vuelta atrás».

—Pon la serie, venga —le pedí, intentando quitarle el mando de las manos.

Cuando me incliné sobre él, le rocé sin querer la entrepierna con el brazo, y sentí un escalofrío al notar la tremenda erección que ocultaba bajo los pantalones. Me quedé paralizada y retrocedí.

—Te avisé —me dijo con picardía—. Es mi reacción natural siempre que estoy contigo.

—No pasa nada, sé manejarme en las distancias cortas —repliqué con un hilo de voz y con un tono que desmentía la tranquilidad que pretendían transmitir mis palabras.

Tuve que hacer un esfuerzo sobrehumano para no arrancarle los pantalones y sentarme sobre él.

—No me importaría lo más mínimo comprobar cómo te manejas —replicó, tomándome el pelo.

Entonces encendió el televisor y la sintonía de la serie me impidió añadir algo más, aunque sabía de sobra qué le habría dicho.

Sin embargo, me rendí y me senté en el sofá con un suspiro. Estar cerca de él era una auténtica tortura, una dulce agonía provocada por un deseo que no podía satisfacer. Pero no poder tocar aquel cuerpo escultural era aún más difícil, así que no me quedó más remedio que aceptar la situación y asimilar que de momento iba a tener que conformarme con eso.

# Capítulo 11

## Xander

Esa noche me despertó un grito estremecedor de Samantha.

Me incorporé de inmediato al oír un segundo grito más fuerte y aterrador que el primero.

—¡Mierda! —exclamé, y salí corriendo hacia su habitación, que estaba al lado de la mía. Me daba igual que estuviera desnuda como cuando vino al mundo.

Le di un fuerte manotazo al interruptor y la habitación se inundó de luz.

—¡Sam! —grité, aterrado ante la posibilidad de que le hubiera ocurrido algo horrible.

No era de las que se asustaban por nada.

Estaba dispuesto a matar al responsable de su malestar.

Me detuve junto a su cama y comprobé que nadie la estaba tocando, que no había nada extraño. Vestía un escueto camisón y no paraba de dar bandazos en la cama. El pelo alborotado le tapaba la cara mientras libraba una especie de combate en sueños.

—No, por favor —gimió.

Mi corazón empezó a latir desbocado cuando vi que estaba atrapada en una pesadilla de la que no podía huir.

Conocía muy bien ese pánico, el terror de sentirse en las garras de algo horrible que estaba ocurriendo en mis sueños.

Me senté en la cama y la agarré suavemente del hombro.

—¡Sam! ¡Despiértate! Tienes una pesadilla.

Le aparté el pelo que le cubría el rostro y esperé a que abriera los ojos. Al ver que no reaccionaba, subí el tono.

—¡Sam! ¡Maldita sea! ¡Despiértate de una vez!

No soportaba la idea de que siguiera sufriendo.

Me sentí desesperado al ver en aquel estado a la mujer que se había convertido en la única luz de mi oscura vida. Sin embargo, a pesar de mis esfuerzos, no podía huir de las garras de aquello que la torturaba.

—¡Sam! —grité su nombre tan fuerte que debió de oírme todo el maldito hotel, pero me importaba una mierda.

Entonces se incorporó, con los ojos abiertos, y soltó un último grito que me heló la sangre.

Durante unos instantes permaneció inmóvil, con un gesto horrorizado, hasta que se desplomó en la cama, entre convulsiones y sollozos.

—Un sueño. Solo ha sido un sueño.

—Estás bien, Sam —le dije con voz suave.

—¿Xander? —Se volvió y me miró, algo confundida.

—Has tenido una pesadilla —le expliqué—. Te he oído.

Se pasó una mano por el pelo.

—Oh, Dios. Esta vez ha sido horrible —dijo con la respiración entrecortada—. Siento haberte despertado.

Exhaló otro sollozo estremecedor y me apresuré a abrazarla para intentar protegerla de aquello que le había provocado semejante angustia.

—No pasa nada. Solo ha sido un sueño.

Me rodeó el cuello con los brazos, aferrándose a mí como si fuera el único santuario donde podía refugiarse. Yo no entendía qué pesadilla podía afectar hasta tal punto a una mujer tan fuerte como Samantha, de modo que me limité a abrazarla con fuerza mientras lloraba en mi hombro. Cada una de sus lágrimas era un puñal clavado en mi pecho.

Sam se entregaba con absoluta generosidad y nunca perdía el sentido de la compasión, aunque en mi caso debería haberlo agotado el primer día que entró en mi casa, cuando yo hice todo lo posible para que se fuera. Qué diablos, hasta había recurrido a entregarme su cuerpo. Sin embargo, ella jamás me echó nada en cara.

Por eso estaba convencido de que era mi ángel.

Y los ángeles nunca debían llorar.

La abracé con más fuerza para que se sintiera segura.

—No pasa nada, Sam. Te lo prometo.

Tenía que encontrar el modo de hacer desaparecer su congoja.

El torrente de lágrimas y los sollozos habían llegado a su fin, y lo único que sentía era su cálido aliento en mi cuello.

—Lo siento —dijo con un hilo de voz—. Hacía mucho tiempo que no tenía una pesadilla.

—¿Qué ha pasado?

No entendía qué diablos podía afectarla de aquel modo. Siempre había sospechado que Samantha no había tenido una vida sencilla y me preguntaba si, en el fondo, me entendía tan bien porque ella también había vivido su particular infierno.

Me acomodé en la cama y la senté en mi regazo, sin dejar de acunarla, apoyado en el cabecero. Intenté pasar por alto que solo vestía un revelador camisón rojo.

No era el momento para dar rienda suelta a mis fantasías más lujuriosas con Samantha.

—Algo que ocurrió en el pasado —dijo de repente, aún con la respiración entrecortada y voz grave.

—¿Qué fue?

Quería saber a qué se refería para ayudarla.

—Hace diez años perdí a toda mi familia: a mis padres y mis tres hermanos pequeños —explicó, en cuanto hubo recuperado un poco la serenidad—. Tú ya tenías bastante con lo tuyo y no quería agobiarte más, pero tampoco imaginaba que volvería a tener pesadillas. Llevaba varios años sin sufrirlas.

El sufrimiento que transmitía su voz me sirvió para comprender todo lo que necesitaba. ¡Mierda!

—¿Cómo pasó? —pregunté con incredulidad.

—Yo vivía en Nueva York, en un piso compartido, pero me crie en Nueva Jersey con mis tres hermanos pequeños. El mayor de ellos, Joel, tenía dieciocho años por entonces, dos menos que yo. Era esquizofrénico y de vez en cuando sufría delirios. Además, se había vuelto adicto a las drogas y el alcohol. Mis padres intentaron que no dejara el tratamiento, pero al final la situación se les fue de las manos. Una noche, volvió a casa y mató a toda mi familia. A mí no me pasó nada, porque no vivía con ellos.

—¿Está en la cárcel, el desgraciado? —pregunté, presa de una ira incontenible.

—Está muerto —respondió con frialdad—. Después de acabar con todos, se suicidó. Soy la única superviviente de mi familia.

Durante unos segundos me quedé mudo, aturdido por su confesión. ¡Dios! ¿Cómo podía alguien superar semejante pérdida? Al final, apoyé la cara en su cabeza, sin saber qué decir. No podía devolverles la vida a sus padres y hermanos, aunque era lo que más deseaba.

—Lo siento muchísimo, Sam.

Me imaginé a una Samantha casi adolescente intentando superar la pérdida de su familia y no me gustaron nada las imágenes que se formaron en mi cabeza. Era demasiado joven para quedarse sola en este mundo. Debió de sucumbir al desconsuelo. ¿Cómo diablos podía salir adelante una persona sola después de semejante tragedia?

—Al final me recuperé —me aseguró con voz temblorosa—, aunque a veces tenía pesadillas. Creía que ya habían remitido definitivamente porque hacía varios años de la última.

—¿Qué has soñado exactamente?

Se estremeció antes de responder.

—Yo no estaba presente cuando se produjo el asesinato, pero en mis sueños soy capaz de visualizar lo que ocurrió. A través de los informes de la policía conozco bastante bien la secuencia de los hechos.

»Primero mi hermano mató a nuestra hermana pequeña y luego a nuestro hermano. Los cuerpos de mis padres estaban en el pasillo, por lo que la policía dedujo que debieron de intentar salvar a los pequeños y encontraron a Joel, armado con sus pistolas, antes de llegar a las otras habitaciones. Los disparó a ambos ahí mismo. Cuando ya solo quedaba él, se descerrajó un tiro en la sien. Esa es la escena que revivo en mis pesadillas, Xander. Estoy en la casa y lo veo todo.

—¡Qué horror! —La rodeé con mis brazos, deseando que fueran de acero. Mi único objetivo era protegerla del horror de lo que había ocurrido—. ¿Por qué? ¿Por qué diablos mató Joel a toda la familia?

—Había perdido la cabeza y estaba enganchado a las drogas —afirmó en voz baja—. Pero, a pesar de todo ello, tuve que hacer frente al sentimiento de culpa del superviviente, no paraba de preguntarme por qué había ocurrido todo justamente cuando ya no vivía con ellos, por qué había logrado esquivar la muerte cuando toda mi familia había fallecido. Así que comprendo muy bien lo que se siente cuando te consideras responsable de una tragedia como esa. O cuando piensas que deberías haber muerto con ellos.

—No me extraña que sepas tanto sobre cómo superar situaciones como la mía. Pasaste por lo mismo —dije, ahora que conocía el motivo de la empatía infinita de Samantha. Había conocido días tan oscuros como yo. La diferencia entre nosotros era que ella no había intentado huir como una cobarde, tal como había hecho yo.

—No es exactamente lo mismo. No sé cómo me sentiría si hubiera presenciado el asesinato, pero sí sé lo que es el síndrome del superviviente, la depresión y el consumo de drogas. Vi la lucha que libró Joel contra la enfermedad mental durante casi toda la vida, y también fui testigo de su progresiva adicción a diversas sustancias, un par de años antes de irme a Nueva York. Pasé por todas las fases de la recuperación traumática, las mismas que has vivido tú. Así que te entiendo, Xander, porque he pasado por lo mismo. Quizá las circunstancias sean algo distintas, pero el dolor es igual.

—¿Pero tú no caíste en el consumo de drogas y de alcohol? —pregunté, aunque ya sabía la respuesta. Ella se salvó porque tuvo el valor de enfrentarse al problema cara a cara.

Sam negó con la cabeza para confirmar lo que yo ya sabía.

—La situación era distinta. Yo no resulté herida ni me recetaron opiáceos. No estuve a punto de morir. Y tampoco fui testigo de lo ocurrido. El dolor de perder a mi familia era asfixiante e insoportable, pero tú pasaste por una serie de cosas que ni siquiera puedo imaginar.

—¡No digas eso! —exclamé y la dejé suavemente sobre la cama para poder verle la cara—. No quiero que vuelvas a insinuar que lo que te ocurrió fue menos traumático que lo que me pasó a mí. Fue peor, Sam. Lo perdiste todo. Tu familia desapareció en un abrir y cerrar de ojos. Eras muy joven y te quedaste sola. ¿Tenías algún otro familiar?

Negó lentamente con la cabeza y una triste y solitaria lágrima se deslizó por su mejilla.

—No tenía más parientes cercanos. Tenía amigos, claro, pero al final acabaron cansándose de tener que aguantar a alguien que sufría un síndrome del superviviente tan agudo que no podía hacer nada más. Sí, estaba sola, y me sentía tan desvalida que en ocasiones habría preferido morir con el resto de mi familia.

—No digas eso —exigí. Un mundo sin ella me resultaba inconcebible. La angustiosa certeza de que Sam habría muerto si no se hubiera mudado a Nueva York me rondaría para siempre como la peor de mis pesadillas.

—Solo quiero ser sincera contigo —susurró—. Tú has compartido tus secretos conmigo.

—Me alegra que me hayas abierto tu corazón, pero aun así haría lo que fuera para que no hubieras tenido que vivir un drama así.

Sam levantó la vista para mirarme y sacudió la cabeza para apartarse el pelo que le tapaba el rostro antes de que yo me diera cuenta de que le estaba sujetando las muñecas por encima de la cabeza.

—Tú siempre te has sentido muy solo —me dijo—. Tus hermanos no murieron en el robo, pero te aislaste de ellos.

Tenía razón. Durante años corté las relaciones con toda mi familia. Sin embargo, la diferencia era que ahora se me abría la posibilidad de recuperarlos de nuevo. Ellos no habían muerto, pero Samantha estaba totalmente sola.

Yo tenía una nueva oportunidad.

Samantha no. En su caso no había marcha atrás posible.

—Sí —admití—, pero encontraré el modo de volver a tender puentes con ellos.

Mi declaración de intenciones era sincera. Me estaba dando cuenta de lo afortunado que era al tener a dos hermanos que aún se preocupaban de lo que pudiera ocurrirme.

—Eso me haría muy feliz —me dijo, con una mirada de compasión.

—¡¿Cómo lo haces, Sam?! ¿Cómo puedes mantener la cordura y el optimismo después de haber vivido una experiencia tan traumática?

A decir verdad, su actitud era toda una lección de humildad.

—No lo he logrado de la noche a la mañana —confesó—. Me costó mucho, pero he tenido diez años para asimilar todo lo que me pasó. Como has visto, las pesadillas han sido una constante. Hay ciertas cosas que es imposible dejar atrás por mucho que te esfuerces. Pero cuando pienso en lo que habría querido mi familia, sé que nada les habría hecho más ilusión que yo lograra salir adelante y disfrutara de las cosas buenas que me ofrece la vida. Habrían deseado que disfrutara de la vida que ellos no pudieron tener.

Mis padres nos querían a los tres hermanos por igual y yo sabía que habrían deseado lo mismo. Que mantuviéramos el contacto y nos apoyáramos mutuamente en los éxitos y en la adversidad. Pero, sobre todo, habrían querido que nos hubiéramos comportado como una familia. Que cuidáramos los unos de los otros.

—Mis padres habrían deseado lo mismo.

—Pues haz realidad su sueño. Por mucho que te cueste dejar atrás el sentimiento de culpa, el miedo y la inseguridad. Lo mejor que puedes hacer para honrar su memoria es vivir tu propia vida.

La ira que había acumulado en mi interior se desvaneció en cuanto vi el rostro de mi ángel. Lo único que sentía ahora era la imperiosa necesidad de proteger a Sam, de valorar como merecía el hecho de que hubiera aparecido en mi vida. Yo la necesitaba y ella había logrado abrirse paso y salvar el muro que había levantado a mi alrededor. Gracias a ella empezaba a creer que existía una remota posibilidad de que volviera a comportarme como un ser humano normal.

—Ayúdame, Sam —murmuré—. Ayúdame a ser mejor persona.

Ella se volvió y le solté las muñecas. Yo no podía dejar de mirarla mientras ella deslizaba las yemas de los dedos por mi mandíbula y por las cicatrices que yo no quería mostrarle a nadie. Y aunque vi compasión en los ojos de Samantha, también vi anhelo, el mismo que me estaba devorando por dentro.

—Ya eres una buena persona —susurró—. Siempre lo has sido. Tan solo debes aceptar que hay ciertos hechos que no puedes cambiar.

¿Conseguiría algún día apartar la ira, la vergüenza y el sentimiento de culpa que se había apoderado de mí? Había convivido tanto tiempo con esas emociones que tenía la sensación de llevarlas grabadas a fuego en mi alma. Pero estaba dispuesto a dejarme la piel en el intento. Todo por ella.

—Creo que hay margen de mejora —gruñí.

Su sonrisa trémula merecía que me entregara en cuerpo y alma. Deseaba a esa mujer con una posesividad que me desconcertaba, pero aún no era digno de ella. Sam era la persona más valiente que había conocido jamás y, antes de aspirar a estar con ella, tenía que encauzar mi vida.

—Bien dicho —añadió, sin dejar de sonreír.

Noté las garras de la desesperación en mis entrañas y me di cuenta de que me moría de ganas de saborear las mieles de la satisfacción que mostraba ahora. Impregnarme de ella como si fuera solo mía. Incliné la cabeza para besarla y no pude reprimir un gruñido de deseo al notar el roce de los labios más dulces que jamás había probado.

Samantha sabía a sol, a menta, a una felicidad esquiva que mi alma llevaba demasiado tiempo sin experimentar. Entrelacé los dedos en su melena para que no se apartara mientras saboreaba el néctar de sus labios, presa de la necesidad de hacerla mía.

¡Mierda! ¡La necesitaba más que nada! E intenté demostrárselo mientras nuestras lenguas libraban un duelo infatigable, que no hizo sino avivar las llamas de mi deseo.

—Xander —susurró ella cuando me aparté y hundí la nariz entre sus rizos mientras le besaba el cuello.

—Quiero hacerlo bien, Samantha. Quiero llevarte al paroxismo del placer —insistí, atormentado por mi actitud egoísta y brusca el día que me ofreció la oportunidad de darle todo el placer que merecía. Poco me importaba no poder embestirla contra la pared, algo que deseaba con toda desesperación. Lo único que quería en ese momento era verla estallar de gozo. Quería que viera las estrellas en una noche teñida de sombras. La necesidad era tan apremiante que no podía controlarla.

Lancé un suspiro de alivio cuando asintió. La senté en la cama y le quité el camisón por la cabeza.

Quería aprovechar la oportunidad de redimirme por lo que le había hecho cuando empezó a trabajar para mí. Había utilizado su cuerpo y la había dejado insatisfecha porque no tenía nada que ofrecerle.

Después de situarla en la cama tal y como quería, decidí que eso era algo que no volvería a ocurrir.

# Capítulo 12

## Samantha

Por primera vez desde que conocía a Xander, me sentía totalmente vulnerable. No era una situación agradable, pero tampoco podía evitarla. Me había acercado demasiado, había estado a punto de quemarme, pero la intensidad de mis sentimientos por él era demasiado dolorosa para seguir ignorándola.

Mi instinto me decía que si me tocaba, todo cambiaría. Nuestra relación sería distinta. No sería como la primera vez. Pero era tan grande el deseo de entregarme a él, que no me importaba.

Mi anhelo era demasiado fuerte.

Mi deseo era un hierro candente.

Y mis sentimientos por ese hombre derrotado, que estaba realizando un esfuerzo titánico para encauzar su vida, eran descarnados.

Lo conocía.

Lo comprendía.

Y por algún extraño motivo, era el que hacía que mi soledad resultara más llevadera. Xander había alcanzado una parte de mí vetada a todos los demás, y ahora que me había tocado tan hondo, yo quería más.

Me había dejado en el centro de la cama, con la cabeza apoyada en la almohada. Sus fuertes brazos me habían levantado como si fuera una muñeca de trapo, sin inmutarse lo más mínimo.

Volví la cabeza para observarlo. Se alzaba sobre mí como una torre a pesar de que estaba de rodillas. Xander era muy grande y me estaba ofreciendo una gloriosa erección. Pero no fue eso lo que más me llamó la atención.

Ahora que se había desnudado, podía ver todas las cicatrices que cubrían aquel cuerpo fuerte y musculoso. Se me cayó el alma a los pies al ver las secuelas de las heridas que habían estado a punto de acabar con su vida.

Me puse de costado y estiré un brazo para tocar una gran línea blanca que le atravesaba el pecho, y luego acaricié todas y cada una de las cicatrices de las puñaladas que le habían clavado en el pecho y su escultural abdomen. Estaba muy tenso, pero no se apartó ni un centímetro.

—Ya te dije que no te gustaría verme desnudo —gruñó.

Qué equivocado estaba.

—Quiero verlo. Y también quiero tocarlo. Eres fuerte, Xander. Tenías todos los números para morir por culpa de las heridas, pero por algún motivo sobreviviste.

—Tengo un cuerpo que da pena verlo —dijo, vacilante.

—Es formidable —le corregí, trazando con la punta de los dedos el tatuaje que lucía en ambos bíceps—. ¿Qué es?

—Un tatuaje —respondió con voz ronca.

—Hasta ahí llego —repliqué—. Me refería a qué significa.

Parecía sentirse incómodo ante el escrutinio al que estaba sometiendo su cuerpo desnudo.

—Es celta. Mi familia es de origen irlandés. Si quieres que te diga la verdad, no significan gran cosa para mí. Cuando firmamos el primer contrato discográfico, salí con mi grupo y nos emborrachamos. En algún momento de la noche, fuimos a un estudio de tatuajes y yo les pedí algún motivo celta.

Me gustaba mucho el que estaba acariciando y deslicé el dedo por la cabeza del dragón negro con nudos celtas que se extendía por todo el bíceps.

—Date la vuelta —le pedí.

Me hizo caso y acaricié la gran espada que adornaba el lado opuesto de la parte superior del brazo.

—Son preciosos. Tuviste suerte de encontrar a un buen tatuador —le aseguré.

Siempre era peligroso hacerse un tatuaje borracho y podría haber acabado con algo que no le pegara en absoluto. Pero ambos encajaban muy bien con su forma de ser y con su fuerza.

—Yo elegí la espada —confesó—. El dragón fue... fruto del alcohol.

—¿Te tatuaste la espada más tarde?

Asintió con la cabeza.

—Cuando logramos el disco de platino de nuestro primer álbum. Me lo hice estando sobrio.

—Me gusta —confesé.

No era muy de tatuajes, pero los de Xander eran una parte más de su identidad y su historia, y le quedaban muy bien.

Le apoyé la mano en el pecho y bajé hasta los abdominales. Tenía la portentosa erección casi a la altura de mi cara y me moría de ganas de tocarlo.

—¡No! —insistió y me agarró de la muñeca—. Esta vez no soy yo quien va a disfrutar.

Me desconcertó su tono dominante y me tumbé de espaldas otra vez.

—Quiero tocarte, Xander. Eres el hombre más atractivo que he visto jamás.

—Pues mucho me temo que o estás ciega o no has visto a demasiados hombres desnudos —dijo, algo confundido—. Da grima verme.

—No es verdad —repliqué.

No soportaba que hubiera sufrido tanto, pero jamás odiaría las cicatrices que surcaban su piel. Al igual que los tatuajes, era una parte inherente de su historia, algo que no podía cambiar.

Se sentó encima de mí y apoyó las manos en mis costillas.

—Pero estos... —subió las manos hasta llegar a mis pechos—. Son perfectos.

El deseo refulgía en sus ojos y yo estaba cada vez más caliente y empezaba a mojarme. Tenía los pechos pequeños, pero a Xander parecía darle igual.

Abrí la boca para decirle que no era perfecta en ningún sentido, pero me olvidé de todo al notar sus pulgares en mis pezones, acariciándolos para desatar mi excitación.

—Xander —gemí.

—Me vuelve loco oír mi nombre en tus labios —dijo él con un tono grave preñado de lujuria—. Repítelo. Grítalo una y otra vez hasta que llegues al orgasmo.

Me estremecí al ver que retrocedía ligeramente para acercar cómodamente la boca a mis pechos. Me dio un mordisco en torno a la areola. Fue algo brusco, pero sabía exactamente lo que yo quería. Chupó el pezón, luego me provocó un suave escalofrío de placer con otro mordisco y al final alivió el dolor con su hábil lengua, mientras con la otra mano me acariciaba el otro pecho.

Me vi arrastrada a un torbellino de emociones incontrolable e incliné la cabeza hacia atrás.

—Oh, Dios, sí.

Lo abracé con fuerza, lo agarré del pelo como si me fuera la vida en ello y me encendí aún más al notar el tacto áspero de sus mechones entre mis dedos.

—Xander —gemí—. Métemela ya.

Necesitaba que llenara el vacío que anhelaba la embestida de su miembro descomunal.

Me agarró de las caderas y se inclinó hacia delante hasta que sentí sus labios junto a mi oído.

—Ni hablar, Samantha. Lo único que quiero en estos momentos es que tengas el orgasmo más intenso y potente de toda tu vida.

Oh, Dios. Sentí un espasmo vaginal tan fuerte que resultó doloroso.

—¿Y a ti qué te excita? —pregunté entre jadeos.

—¿Quieres la verdad? —dijo con gran excitación.

—Sí, dímelo —supliqué.

Su cálido aliento me acarició la cara y el lóbulo de la oreja.

—Ver que una mujer confía lo suficiente en mí para dejarme hacer lo que quiera con su cuerpo, para satisfacerla por completo.

¡Hostia! Ya estaba mojada, pero al oír aquella explicación tan autoritaria, no había nada que pudiera parar el torrente que fluía entre mis piernas. Yo tenía una experiencia sexual más bien limitada, y no me consideraba una mujer sumisa, pero los juegos de alcoba de Xander me excitaban como no me había excitado nunca.

—No sé si podré hacerlo ahora —admití.

—Y no es lo que espero de ti, Sam. La primera vez que nos acostamos, cometí un gran error. Solo te pido que confíes en mí para llevarte hasta el orgasmo.

—Confío en ti.

Tal vez mi reacción era demasiado inocente teniendo en cuenta cómo había ido nuestro primer encuentro, pero quería hacer caso de mi instinto. En algún momento, las cosas entre Xander y yo habían cambiado. No podía identificar el instante concreto, pero a medida que nos habíamos ido conociendo, todo había… cambiado.

Me estremecí al notar de nuevo sus dedos en mis pechos, y su boca en mi vientre. Su lengua se deslizó hasta el ombligo, dejando tras de sí una estela de fuego.

—Xander, por favor —supliqué.

No me bastaba con esas provocaciones. Necesita algo real y duro.

Le solté el pelo cuando noté que se apartaba de mis pechos y se situaba entre mis piernas, obligándome a abrirlas más.

—Veo que he logrado excitarte —dijo, satisfecho.

¿Es que no me creía cuando se lo decía yo?

Me aferré a la sábana cuando me penetró con los dedos y solté un gemido escalofriante porque anhelaba algo más.

—Es demasiado —logré decir al final con voz entrecortada.

—Nunca —me dijo mientras me acariciaba el clítoris con delicadeza—. Tu deseo nunca llegará a la altura de lo mucho que te deseo yo a ti.

Xander rodeó el clítoris con los dedos y ejerció una leve presión breve que me provocó un espasmo de placer, exacerbado por la necesidad imperiosa de llegar al orgasmo. Sentía su boca en mis muslos, lamiéndome y provocándome mientras sus dedos me llevaban al borde de la locura.

Apreté los dientes mientras mis gemidos aumentaban de intensidad con cada caricia. Al final, grité cuando noté su lengua entre mis labios, abriéndose paso entre ellos hasta llegar al clítoris.

—Sí, Xander. ¡Sí!

Necesitaba llegar al clímax más que nada en este mundo. Mi cuerpo anhelaba la liberación que solo podía proporcionarle la explosión de placer.

Levanté las caderas y lo agarré del pelo para que me diera más.

Y entonces me dio justo lo que más deseaba.

Deslizó sus enormes manos bajo mis nalgas y me levantó para tener acceso total y absoluto. No se cansaba de lamer, morder y acariciarme hasta que me estremecí al sentirme al borde del clímax. Incliné la cabeza hacia atrás, arqueé la espalda y me entregué ciegamente a los placeres orales que me estaba proporcionando Xander.

No fue un orgasmo sutil, como estaba acostumbrada. Fue algo más parecido a la embestida de un tren de mercancías y me estremecí cuando la tensión dio paso a un paroxismo alucinante que nunca antes había sentido.

—¡Xander! —grité en éxtasis, asustada por la intensidad del orgasmo hasta que la oleada de goce empezó a remitir tras un crescendo increíble.

Aún lo oía entregado con afán, entre mis piernas, embriagándose con mis fluidos. Parecía que su único objetivo era hacerme perder el mundo de vista.

Yo me quedé inmóvil en la cama, empapada en sudor, con la respiración entrecortada y temblando después de lo que acababa de vivir.

Levanté una mano sin apenas energía para apartarme el pelo de la cara.

—¿Qué diablos me ha pasado? —murmuré sin aliento.

Xander se tumbó a mi lado y respondió enseguida.

—Que has tenido un orgasmo.

—¿Bueno?

Si eso era bueno, ¿cómo sería uno genial? Probablemente no sobreviviría para contarlo.

—¿Nunca habías sentido algo así? —preguntó Xander, que me abrazó para que apoyara la cabeza en su pecho.

—Algo tan intenso, no —admití—. Solo había estado con un par de chicos y no me habían hecho nada parecido. Normalmente solo llego al orgasmo cuando… Bueno…, cuando me masturbo.

—Te lo debía, Sam. Lo que te hice fue imperdonable, pero espero que a pesar de todo puedas perdonarme.

Levanté la cabeza y le aparté el pelo de la cara.

—Necesitas un corte de pelo —le dije—. Y no, no me debías nada. Pero ha sido una experiencia increíble.

Xander sonrió.

—Me alegro de que te haya gustado.

No encontraba palabras que pudieran describir cómo me hacía sentir. Seguramente lo mejor de todo lo que había pasado era que me había sentido… deseada.

—Que sepas que aún tengo ganas de acostarme contigo, Xander. Quizá más que antes.

Habíamos establecido un vínculo emocional muy intenso, pero yo deseaba que fuera más… profundo.

Él negó lentamente con la cabeza.

—Ahora no, Sam. Esta vez quería que disfrutaras solo tú.

—¿Y tú?

Xander no dejaba de sonreír.

—Sobreviviré. De momento me basta con ver lo mucho que has gozado.

Se levantó de la cama y reaccioné de inmediato.

—¡Eh! ¿No puedes quedarte?

Apagó la luz y volvió a la cama.

—Sí, claro que me quedo. Quizá así pueda ahuyentar las pesadillas.

Xander y yo nos tumbamos, nos tapamos con las sábanas y yo apoyé de nuevo la cabeza en su pecho. El cansancio empezaba a hacer mella en mí. Pero también sentía una gran curiosidad por algo que él había dicho y que no me dejaba conciliar el sueño.

—¿Te va el BDSM?

—No —respondió con toda sinceridad—. Una vez fui a un club con varios miembros del grupo, pero me di cuenta de que eso no era para mí. No me gusta infligir dolor a una mujer para excitarla u obligarla a que me llame «amo». No va con mi estilo de vida. Pero sí es cierto que me siento como un dios cuando una mujer deposita su confianza en mí para que le dé placer. Me excita ver cómo pierde el control entregada a la lujuria.

—¿*Bondage*? —pregunté con curiosidad.

—Depende de las circunstancias. Pero sí, puede ser muy excitante.

—¿Pinzas en los pezones?

—No. Demasiado dolorosas.

—Entonces solo te va la sumisión.

—Más o menos, pero tampoco como algo habitual. Digamos que era un juego ocasional que me ponía, pero la verdad es que estoy empezando a sentir el deseo irrefrenable de reivindicar mis derechos de propiedad sobre ti.

Tragué saliva porque no tuve el valor de confesarle que sus palabras me excitaban aún más que todo lo que me había hecho solo unos minutos antes. Yo era una mujer independiente que nunca había sentido el deseo de someterse a nadie, pero también tenía la sensación de que Xander era tan prisionero de un deseo incontrolable como yo.

—Me dan mucha envidia todas las mujeres que han conseguido lo que yo no he podido —confesé a oscuras, convencida de que no habría sido capaz de decírselo mirándolo a la cara. Nunca había sido celosa y tampoco comprendía a las mujeres que lo eran.

—Pues no te engañes —replicó él—. Nunca me había sentido así con ninguna de las mujeres con las que estuve hasta ahora. Y te aseguro que acabarás consiguiendo todo lo que quieres, y mucho más. Ahora, a dormir.

Quería pedirle que me explicara a que se refería con ese «todo», pero no lo hice por temor a quedar en ridículo.

Al final no pude contener un bostezo. Estaba agotada física y mentalmente.

—Gracias por quedarte conmigo.

Me abrazó con fuerza.

—No lo cambiaría por nada del mundo.

Lancé un suspiro y cerré los ojos, feliz como hacía tiempo que no lo era, y lentamente me sumí en un sueño profundo y plácido.

# Capítulo 13

## Xander

«¡Menudo lío!».

Era lo único que había podido pensar mientras corría en la cinta del gimnasio del hotel a la mañana siguiente. En ese momento estaba en la fase de enfriamiento después de correr tanto tiempo que me ardían los músculos de las piernas.

La noche anterior me había entregado a Sam, pero cuando me desperté por la mañana estaba tan excitado que tenía que quemar energía de algún modo. La erección había bajado, pero sentía un dolor en el pecho que no estaba causado por la falta de aliento o por el exceso de actividad física tan temprano.

Quería disfrutar de un rato en el gimnasio cuando aún no hubiera mucha gente, y lo había conseguido. Era el único, lo cual no era muy sorprendente, ya que debían de ser las seis de la mañana. Había llegado a las cinco con la misión de aliviar con ejercicio el deseo de empotrar a Samantha contra la pared de la habitación hasta que me suplicara clemencia.

—¿Por qué no me sorprende verte aquí? —Oí la voz de Liam Sullivan desde la entrada.

Pulsé el botón de parar y bajé de la cinta.

—¿Qué pasa? ¿Le ha ocurrido algo a Tessa?

Levantó una mano.

—No pasa nada, te lo juro. Solo he bajado para hacer un poco de ejercicio. Estoy acostumbrado a madrugar y ya no tenía sueño. Como sabía que te alojabas aquí, se me ha ocurrido pasar, porque sé que te gusta hacer ejercicio todos los días.

Cogí una toalla y me sequé el sudor de la cara.

—¿También os alojáis aquí? No lo sabía.

—Sí. Como tú, quería estar cerca del ático de Micah sin invadir su espacio. Julian y Kristin se quedan con ellos.

Noté que empezaba a relajarme un poco.

—Me alegra saber que Tessa está bien. Por un momento he pensado que me estabas buscando porque había ocurrido algo.

Sentía un cariño especial por Tessa, y el hecho de que Micah y ella se quisieran tanto me hacía muy feliz. Desde el día que nos conocimos, hacía ya algunos años, sabía que no se merecía ninguna de las desgracias que le había deparado la vida.

No había que ser una lumbrera para ver que quería a Micah, y él adoraba el suelo que Tessa pisaba. No podían ser más perfectos el uno para el otro. Mi hermano mayor había encontrado a la mujer ideal. El único problema era que si le pasaba algo a Tessa, Micah no podría superarlo.

Liam, que se había puesto ropa cómoda para hacer deporte, subió a la cinta de correr y empezó con el calentamiento.

—Sí, está bien.

—Entonces, ¿por qué no puedes dormir? —pregunté llevado por la curiosidad cuando me senté en uno de los bancos que había no muy lejos de la cinta. Yo ya había acabado la rutina, pero quería asegurarme de que Liam no tenía ningún problema.

—Me siento culpable —dijo—. Dejé a Brooke al mando del restaurante, y uno de los chicos a los que contraté no se ha presentado a trabajar. A la una de la madrugada Brooke aún estaba lavando los putos platos.

—¿Estaba enfadada? —pregunté.

—¡Qué va! —exclamó—. Me dijo que podía ocuparse de todo y que no me preocupara de nada, solo de Tessa. Pero como le faltaba personal, el restaurante no funcionaba a pleno rendimiento y en verano siempre está a tope. Se ha dejado la piel sin decir ni mu.

—No lo entiendo. ¿Por qué te sientes tan mal si ella quiere trabajar?

—Porque no es justo. Ella es una empleada, no la dueña. No es problema suyo que un imbécil no se haya presentado a trabajar. No tendría por qué sufrir las consecuencias. Además, es agotador trabajar tantas horas en temporada alta.

—Bueno, seguro que no le pasa nada. Es joven y fuerte.

—Estamos en verano y hay turistas raros por todas partes. No quiero que se quede sola hasta tarde y que tenga que volver andando al apartamento a esas horas.

Liam aumentó el ritmo de la cinta.

De acuerdo, ahora comprendía sus preocupaciones.

—Estás colado por ella —le dije—. ¿Por qué no te tomas un descanso y le pides una cita?

—Es demasiado joven y demasiado inocente. Ya te lo dije. No debería estar con un chico como yo. Ya conoces mi historial.

Sabía que no era fácil correr y hablar al mismo tiempo, pero Liam parecía capaz de hacer ambas cosas sin mayor problema.

Sí, conocía su historial. Sabía que Liam había librado su propia batalla con el alcohol y había tenido un breve flirteo con las drogas. Pero no había bajado a los infiernos de ese mundo como yo. Había vivido en Hollywood, así que era difícil evitar por completo las fiestas locas de Los Ángeles.

Era un tipo decente que se había dejado la piel para cuidar de Tessa cuando sus padres murieron. Es más, había renunciado a su carrera profesional para regresar a un pequeño pueblo de la costa… y todo por su hermana. Liam merecía disfrutar de la vida y de la mujer a la que tanto quería.

—¿Con quién debería estar, entonces? ¿Con un turista que se pasa el día en la playa? ¿Con un universitario? ¿Con alguien que tenga una carrera decente? Como mucho, Brooke tendrá diez años menos que tú. Es obvio que no busca una figura paterna —le advertí.

Había visto a Brooke unas cuantas veces en el restaurante de Liam antes de la inauguración. Y era evidente que no era una menor. Debía de tener veintipico años. Liam diez más.

—¿Tanto importa esa diferencia de edad para que te tortures de esta manera?

—No ha mostrado ningún interés por los hombres mayores —respondió, con la respiración agitada.

—¿Le has pedido una cita? —Me costaba creer que Brooke no quisiera salir con Liam. Me había fijado en el modo en que ella lo miraba y cómo lo hacía él cuando creía que nadie lo observaba.

—No, no puedo hacerlo. Creo que tiene una relación a distancia. Lo descubrí hace unos días.

—Vaya, lo siento mucho —le dije. Debió de ser un buen palo, sobre todo porque Liam estaba enamorado de ella desde el momento en que la contrató en el restaurante—. ¿Estás seguro?

—Sí.

—A lo mejor lo deja. Las relaciones a distancia no suelen durar. Ahora que lo pienso, ¿de dónde ha salido Brooke? ¿Cómo es que nadie la conoce? Me cuesta creer que alguien se traslade a Amesport sin ningún motivo aparente. Sobre todo si tiene pareja en otra parte.

Aquella chica era una especie de misterio. Nadie la conocía del todo. Se dejaba la piel en el restaurante de Liam, pero era discreta y no le gustaba llamar la atención.

—Si quieres que te diga la verdad, yo tampoco la conozco demasiado —me confesó—. No suele hablar de temas personales y no sé por qué decidió mudarse a Amesport. Además, considero que no es asunto mío siempre que sea una buena empleada. Tengo la sensación de que ha huido de algo o de alguien, pero ignoro los motivos concretos.

—A lo mejor le da miedo hablar del tema —insinué.

—A estas alturas ya debería confiar en mí —dijo Liam con un deje de tristeza.

—Pues entonces quizá no oculta nada.

—Lo dudo —replicó—. Pero no puedo obligarla a que me confiese sus secretos. Además, ya tiene a ese chico. Yo solo soy su jefe.

Liam parecía dolido y yo no soportaba verlo en ese estado. Era un buen hombre que había renunciado a su vida y su carrera profesional en California para volver a Maine y cuidar de Tessa cuando perdió el oído. Era cierto que había tenido unos años algo… salvajes, pero en ese momento era uno de los hombres más responsables que yo conocía.

—Búscate a otra. Necesitas liberar tensiones —solté en broma.

—¿Cómo sabes que no me acuesto con nadie? A lo mejor lo he hecho con todas las solteras de Amesport.

—Imposible —le solté con chulería.

Hizo una mueca. No sabía si era por el elevado ritmo al que corría o si le había dolido mi comentario.

—Le dijo el ciego al tuerto —replicó—. ¿Quieres que comprobemos a ver quién lleva más tiempo sin hacerlo?

—No. Seguro que pierdo.

Estaba convencido de que mi racha en el dique seco era más larga que la de Liam. Además, no podía contar el fiasco de la cocina. Técnicamente, supongo que había tenido sexo con Sam, pero como había sido un intercambio sin el menor atisbo de placer por ambas partes, no lo consideraba así.

123

—Veo que de momento has logrado contenerte y no te has acostado con la asistenta, ¿no?

—Es algo más que mi asistenta —le confesé—. De hecho… me gusta.

—Motivo de más para acostarte con ella —añadió Liam.

—No entiendes la relación que tenemos, Liam. Sam… me ha ayudado mucho. Ahora puedo salir a la calle y he venido hasta Nueva York gracias a que ella me ha hecho ver que soy capaz de hacer muchas más cosas de las que creía. Cuando volvamos, iremos a visitar la tumba de mis padres en Amesport. Sam cree que necesito cerrar las heridas abiertas.

Había tomado esa decisión mientras hacía ejercicio. Tenía que armarme de valor y enfrentarme a mis miedos. Se lo debía a mis hermanos, que estaban vivos, y a mis padres, que ya no se encontraban con nosotros.

Liam me dirigió una mirada de sorpresa.

—Es una mujer inteligente. Y yo también creo que necesitas cerrar esas heridas. Tus problemas con las drogas y el alcohol eran consecuencia de la ira. Tienes que acabar con eso.

No quería traicionar la confianza de Sam, de modo que me limité a decir:

—Sam y yo… tenemos mucho en común. Hemos compartido experiencias similares. Ella perdió a toda su familia de golpe hace diez años. Imagino que por eso me comprende tan bien.

—Vaya, menudo palo —dijo Liam, negando con la cabeza pero sin dejar de correr—. Es un paso muy importante que hayas reunido el valor necesario para visitar el lugar donde descansan tus padres.

—Al final la cuestión es que estoy de acuerdo con Samantha. Sé que debería hacerlo. Que tengo que hacerlo.

Había cosas que Liam ignoraba, pero creo que comprendía los motivos que me habían llevado a beber y tomar drogas. Y también sabía que el asesinato de mis padres había sido traumático.

—¿Quieres que te acompañe? —preguntó.

Lo miré y en ese instante me di cuenta de que debía sentirme muy agradecido de contar a Liam entre mis amigos. Solo un amigo de verdad se habría ofrecido a acompañarme a un cementerio.

—No, gracias. Ya tienes bastante con tu hermana y tu negocio. Yo tengo a Samantha. No es necesario.

—Veo que se ha convertido en alguien muy importante para ti —insinuó.

Asentí, pero preferí no entrar en demasiados detalles en el gimnasio.

—Sí, supongo que sí. Era inevitable que se convirtiera en una figura importante en mi vida. Es una mujer increíble.

—Como ya te he dicho, no dejes que tus temores te impidan conseguir tu objetivo.

—No lo hago. Por primera vez desde hace mucho tiempo, creo que sé hacia dónde me dirijo y por qué.

Liam asintió sin dejar de correr.

—Menos mal. Si no tienes un objetivo claro, es difícil no caer en la tentación de ciertas cosas.

Sabía que Liam había tenido varios motivos, entre ellos su hermana Tessa, para no ceder a la tentación del alcohol y las drogas. Yo, por mi parte, lo único que había hecho era apartarme de todo el mundo, lo que me situaba en una posición vulnerable que podía llevarme a la recaída en todas mis adicciones fácilmente.

De pronto sentí la imperiosa necesidad de ver a Sam. Quería asegurarme de que estaba bien después de las pesadillas que había tenido la noche anterior.

—Siento haber interrumpido tu rutina de ejercicios. ¿Nos vemos en el hospital?

—Voy a seguir un rato más aquí, pero sí, nos vemos allí.

Me despedí con la mano y me dirigí hacia la puerta. Cuando salía me di cuenta de que poco a poco el gimnasio se había llenado de gente.

Nadie me miró de un modo extraño.

Nadie dejó escapar un grito al ver mi rostro surcado de cicatrices.

A nadie le importaba mi aspecto. En general la gente estaba concentrada en sus ejercicios, cada uno a lo suyo.

Negué con la cabeza mientras dejaba la toalla sudada en el cesto y abandoné el gimnasio con una sonrisa en los labios, tras haber comprobado que Sam tenía razón. Como siempre. El problema era que yo llevaba demasiado tiempo atrapado en mis propios pensamientos.

Había llegado la hora de enfrentarme a todos mis temores y averiguar qué otras mentiras se habían apoderado de mi vida.

# Capítulo 14

## Samantha

Acabamos quedándonos en Nueva York un par de días más para asegurarnos de que Tessa se recuperaba bien de la intervención y que podía volver a casa con Micah al día siguiente. Para mi sorpresa, Xander quiso ir a ver algunos de los lugares que no había podido visitar en sus anteriores viajes a la Gran Manzana.

Paseamos por Central Park, subimos a lo alto del Empire State y visitamos el monumento en memoria de las víctimas del 11-S. Y la noche anterior a que nos fuéramos me llevó a cenar a uno de los restaurantes de moda de la ciudad.

No se podría haber dicho que transmitiera una sensación de calma y tranquilidad, pero cada vez se mostraba más relajado en público. En ocasiones yo aún detectaba en sus ojos esa mirada de pánico y miedo, sobre todo cuando oíamos un ruido muy fuerte, pero Xander hacía un gran esfuerzo para sobreponerse recordándose a sí mismo dónde estaba y qué hacía. Luchaba contra las imágenes descontroladas del pasado que asaltaban su mente, y estaba haciendo grandes progresos para evitarlas. La exposición constante a cosas que lo ponían nervioso estaba logrando desensibilizarlo.

En el trayecto de vuelta a Maine estuvo muy callado. No dejaba de darle vueltas a la parada que íbamos a hacer en Massachusetts.

Debo admitir que yo también estaba algo nerviosa cuando Xander atravesó la verja del cementerio, situado en las afueras de su ciudad natal. Cabía la posibilidad de que fuera una experiencia traumática justo en un momento en que había hecho tantos progresos. Solo esperaba que mi sugerencia no hubiera sido un error.

De camino al cementerio pasamos frente a la casa en la que se crio. No era un hogar humilde, que digamos, pero tampoco un castillo. Era grande, de aspecto majestuoso, pero en absoluto pretenciosa. Parecía la viva imagen de un lugar donde los hermanos Sinclair habían podido encontrar la felicidad de pequeños.

—¿Estás bien? —le pregunté con un deje de vacilación, rompiendo el silencio que se había impuesto entre ambos desde que habíamos dejado atrás su antigua casa.

—Sí, estoy bien. Recuerdo que siempre venía aquí con mis padres al llegar las vacaciones, para dejar flores en las tumbas de mis abuelos. Ambos murieron cuando yo era un niño. Apenas conservo recuerdos de ellos.

Antes de llegar nos habíamos detenido a comprar flores para sus padres y sus abuelos.

—¿Sabes dónde están enterrados?

—Si. Julian me dijo que estaban justo al lado.

Cuando Xander se detuvo, sentí un escalofrío.

—Es aquí —dijo en tono sombrío.

Cogimos las flores y nos acercamos a las tumbas, que eran las primeras del sendero. Sin decir nada, dejé un ramo de rosas frente a las lápidas, mientras Xander permanecía inmóvil, con los brazos cruzados.

Cuando emprendió la marcha lo seguí y nos detuvimos bruscamente junto a dos losas de mármol.

Me paré a su lado, observando las preciosas lápidas que señalaban las tumbas de sus padres, una junto a la otra.

—Esto es real —murmuró Xander con estoicismo—. Ocurrió de verdad. Ya no están aquí.

Sus palabras estaban teñidas de un dolor tan intenso y profundo que sentí una punzada en el pecho. Parecía desubicado, fuera de lugar, y de pronto se estremeció.

Conocía de primera mano lo que implicaba negar la realidad. Yo misma había tardado varios años en visitar las tumbas de mi familia porque sabía que, cuando lo hiciera, cuando las viera, no me quedaría más remedio que admitir que se habían ido para siempre.

Xander hizo un esfuerzo sobrehumano para dejar las flores cerca de los sepulcros, retrocedió un paso y observó sus nombres y la fecha de su fallecimiento. Estaba muy tenso.

Sabía lo que le estaba pasando: empezaba a asimilar que la muerte de sus padres era irreversible.

—No debería haber ocurrido —dijo con voz áspera—. No deberíais haber muerto.

Se arrodilló y clavó los dedos en la tierra. Empezaba a perder la calma.

—Lo siento —añadió en un tono grave que transmitía su enorme arrepentimiento—. Lo siento muchísimo. Nunca me imaginé que el hecho de venir a visitaros causaría vuestra muerte. Nunca me imaginé que había un cretino que quería acabar conmigo. Y siento muchísimo no haber sido capaz de salvaros la vida. Os quería muchísimo y quizá os fuisteis de este mundo sin saberlo.

Me acerqué a Xander y me arrodillé junto a él. Lo abracé.

—Ellos sabían que los querías.

—Se han ido de verdad, Sam. No volveré a verlos —dijo, apoyando la cabeza en mi hombro.

Noté el aliento de sus sollozos en el cuello. Lo único que deseaba en ese momento era que dejara de sufrir.

Le acaricié el pelo para intentar consolarlo.

—Lo sé.

La realidad había caído con todo su peso sobre los hombros de Xander y yo no podía decirle lo que más deseaba oír. No había nada en el mundo que pudiera poner fin al intenso dolor que se había apoderado de él al empezar a asimilar la muerte de sus padres.

Las drogas y el alcohol le habían permitido vivir en un estado de negación constante.

La sobriedad lo había obligado a enfrentarse a la terrible verdad.

Por eso Xander siempre había buscado una forma de evadirse de la realidad, para no hacer frente a la pérdida.

Y en ese momento, varios años después, por fin había empezado el proceso de duelo. Solo. Sus hermanos habían asumido la pérdida varios años antes. La única parte de la tragedia que no habían aceptado era perder a su hermano menor. Micah y Julian se habían aferrado con uñas y dientes a Xander, negándose a perderlo, tal y como ya les había sucedido con sus padres.

Xander me abrazó hasta dejarme casi sin respiración, pero no me quejé.

Sabía perfectamente lo que se sentía al sufrir una pérdida de este tipo.

Sabía perfectamente lo que se sentía al creer que nunca podrías superarlo.

Y sabía perfectamente lo que sentía al padecer ese dolor en solitario.

Xander se estremeció de nuevo y supe por su respiración entrecortada que estaba intentando controlar las emociones. Le acaricié el pelo y lo abracé con fuerza para transmitirle toda la empatía que sentía por él.

—Esto mejorará, Xander. Te lo prometo —le susurré al oído—. Cada día será un poquito más fácil.

Se levantó lentamente y me agarró de la mano para ayudarme a ponerme en pie mientras se secaba las lágrimas de la cara con la otra mano.

—Han pasado cuatro años, joder —gruñó.

—Pero hasta ahora nunca habías aceptado lo ocurrido ni te habías enfrentado a la verdad. Sabes que tengo razón. En el fondo, todo esto es muy reciente para ti.

Me rodeó la cintura con un brazo.

—Demasiado reciente. ¿Cómo lo lograste, Sam? ¿Qué hiciste para superar la pérdida de toda tu familia sin volverte loca?

—Me llevó un buen tiempo —confesé mientras nos dirigíamos al coche lentamente—. También fui a terapia durante una época y tuve muy buenos amigos que me prestaron todo su apoyo. Pero eso no significa que no tuviera la sensación de que mi vida iba a la deriva, de que había perdido la identidad al quedarme sin mi familia de la noche a la mañana. Tardé cierto tiempo en comprender que debía seguir adelante y centrarme en cosas positivas, tal y como habría deseado mi familia, para honrar su memoria.

—¿A qué te refieres? —preguntó Xander con curiosidad.

—Hago mucho trabajo de voluntaria. Mi hermana quería ser veterinaria y le encantaban los animales, así que intento recaudar dinero para las protectoras de animales. Mi madre y mi padre también colaboraban con centros de acogida para gente sin hogar, así que decidí imitarlos. Porque, cuando trabajaba de voluntaria, tenía la sensación de que estaba haciendo algo importante para recordarlos.

—Es lógico —admitió Xander.

—No volví a ser la misma, pero me ayudó —confesé.

—¿Alguna vez te he dicho que eres una mujer increíble?

Me volví hacia él para mirarlo.

—No, no soy nada especial, Xander.

Me atrajo hacia él con más fuerza.

—Y una mierda. Has soportado más tragedias que cualquier otra persona que haya conocido. Y aun así no has perdido el optimismo. Sigues confiando en la gente.

—Soy así por todo lo que me pasó. Intento disfrutar del momento.

—Que sepas que me repatea un poco esa actitud —me dijo en tono burlón—, pero también admiro esa parte de ti.

No pude contener la risa.

—Siento ser tan irritante.

Me lanzó una mirada de recelo.

—Creo que no lo lamentas lo más mínimo.

—Bueno, a lo mejor no. Me gusta pensar que aún quedan ciertas cosas buenas en mi vida.

—Yo tengo a mis hermanos —añadió Xander en tono pensativo.

—Sí, es verdad. Y te quieren con locura —le aseguré con rotundidad.

—Debería decírselo, ¿verdad?

No tuvo que especificar a qué se refería. Lo había entendido.

—Creo que sí. No porque sea algo muy importante, sino para que entiendas que no lo es. Micah y Julian nunca te culparán de la muerte de vuestros padres. Para ellos no dejará de ser un hecho trágico y fortuito.

Se encogió de hombros.

—Quizá podría invitarlos a casa.

Fue una afirmación pronunciada sin demasiada convicción y algo vaga, pero era, sin duda, un paso en su proceso de recuperación.

En mi fuero interno, me alegraba sinceramente de cómo había ido el día, pero sabía que de momento no podía expresar esa alegría. Si algo deseaba era que Xander superara de una vez por todas la muerte de sus padres. Ya había sufrido más de lo cuenta por todo lo ocurrido.

Mientras regresábamos al aeropuerto para reemprender el viaje de vuelta a Amesport, podría haber asegurado que Xander no se dio ni cuenta de que no me soltó la mano hasta que llegamos a su avión privado.

# Capítulo 15

## Samantha

Después de la visita a la tumba de sus padres, Xander se convirtió en otro. Se mostraba más dispuesto a hablar, a escuchar, y a vivir la vida sin miedo. Aún se pasaba las mañanas encerrado en su despacho, pero todas las tardes me acompañaba a la playa.

También empezó a rememorar momentos felices de su infancia y a compartir conmigo batallitas de las giras con su grupo.

—¿Has estado en el estudio de grabación que Micah te construyó?

De vez en cuando yo entraba a limpiarlo, pero el equipo estaba sin estrenar.

Habíamos acabado de cenar y Xander no levantó los ojos de su lector de libros electrónicos antes de responder:

—No.

—¿Por qué? Las instalaciones parecen de última tecnología.

—Lo son. Muy modernas. Pero ya te he dicho que la música me ha abandonado.

Habíamos hablado de su talento en diversas ocasiones y yo sabía que no existía ningún impedimento físico para que tocara, compusiera o cantara sus temas. Era un bloqueo mental, no físico.

—Algún día volverá.

Estaba convencida de que su reticencia se debía a que su profesión estaba asociada con la muerte de sus padres. Cuando estuviera listo para desvincular la música del asesinato, podría volver a tocar.

—¿Vamos a leer o no? —preguntó con impaciencia.

—Vale, ya me callo —respondí en tono burlón.

Dejó el lector a un lado.

—No es eso. Es que no creo que pueda pasar otra noche sin tocarte. Es algo que me está devorando vivo.

Entendía a qué se refería. La química entre nosotros no había menguado ni un ápice, siempre rondando en las sombras. Yo también dejé mi lector en la mesita de centro.

—Creo que ya sabes que siento lo mismo.

Xander se abalanzó sobre mí tan rápido que ni me di cuenta de sus intenciones. Antes de que pudiera darme cuenta de lo que estaba pasando, ya me había inmovilizado.

—De hecho, no sé lo que sientes, Sam. A veces no logro ver más allá de tu valiente fachada para saber lo que piensas. Tengo la sensación de que yo te he abierto mi corazón, pero aún no sé qué guardas en tu interior. No entiendo por qué has venido aquí o por qué quieres estar conmigo.

Nuestros ojos se cruzaron y no pude apartar la mirada de él. De pronto me costaba respirar. Mis sentimientos por Xander Sinclair eran de lo más primarios, pero la situación no dejaba de ser difícil.

—No soy tan complicada —le aseguré entre jadeos.

—Eres un misterio irresoluble para mí —replicó él—. Sí, creo que me deseas, pero no sé por qué. Aun así, lo noto, Sam. Tu corazón late con la misma intensidad que el mío y sé que esta desesperación que siento… es algo que nos afecta a los dos.

Tenía razón.

—Es cierto —admití—, yo también lo siento, pero creo que me puede el miedo.

Entrelazó sus dedos entre mi melena y me preguntó con voz grave:

—¿Por qué, Sam? Cuéntamelo.

Mi cuerpo absorbía su calor y me retorcí bajo él. Hasta la última célula de mi cuerpo deseaba estar mucho más cerca de Xander.

—No estoy acostumbrada a sentirme así. Nunca he sido una mujer con un gran apetito sexual y ahora tengo la sensación de que he perdido el control de mis emociones.

—Y una mierda. Eres una de las mujeres más atractivas y receptivas a este tipo de devaneos que he conocido jamás.

—Solo cuando estoy contigo.

Xander adoptó un gesto de excitación desbordada.

—Perfecto, me encanta que así sea.

Entonces me besó de forma tan apasionada que me dejó sin aliento. Fue un gesto impulsivo, fruto de la pasión, y me empujó a dar rienda suelta a todas las emociones que había intentado reprimir desde el momento en que había conocido a Xander.

Lo que estaba ocurriendo no se parecía en nada a nuestro primer encuentro. Su abrazo desprendía una pasión carnal que exigía mi entrega, y yo cedí mientras gemía bajo sus labios y le rodeaba el cuello con los brazos.

Creo que si algo caracterizó nuestro primer escarceo fue que yo no pude dar nada y Xander fue incapaz de transmitir nada, salvo los mecanismos más básicos del sexo.

Pero en ese momento todo había cambiado y yo sabía que estaba jugando con fuego.

Empezaba a cansarme de resistirme a la atracción arrolladora que existía entre nosotros. Ya no podía más. Reprimir un sentimiento de semejante intensidad requería más fuerzas de las que yo tenía.

Así que me entregué sin reservas.

Cedí.

Y permití que Xander me llevara consigo allí donde quisiera.

Ambos deseábamos lo mismo y estaba convencida de que nuestro encuentro culminaría con la satisfacción que anhelaba mi cuerpo.

Me retorcí bajo él y le rodeé la cintura con las piernas para sentir más cerca el roce de su piel. Si hubiera podido, me habría metido dentro de él.

Apartó ligeramente la cabeza y empezó a besarme el cuello. Su perversa lengua dejaba una estela de fuego en mi piel.

—Xander —gemí con deseo. Necesitaba que acabara con mi sufrimiento y me volviera loca de placer como si fueran nuestros últimos instantes en el planeta Tierra.

—Lo sé, nena. Espera —murmuró con una voz grave amortiguada contra mi cuello.

—No puedo esperar más —gemí.

Intenté ser paciente. Intenté no pensar en las ganas que tenía de intimar con él. Intenté ignorar sus ojos expresivos y aquel cuerpo escultural de dios griego.

Pero me había cansado de esperar y de reprimir aquel deseo que sentía, y que no había sentido jamás por ningún otro hombre.

—Por favor —supliqué cuando se levantó junto al sofá.

Me tomó en brazos y me hizo ponerme en pie. De pronto estábamos los dos frente a frente, tan cerca que podía estirar los brazos y acariciarlo, pero no lo hice. Me aparté el pelo y lo miré con avidez mientras se quitaba la camiseta y la tiraba al suelo.

Yo estaba empapada. Lo devoraba con la mirada. Las cicatrices que surcaban su piel no le restaban ni un ápice de fuerza o belleza a su cuerpo. Todos los músculos eran perfectos, parecían esculpidos en mármol, y tenía el pecho suave, salvo por alguna que otra cicatriz. Levanté las manos para tocarlo y permaneció inmóvil.

Acerqué las manos a sus pectorales y las deslicé para sentir la piel cálida, deleitándome con el tacto de sus músculos en tensión mientras acercaba los dedos al imán de sus abdominales. Llevaba unos pantalones de tiro bajo. Le quedaban de miedo, pero lo que de verdad quería era tocarlo. Sin embargo, cuando acerqué las manos a los botones, me apartó con un gesto rápido.

—No lo hagas —me pidió con su voz grave de barítono—. Si me tocas ahí, no respondo de mí.

—Quiero tocarte todo el cuerpo —le dije con audacia.

—Yo deseo lo mismo, Sam. No sabes cómo me excita que mis cicatrices no te repugnen.

—Eso nunca —le aseguré—. Cuando las miro, solo veo tu fuerza.

Tuve el tiempo justo de observar su gesto lujurioso antes de que me agarrara la camiseta y me la arrancara, lo que me provocó un escalofrío de deseo primitivo que no podía controlar.

—¿Sabes lo mucho que me excita que casi nunca te pongas sostén? —gruñó al dejar caer la camiseta al suelo—. Son... —Me acarició los pechos de un modo muy sensual y me acarició los pezones con los pulgares—. Cada vez que veo lo duros que se te ponen me dan ganas de metértela hasta el fondo. O quizá debería decir que me dan más ganas aún de lo habitual. Es lo que me pasa siempre que estás a mi lado.

Incliné la cabeza hacia atrás, entregada al sublime placer que me provocaba sentir su tacto en mi cuerpo.

—Sí. Por favor. Tócame.

—Eso pienso hacer, cielo —murmuró, y deslizó las manos hasta la cremallera de mis vaqueros. Desabrochó el botón con un gesto rápido, con la única misión de desnudarme cuanto antes.

Yo echaba de menos sentir el roce de sus dedos en mis pezones, pero lo ayudé a quitarme los pantalones y las braguitas, hasta que me quedé totalmente desnuda ante él.

De repente sus manos intentaban abarcar todo mi cuerpo, los pechos, el vientre, el trasero... hasta que se deslizaron entre los muslos.

—Esto es lo que quería la última vez, Sam. Quería verte así, desnuda, y sentir que me necesitabas. Pero me aterraba la idea de abrirme y exponerme ante otra persona.

—¿Qué ha cambiado ahora? —pregunté con la respiración entrecortada, apoyando las manos en sus hombros para no perder el equilibrio.

—Yo —respondió—. Has logrado convencerme de que puedo lograr lo que me proponga, de que lo merezco.

—Es cierto —añadí entre jadeos.

—También me he dado cuenta de lo estúpido que he sido. Mereces algo mejor. Mereces tener todo aquello que desees.

—Te deseo a ti —gemí mientras sus dedos se abrían paso entre mis labios, lubricados por la excitación incontrolable que se había adueñado de mí, y sin dejar de estimularme el clítoris.

—Te aseguro que aún no entiendo por qué, pero no pienso cuestionar lo afortunado que soy de que sientas eso por mí.

Su respuesta me provocó una punzada de dolor. Lo agarré del pelo con fuerza y Xander me besó con pasión desaforada. Fue un beso fruto de la necesidad más exacerbada, y jugué con su lengua infatigable, que libraba un duelo feroz con la mía. Lo sujeté del pelo con más fuerza y me arrimé aún más a él, estremecida por un deseo carnal que no había sentido nunca mientras sus manos se deslizaban por mi espalda hasta llegar a las nalgas.

Esa vez, cuando apartó los labios, susurré:

—Hazme tuya, Xander. Por favor. Lo necesito.

Se llevó la mano al bolsillo de los vaqueros y sacó un preservativo antes de quitarse los pantalones y los bóxeres.

—¡Joder, Sam! Yo quería ir despacio, tomármelo con calma. Pero contigo todo es tan intenso...

¿Intenso?

Sí, era la palabra que describía a la perfección mi vida desde que había conocido a Xander. Una intensidad que no había dejado de aumentar.

Le quité el preservativo de las manos, abrí el envoltorio e intenté ponérselo yo misma, de un modo algo torpe.

Al final, tuvo que ayudarme y me di cuenta de que a los dos nos temblaban las manos mientras lo enfundábamos.

Xander deslizó de nuevo una mano a mi entrepierna y lancé un gemido de placer cuando empezó a masturbarme, como si llevara toda la vida haciéndolo.

—Esto es delicioso, Sam —gruñó—. Estás tan mojada y excitada que solo quiero metértela hasta el fondo.

Yo también lo deseaba y me estaba volviendo loca de gusto.

—¡Pues hazlo! —le ordené.

—No tan rápido —dijo, como si intentara convencerse a sí mismo—. Esta vez acabaremos los dos juntos.

Di un salto y le rodeé la cintura con las piernas.

—No pido otra cosa. ¿A qué esperas? Quiero sentirte dentro ya.

Desinhibida por completo por el deseo, me dejé llevar por las ganas de que Xander aplacara de una vez por todas los espasmos con su verga.

Se acercó hasta la pared sin soltarme, muy cerca del lugar donde habíamos tenido nuestro primer encuentro.

—Agárrate que vienen curvas —me advirtió en tono amenazador.

—Estoy dispuesta a llegar hasta el final —le aseguré entre jadeos.

—Te aseguro que será una experiencia de lo más placentera —me prometió y entonces apartó la mano y noté su miembro entre las piernas.

Me sujetó el trasero con ambas manos y de una sola acometida, me la metió hasta el fondo.

Yo le clavé las uñas en la espada y lancé un grito ahogado de satisfacción.

—¡Sí! ¡Oh, sí! Esto es lo que necesitaba.

Empezó entonces una serie de embestidas que me llevaron al límite del placer. Estaba tan bien dotado que puso a prueba toda mi flexibilidad, pero yo me había entregado irremediablemente al placer más absoluto, unida por fin a Xander del modo más básico. Sus acometidas satisfacían un deseo primordial y despertaron la reacción más erótica y carnal por mi parte.

Tenía los pezones tan duros que el simple roce con su piel me resultaba doloroso y me incliné hacia delante para sentir plenamente sus embestidas. Convertida en una máquina deseosa de sexo, quería todo lo que Xander pudiera darme.

No era dulce ni delicado, pero yo sabía que no habría logrado satisfacerme si lo hubiera sido.

Quería sexo animal, descarnado. Era lo único que podía aplacar el dolor que sentía en mi interior, un anhelo que había reprimido durante demasiado tiempo.

Ambos estábamos cubiertos de sudor mientras avanzábamos hacia el clímax para estallar al mismo tiempo. Entonces Xander cambió de postura y empezó a ejercer más presión sobre mi clítoris, que exigía un alivio inmediato.

Al final le clavé las uñas en la espalda cuando la oleada de placer del orgasmo me embistió sin piedad.

—¡Xander! —grité.

Cerré las piernas en torno a su cintura, perdiendo el control de la situación, pero sentí que él también se estremecía mientras seguía bombeando con todas sus fuerzas, hasta que lanzó un gruñido gutural cuando por fin pudo liberarse.

No sé cuánto tiempo permanecimos abrazados. Xander inclinó la cabeza y la apoyó en mi hombro mientras ambos intentábamos recuperar el aliento.

Abrazada a él, me sentí vulnerable y agotada. Nunca había formado parte de mis planes entregarme de aquel modo. Pero ahora que ya no había marcha atrás, no me arrepentía.

—Creo que necesito una ducha —dije cuando recuperé el resuello.

Xander empezó a andar hacia el ascensor sin soltarme.

—¿Adónde vas? Déjame en el suelo —grité.

—Vamos a ducharnos. Me ha parecido entender que es lo que deseabas. No voy a separarme de ti, Samantha. No puedo.

Apoyé la cabeza en su hombro. Yo tampoco estaba preparada para separarme de él.

Lancé un suspiro y dejé que me llevara hasta el cuarto de baño para ducharnos juntos. Ya no podía seguir ayudándolo y manteniendo las distancias. Solo esperaba no haber cometido un tremendo error al dejarlo entrar en mi vida de aquel modo.

# Capítulo 16

Al cabo de unas semanas, me dediqué a observar a Xander mientras cenábamos en casa de Micah, con sus hermanos y cuñadas. La conversación había fluido con naturalidad, pero yo sabía que Xander quería contarles todo lo que había ocurrido la noche en que sus padres murieron asesinados.

Micah había organizado la cena, y yo suponía que se habría llevado una buena sorpresa cuando Xander no solo aceptó su invitación, sino que le preguntó si podía llevarme de acompañante.

Habíamos acabado de degustar la deliciosa comida que Tessa nos había preparado, y habíamos empezado a disfrutar el postre y el café.

Yo estaba muy tranquila ante la posible reacción de Micah y Julian a lo que Xander quería contarles. Aunque él no lo viera, sus hermanos lo adoraban y jamás se les pasaría por la cabeza culparlo de lo ocurrido.

Lo único que yo quería era que dejara de torturarse por el trágico desenlace que habían tenido sus padres. Las últimas semanas habían supuesto un feliz descanso en este aspecto. Aunque habíamos pasado gran parte del tiempo en casa, había sido en un ambiente más relajado después de haber admitido la atracción mutua que sentíamos. Lo cierto es que éramos insaciables y daba la sensación de que no nos cansábamos de estar juntos.

A mí me parecía una maldición y una bendición.

Me alegraba que él sintiera lo mismo que yo, pero también era consciente de que había emprendido un camino tortuoso que podía desembocar en dolor y sufrimiento. Me preocupaba más por Xander de lo que estaba dispuesta a admitir.

No era una situación que hubiera planeado.

Tampoco era algo para lo que estuviera preparada.

Aun así, estaba loca por Xander Sinclair y me sentía incapaz de frenar las emociones que me estaban devorando viva. En cierto modo, eso me causaba desazón, porque no estaba acostumbrada a los vaivenes emocionales que había vivido en los últimos días. Por lo general, podía enfrentarme a todo tipo de cuestiones, pero en el caso de Xander había sucumbido a unos sentimientos muy intensos que superaban mi zona de confort.

La situación me había provocado una gran tensión muscular y empezaba a estar nerviosa por Xander.

Al final, fue Micah quien puso sobre la mesa el tema de sus padres.

—Liam me ha dicho que querías visitar la tumba de papá y mamá. ¿Has ido ya? —preguntó Micah con precaución.

Xander asintió y tomó un sorbo de café.

—Sí, creo que había llegado el momento de que diera ese paso. En el fondo, no me había despedido de ellos.

—Creo que papá y mamá te perdonarían por eso —dijo Julian con un deje de ironía—. Al fin y al cabo, estabas en el hospital debatiéndote entre la vida y la muerte cuando se celebró el funeral.

Xander se encogió de hombros.

—Han pasado ya muchos años. Tenía que ir. Durante mucho tiempo me he negado a admitir la realidad.

—¿Estás bien? —preguntó Julian.

—No ha sido fácil. Aún me siento culpable por lo que ocurrió —respondió Xander de forma algo rotunda.

—¿Por qué? —inquirió Micah, confundido.

—No os lo había contado, pero el tipo que mató a papá y mamá no era un asesino cualquiera. Me buscaba a mí. —Xander adoptó un tono más sombrío y prosiguió con la explicación—. Quería matarme. Por eso me siguió, con la mala suerte de que me encontró en casa de nuestros padres. Papá y mamá fueron una especie de daños colaterales para él, o tal vez los mató porque yo los quería. En realidad, nunca he llegado a saber por qué me odiaba.

Le tomé la mano a Xander por debajo de la mesa y entrelazamos los dedos.

—Ya sabíamos que era a ti a quien buscaba —confesó Julian.

Xander levantó la cabeza y miró a sus hermanos con gesto sorprendido.

—¿A qué te refieres? ¿Cómo lo descubristeis?

—Cuando estabas ingresado, nos llamó la policía. Nos dijeron que sospechaban que Terrence Walls era un psicópata obsesionado contigo. Aunque no le di gran importancia a la información porque él había muerto y estaba más preocupado por ti. —Micah frunció el ceño y añadió—: ¿De qué diablos te sientes culpable?

—Si no hubiera estado en casa de papá y mamá, ellos aún estarían vivos.

Kristin intervino en su habitual tono afable.

—¿Por qué te sientes culpable por algo que no podías controlar? Ese tipo estaba loco.

—¿Acaso creías que nosotros pensábamos que habían muerto por tu culpa? —preguntó Julian.

—Mi carrera musical me había expuesto a la luz pública —adujo Xander.

—Y mi trabajo también —replicó Julian—. Pero a mí me gustaría que nadie me culpara si un lunático decidiera matarme.

—Pues yo me he culpado a mí mismo —admitió Xander—. Siempre lo he hecho.

—Deja de hacerlo —le dijo Tessa con rotundidad—. No te imaginas lo agradecidos que estamos de que no murieras, Xander. Solo queremos que seas feliz. Has vivido una época muy dura. Nadie te culpa de nada. Lo que ocurrió fue una desgracia, nada más.

Tessa estaba sentada frente a Xander y había seguido la conversación leyéndole los labios. No sé exactamente qué le respondió él con signos, pero la hizo sonreír. Debía de haberle dado las gracias.

—Ha llegado el momento de seguir adelante —dijo Micah—. Mamá y papá ya no están con nosotros y siempre los echaremos de menos. Pero ambos habrían querido que siguiéramos adelante con nuestras vidas. No les haría ninguna gracia saber que nos estamos regodeando en un sentimiento de culpa. Ya sabes que siempre nos apoyaron en todo aquello que hicimos. No querrían vernos tristes. Y también sabes que lo que más ilusión les hacía era que nos mantuviéramos unidos como una familia.

—Lo sé —admitió Xander con voz grave—. Ahora me doy cuenta de que no les habría gustado nada la persona en la que me convertí tras su muerte.

—Pero serían muy felices al ver el tremendo esfuerzo que has hecho para enderezar tu vida —añadió Kristin con dulzura—. Estarían muy orgullosos de ti. No me cabe ninguna duda.

Lancé un suspiro de alivio al comprobar la reacción llena de cariño y amor de la familia de Xander. Fue una escena tan conmovedora que estuve a punto de romper a llorar. Esas personas habían pasado muchas vicisitudes y, sin embargo, nunca habían perdido la esperanza de que su hermano menor se recuperara de su problema de adicción. Yo sabía que Micah y Julian habían estado al lado de Xander cada vez que él había tomado una sobredosis o había necesitado ayuda. Qué diablos, no lo abandonaron ni siquiera cuando él no la quería.

Xander gruñó al oír el comentario de Kristin.

—Creo que habrían sido mucho más felices si su hijo no se hubiera convertido en un yonqui —apostilló.

Todos nos volvimos hacia Xander, que esbozó una leve sonrisa.

«Se está riendo de sí mismo y de sus errores», pensé. Y sonreí porque parecía que al fin empezaba a dejar atrás su pasado. Ya no se torturaba por lo ocurrido, sino que era capaz de relativizar un hecho que ya no podía cambiar.

Julian no dudó en aprovechar la vena de humor negro que había mostrado su hermano.

—Quizá, pero siempre nos decían que no nos exigiéramos ser perfectos.

Micah también metió baza.

—Menos mal, porque ninguno de los tres está libre de pecado en ese sentido.

Kristin le dio un codazo a Julian.

—Sobre todo tú —le soltó.

Todos estallamos en carcajadas, incluido Xander, y noté que empezaba a desvanecerse el peso con el que había cargado en los últimos años. Todos reíamos, bromeábamos... hacíamos, en resumen, lo que hacen las familias cuando se reúnen.

En ese instante observé a los hermanos Sinclair con un atisbo de envidia, y me pregunté cómo habría sido mi vida si no hubiera perdido a mi familia. Había pasado mucho tiempo y sabía que de nada servía entrar en aquel tipo de elucubraciones hipotéticas que siempre me venían a la cabeza al pensar en mis padres y hermanos.

¿Cómo sería mi familia?

¿Cómo se comportarían mis hermanos al crecer?

¿Conservaríamos una relación estrecha?

Nunca había hallado una respuesta a esas preguntas y, de vez en cuando, aún sentía una punzada de dolor por la pérdida. Un acto de violencia sin sentido me había robado a todos mis seres queridos en un abrir y cerrar de ojos.

En momentos como ese, al ver a una familia que se quería y en la que todos sus miembros se brindaban un apoyo mutuo e incondicional, no podía dejar de pensar en la mía.

—¿Estás bien?

Di un respingo al oír la voz de Xander junto a mi oído. Me había quedado absorta en mi propio mundo.

—Sí, estoy bien —le aseguré.

—Pareces triste —me dijo en voz baja.

Negué con la cabeza.

—Solo pensaba en lo afortunado que eres de tener a una familia tan fantástica como la tuya.

Los demás estaban enfrascados en sus conversaciones, por lo que nadie oyó mi comentario.

—Estabas pensando en tu familia, ¿verdad? —me preguntó.

Asentí.

—A pesar de que han pasado muchos años, el dolor todavía es muy intenso.

—¿Dónde vive tu familia? —preguntó Kristin con educación.

No me había dado cuenta de que había oído el comentario de Xander hasta que me formuló la pregunta.

Se hizo el silencio en el comedor y todos me miraron, expectantes.

—Creo que ahora no es un buen momento, Kristin... —terció Xander.

—No pasa nada —lo interrumpí—. No es ningún secreto y hace tiempo que asimilé lo que ocurrió. —Me volví hacia Kristin—. Mis padres y mis hermanos murieron hace más de una década. Fueron asesinados.

Un grito ahogado recorrió el comedor.

—Oh, Dios. Cuánto lo siento —dijo Kristin, avergonzada.

Decidí aprovechar la situación y sincerarme. Xander aún me sujetaba la mano bajo la mesa y me acariciaba la palma de la mano con el pulgar. Cuando acabé de contarles lo sucedido, todos me miraban apesadumbrados.

Tessa negó con la cabeza, incrédula.

—No voy a decirte que sé cómo te sentiste, porque jamás he tenido que soportar un dolor tan estremecedor. Sé lo que se siente al perder a los padres, como lo sabemos todos. Pero aún tengo a Liam y los chicos se tienen a ellos.

—¿Por eso decidiste venir aquí? —preguntó Julian—. ¿Por eso una psicóloga acabó aceptando un trabajo de asistenta? ¿Querías ayudar a Xander porque él también perdió a sus padres?

Negué con un gesto rotundo.

—¿Cómo? —preguntó Xander, confundido, y apartó la mano—. ¿De qué habla Julian? ¿Eres psicóloga?

—¿No se lo habías dicho? —preguntó Micah, sorprendido—. Creíamos que sí lo habías hecho. Parecíais muy unidos, y luego también está lo que dijo Beatrice. Siento haber metido la pata.

—Lo siento —repitió Julian.

Se me cayó el alma a los pies.

—Iba a contárselo —confesé—, pero no, Xander no lo sabía.

—¿A alguien le importaría iluminarme para saber de qué estáis hablando de una puta vez? —insistió Xander, muy a la defensiva.

Julian decidió tomar la palabra.

—No es para tanto. Samantha es psicóloga especializada en el TEPT y en víctimas de los atentados de Nueva York. Quería tomarse un descanso y por eso aceptó mudarse aquí cuando le ofrecimos la posibilidad. Sabíamos que era poco probable que se quedara una vez que acabase el verano, pero albergábamos la esperanza de que su experiencia nos fuera útil.

Xander se levantó. Estaba enfadado, pero me levanté con él.

—Iba a contártelo. En realidad, poco importaban los motivos que me hubieran traído hasta aquí. No vine para hacer terapia como si fueras un paciente más.

—Pero es lo que has hecho —replicó, apretando la mandíbula—. Viniste para hurgar en mi cabeza y ¿sabes qué...? Al final te has salido con la tuya. Me tragué lo que me decías, que era atractivo y todas esas cosas. Me enamoré de ti porque creía que de verdad te importaba.

—Y me importas mucho —repliqué.

—¡Mierda! —exclamó—. Debería haberlo sabido. Eres una maldita loquera. La cosa está más que clara: viniste a curar al hermano pirado y drogadicto de los Sinclair. Yo no lo pedí, pero imagino que han debido de pagarte una fortuna por curarme y convertirme en una buena persona. ¿Tenías alguna prima especial si no volvía a probar el alcohol? Eso es lo que te ha traído hasta aquí, ¿verdad? Seguro que el último pago te hubiera permitido comprarte cualquier cosa que hubieras deseado. Venga, suéltalo. ¿Cuánto te ofrecieron mis hermanos por desengancharme de las drogas y la bebida?

Xander me agarró de los hombros y me zarandeó, pero levanté la barbilla y lo miré.

—Nada. No ganaba nada desde el punto de vista económico. Es más, para mí fue duro perder el sueldo de la clínica de Nueva York, donde me ganaba bien la vida.

Me soltó dándome un leve empujón que estuvo a punto de hacerme perder el equilibrio.

—¿Pues qué otros motivos podrías tener? —me preguntó con amargura—. Todo lo que ha pasado es mentira. Ahora mismo hasta dudo de que la historia de tus padres sea cierta.

Me aparté de él bruscamente. Sus palabras me sentaron como una bofetada. ¡Maldición! Sabía que nacían del dolor, que se sentía traicionado. Pero yo también estaba dolida. A pesar de todo el tiempo que habíamos pasado juntos, a pesar de que le había abierto mi corazón, Xander había creído de inmediato que lo único que me importaba era el dinero. Al final, no pude contener más las lágrimas.

No debería haberle abierto mi corazón.

No debería haberle permitido entrar en mi vida.

—¿De verdad crees que te mentiría sobre algo tan horrible como lo que le pasó a mi familia? ¡No vine aquí por el maldito dinero! —le grité, como un animal herido de muerte.

Xander se apartó de la mesa y tiró la silla al suelo.

—Y, dígame, doctora Riley, ¿tiene por costumbre acostarse con todos sus pacientes, o mi caso fue especial por los elevados honorarios que percibe de mis hermanos?

Estaba acostumbrada a no reaccionar a ese tipo de provocaciones, pero Xander no era paciente mío y sus palabras me habían herido en el alma. Casi sin darme cuenta, le di un bofetón y el sonido de mi mano al impactar en su cara resonó en el comedor.

Lo miré con los ojos arrasados en lágrimas. De pronto, todas las emociones que había intentado reprimir fluían libremente. Nunca había recurrido a la violencia física. Era algo que no soportaba. Pero sus palabras me habían herido tan profundamente que no pude evitarlo.

—Creía que sentíamos una confianza mutua. Yo, al menos, confiaba en ti, Xander. Es una pena que no pueda decir lo mismo de ti —le solté, furiosa.

Tenía que irme. Debía salir de aquella casa antes de explotar y decirle todo lo que sentía delante de su familia.

Había cruzado demasiadas líneas y, en el fondo, todo lo que me había pasado era culpa mía. No debería haberme implicado a nivel emocional con un hombre que aún se encontraba en proceso de recuperación. Sin embargo, era cierto que yo no había acudido a Amesport para tratar a Xander como terapeuta. Solo quería ayudarlo y convertirme en una amiga con la que pudiera identificarse porque yo también había experimentado en carne propia el trauma de perder a mi familia.

Qué estúpida había sido… ¿Por qué le había permitido atravesar mis defensas?

Había hecho lo único que me parecía correcto en ese momento.

Me volví y eché a correr en dirección a la puerta; salí a la oscura noche. Hacía más de una década que no me sentía tan sola.

# Capítulo 17

—¡Maldita sea! —me maldije.

Salí corriendo detrás de Samantha porque aún no le había dicho mi última palabra. Quería saber la cifra por la que se había vendido, la cifra necesaria para convencerla de que valía la pena viajar hasta Amesport para tratar a un alcohólico y drogadicto, a un monstruo desfigurado como yo.

Temblaba de ira cuando Micah y Julian me agarraron por detrás. Intenté zafarme de ellos y estuve a punto de conseguirlo, pero al final tuve que rendirme a pesar de lo furioso que estaba.

—¿Qué diablos haces, Xander? —me preguntó Julian, agarrándome a la altura del pecho por detrás—. ¿Es que te has vuelto loco?

—Que te den —le dije y me solté cuando por fin cedió un poco—. ¿Cuánto le habéis ofrecido? ¿A cuánto subía el pago final?

—¡Eres un idiota! Escúchame —gruñó Micah mientras se apartaba—. No le hemos pagado nada.

—No te creo —repliqué, hecho una furia con mis hermanos. Era tan intenso el dolor de la traición que tenía ganas de emprenderla a puñetazos con ellos.

Tessa y Kristin se habían escabullido a la cocina, por lo que me había quedado a solas con ellos en el comedor.

—Vete a la mierda —me dijo Micah—. Nunca te he mentido y no merezco todo lo que me estás haciendo. Sí, Julian y yo queríamos que tuvieras a alguien cerca que pudiera limpiar todo lo que ensuciabas y que te hiciera un poco de compañía. Así que, si quieres, puedes odiarnos por eso. Admito que nos pareció interesante que fuera psicóloga. De hecho, probablemente fue el factor decisivo que nos hizo decidirnos por ella. Pero Samantha no nos prometió en ningún momento que fuera a curarte, y solo aceptó el sueldo mínimo y habitual de una asistenta, una miseria en comparación con los honorarios que debía de cobrar como psicóloga en Nueva York. No sabemos por qué estaba dispuesta a mudarse aquí. Nos dijo que sus motivos eran personales, que estaba meditando la posibilidad de quedarse a vivir en Maine y que por eso le interesaba conocer la zona. Y a decir verdad, nos importaba una mierda. Nuestra única prioridad era contratar a la persona ideal dispuesta a vivir contigo una temporada.

Cuando empecé a asimilar lo que me estaba contando Micah, sentí un escalofrío. Lo creía. Ahora que empezaba a calmarme y podía ver más allá del velo de ira que me había envuelto al pensar que todos se habían confabulado para traicionarme, supe que mis hermanos nunca me mentirían. Y menos en un tema como ese.

—¿Y por qué decidió venir hasta aquí? —pregunté.

—Ya te lo ha dicho Micah —respondió Julian—: no lo sabemos. Créeme, comprobamos todas sus referencias exhaustivamente. Y estaba tan limpia que no podíamos dejar escapar la oportunidad de contratarla.

—Lo que acabas de hacerle está fuera de lugar —añadió Micah, enfadado—. Ha hecho mucho más por ti de lo que habíamos esperado. Qué diablos, pero si ni siquiera se ha tomado un triste día libre. Lleva semanas limpiando todo lo que tú ensucias. Además, está tan cualificada que es un crimen no pagarle más. Pero es que no ha querido. Nos dijo que no necesitaba el dinero y que se conformaba con lo que le ofreciéramos por trabajar de asistenta durante los meses de verano.

—¿Lo dices en serio? —pregunté con cautela.

—¿Alguna vez te he engañado? —replicó Micah, furioso—. Siempre que me has necesitado, he estado a tu lado. Y también cuando has cometido alguna estupidez. Francamente, me parece el colmo que hayas tenido el valor de acusarnos a Julian y a mí de pagarle una fortuna a tus espaldas. Si hubiéramos creído que lo hacía por dinero, te lo habríamos dicho. Por no hablar del modo en que has humillado a una mujer que se ha dejado la piel para ayudarte. No entiendo por qué diablos se preocupa tanto por ti, pero es obvio que no puede evitarlo.

Noté que la tensión que atenazaba todo mi cuerpo se desvanecía, y me estremecí al pensar en lo que le había dicho a Sam. No tenía ni idea de los motivos que la habían llevado a Amesport, pero estaba claro que no lo había hecho por dinero.

—A mí también me importa ella —le aseguré.

—Pues tienes una forma muy extraña de demostrar tus sentimientos a los demás. Primero la has acusado de ser una cazafortunas y luego la has llamado puta —lo acusó Julian, hecho una furia.

—Es que no me contó que era una loquera —me excusé—. Confiaba en ella.

—Por el amor de Dios, Xander. Yo te quiero mucho, pero tienes que madurar de una vez por todas —exclamó Julian.

Hacía una eternidad que mis hermanos no empleaban aquel tono conmigo. Me estaban tratando como si fuera tonto. A decir verdad, prefería cuando me insultaban por haber cometido alguna estupidez.

—Lo siento —me disculpé—. Me he dejado llevar por la emoción del momento. Sam me vuelve loco y me duele que no haya sido capaz de contarme ese punto de su vida personal.

—Pero ¿te has tomado la molestia de escucharla? —me preguntó Micah—. Yo la he creído cuando ha dicho que quería contártelo. No tiene nada que ocultar y nada que ganar. Sin embargo, a ti no te duelen prendas en gritar a los cuatro vientos el desdén que sientes por todo aquel que trabaje en el ámbito de la salud mental. Quizá tenía miedo de que la echaras de tu vida si descubrías que era terapeuta.

Lancé un profundo suspiro. No era nada fácil admitir que me había equivocado. Me había dejado arrastrar por la ira y el dolor al pensar que Sam me había traicionado. Perdí el control y pensé lo peor porque eso era justamente lo que había hecho en los últimos años. Quizá, en el fondo, no me fiaba de que yo pudiera ser importante para una mujer como Samantha.

—¿Qué diablos voy a hacer ahora? —murmuré—. Le he dicho cosas horribles.

—Yo te sugiero que te humilles y arrastres como un perro —respondió Julian, sin rodeos—. Es inocente de todo de lo que la has acusado. Bueno, quizá no te contó a lo que se dedicaba en Nueva York. Pero no vino aquí por dinero.

—Tengo que encontrarla —le dije con desesperación—. Le he hecho mucho daño.

—Sí, creo que eso nos ha quedado muy claro cuando la hemos visto salir corriendo entre lágrimas —replicó Micah con sarcasmo—. Te lo merecías. Ojalá te hubiera dado un par de bofetones más. A decir verdad, no me importaría dártelos yo mismo.

—Más tarde —contesté mientras salía disparado en dirección a la puerta—. Ahora tengo que encontrarla

—¿Necesitas ayuda? —preguntó Micah.

Vi que ambos me seguían y negué con la cabeza al abrir la puerta. A pesar de todo lo que había dicho, me sorprendía que estuvieran dispuestos a ayudarme.

—No. Todo esto es culpa mía, así que lo solucionaré yo. Tengo que hacerlo. No puedo perder a Samantha ahora.

Cerré la puerta detrás de mí y eché a correr por el camino de acceso. Sam y yo habíamos decidido ir andando a casa de Micah porque era una noche muy agradable. Y yo estaba convencido de que habría vuelto a mi casa. ¿A qué otro sitio podía haber ido?

Me puse a correr con todas mis fuerzas y no paré hasta llegar.

Sam tenía su llave, pero me pregunté si estaría dentro. Como nunca iba en coche a ningún lado, le había dejado una de las plazas del garaje.

Me quedé un minuto en el porche, intentando decidir qué iba a decirle.

¿Tenía alguna otra opción salvo admitir que había sido un completo imbécil? Tal vez lo mejor era que empezase por ahí e ir improvisando.

Sabía que no podía dejarla escapar. Tenía que encontrar una forma de hacerle entender que mi comportamiento había sido una reacción visceral, una secuela de mis años como drogadicto.

Sin embargo, yo ya no era el mismo, y eso se lo debía a Samantha, que había sido capaz de adentrarse en mi alma, eliminar el dolor y el sufrimiento y cambiarlos por esperanza.

Me había convertido en un hombre distinto.

No obstante, en lo más profundo de mi ser aún habitaba una pequeña parte de mi antiguo yo. Me arrepentía de haber dado rienda suelta a toda mi ira antes de escuchar a Samantha. También había hecho daño a mis hermanos, y debía intentar compensarlos por ello cuanto antes.

Enfrascado como estaba en mis pensamientos, me sobresalté al ver que se abría la puerta y que me encontraba cara a cara con mi mayor miedo. Ahí estaba Samantha, arrastrando su maleta.

«No te vayas, por favor, no te vayas».

—¿Qué haces? —le pregunté, intentando mantener la calma.

—Me marcho —respondió de forma algo brusca.

—No lo hagas —le pedí—. ¿Podemos hablar?

—No serviría de nada. Es obvio que no confías en mí y me has hecho mucho daño.

No se andaba con rodeos y me sentí como si me hubiera dado un puñetazo en el estómago. Lo último que deseaba era hacerle daño.

—Lo siento —me disculpé con gran sinceridad—. Ha sido una reacción visceral. No debería haber dicho nada de eso. Creo que me trastorné al darme cuenta de que, en realidad, no sabía nada de ti.

—Sabías lo suficiente. ¿Pasa algo si no conocías mi profesión? Te conté muchas cosas que no suelo compartir con nadie más —replicó.

—Tienes razón —admití—. Debería haber confiado en ti.

Pasó junto a mí para atravesar la puerta.

—Ahora ya da igual.

La agarré con suavidad del brazo.

—Sí que importa. Tú me importas.

—No puedo seguir con esto, Xander —me confesó—. Me voy.

Presa de un gran pánico, sentí una impotencia como nunca antes había experimentado, ni siquiera cuando era un drogadicto que buscaba desesperadamente la siguiente dosis o un alcohólico en busca de un trago.

Tenía que convencerla de que se quedara como fuera.

En ese momento, vi a la mujer de mi vida, una preciosa rubia con un corazón de oro, que bajaba los escalones de mi casa, y me di cuenta de lo importante que era para mí.

La necesitaba, pero la había echado de mi vida.

Ahora estaba dispuesto a hacer lo que fuera necesario para que cambiara de opinión.

# Capítulo 18

—Sam, quédate, por favor.

Sus palabras me frenaron en seco y me volví hacia él, a pesar de que no era lo que deseaba. El deje de dolor de su voz me partió el corazón y la desesperación de sus ojos oscuros estuvo a punto de destruirme.

«No le escuches. Vete. Te hundirá en la miseria. Si te quedas, perderás de nuevo el control de tu vida», pensé para mí.

Xander tenía ciertos problemas que solo él podía resolver. Yo no podía hacer más, y tampoco quería.

—Debo irme.

—Lo siento, Samantha. Por favor. Estoy dispuesto a hacer lo que sea para que te quedes. Todo lo que he dicho antes… era producto de la ira. Creía que me habías traicionado, que me estabas usando.

—Esa es la cuestión. No sé si serás capaz de volver a confiar en alguien.

Volví a subir las escaleras porque aún no se lo había dicho todo. Tenía mis motivos para ir a Amesport y quería contarle toda la verdad antes de marcharme.

Xander me siguió. Dejé la maleta en el recibidor y nos dirigimos al salón.

—Confío en ti —se apresuró a asegurarme—. Lo de antes ha sido una reacción visceral.

Me crucé de brazos.

—Pues quizá te convendría pensar un poco las cosas antes de reaccionar.

—Lo sé —admitió, arrepentido.

—Mi vida es bastante complicada y hay ciertas cosas que no te he confiado. ¿Quieres que te la cuente toda o prefieres seguir comportándote como un imbécil?

Me había cansado de andarme con rodeos. Xander me había hecho daño, pero tenía que dejar de vivir atenazado por sus miedos. Yo sabía que era un pesimista y que siempre esperaba lo peor de los demás, pero eso no era excusa.

Asintió y tragó saliva.

—Cuéntamelo todo.

—No vine aquí solo por ti, sino por mí. El dinero no tuvo nada que ver. De hecho, si no hubiera levantado sospechas, lo habría hecho sin cobrar. —Respiré hondo y proseguí—. Quizá si alguien debe sentirse culpable de la muerte de tus padres sea yo.

—¿Por qué? —preguntó Xander con curiosidad.

—Porque yo conocía a Terrence Walls, el hombre que los mató. Y si quería matarte era por mi culpa.

Sabía que acababa de soltarle una bomba, pero ya no podía seguir guardando tantos secretos. Después de lo que me había dicho, pensé que la situación no podía ir a peor aunque se lo confesara todo.

Su reacción me sorprendió gratamente. Esta vez no estalló de buenas a primeras. Estaba esperando a escuchar mis explicaciones.

—¿Qué ocurrió? —me preguntó.

—Hace cuatro años obtuve el doctorado y estaba haciendo las horas de prácticas que me correspondían en una clínica psiquiátrica de Nueva York. Terrence era mi paciente y empezó a obsesionarse conmigo. Intentó averiguarlo todo sobre mi vida personal. Yo procuré mantener una actitud muy profesional, pero un día me quitó el teléfono que tenía en el bolso y se dio cuenta de que tenía todas tus canciones. Cuando me lo devolvió, me preguntó si me gustabas. Le dije que sí, que tu música era muy especial para mí. Sin embargo, su retorcida mente no supo asimilarlo.

—¿Te hizo daño?

Medité la respuesta nos segundos antes de responder.

—Sí y no. A partir de ese día la situación fue a peor. Comenzó a seguirme. Tenía mi número de teléfono y me llamaba día y noche. Nunca me provocó daños físicos, pero viví un infierno durante varias semanas.

—¿Y qué tiene que ver todo esto con mis padres?

—Terrence lo sacó todo de quicio. Sufría delirios. Quería creer que debíamos estar juntos, de modo que se convenció a sí mismo de que la admiración que yo sentía por ti le estaba impidiendo hacer realidad su sueño. Al cabo de un tiempo llegó a creer que tú eras el responsable de que yo no lo amara. Sé que a ti y a mí nos resulta inconcebible, pero él pensaba así. —Hice una pausa antes de confesar—: No tuve noticias suyas durante un par de días y pensé que por fin se había acabado. Pero entonces me llamó.

Empezaron a temblarme las manos y tuve que sentarme en el sofá. Aún conservaba un recuerdo muy vívido de la llamada que nos cambió la vida a Xander y a mí. Para siempre.

Respiré hondo un par de veces para calmarme antes de continuar.

—Me llamó para decirme que se había ocupado de lo tuyo y que él y yo por fin podíamos estar juntos. Hablé con él para averiguar dónde se encontraba y luego llamé a la policía, que lo encontró. Fue entonces cuando se produjo el tiroteo que acabó con su vida.

—¡Mierda! ¿Así que fuiste tú quien llamó a la policía? Creía que lo había hecho yo, pero estaba conmocionado y lo cierto es que no lo recordaba.

Asentí con un gesto de la cabeza.

—Me llamó en cuanto salió de tu casa.

Xander se desplomó el sofá, a mi lado.

—Ese cabrón estaba más loco de lo que imaginaba. Y eso que yo creía que era la auténtica personificación del mal.

Asentí de nuevo y derramé una lágrima.

—No me gusta admitirlo, pero fue todo un alivio cuando supe que había muerto. Sé que no debería haber sentido algo así por un paciente, pero me había aterrorizado. Tal vez porque yo sabía hasta qué punto estaba enfermo. No quería que acosara a nadie más.

—¿Es que no te ofrecieron protección en Nueva York?

—Le asignaron otro especialista, pero eso no hizo sino empeorar la situación. Me concedieron una orden de alejamiento, pero a la gente que sufre trastornos mentales no le importan demasiado las cuestiones legales. Poco pudo hacer la policía para evitar que me siguiera a todos lados.

Terrence Walls había convertido mi vida en un infierno que no quería volver a vivir jamás.

—Pero ¿por qué me has dicho que era culpa tuya? —preguntó Xander.

—Su obsesión contigo no nació de la nada. Yo fui quien la desencadenó.

—Eso no significa que fuera culpa tuya.

—Tampoco tuya —repliqué.

—De acuerdo, te entiendo, pero ya hemos llegado a la conclusión de que no fue culpa de nadie. Fue una tragedia desafortunada y nada más.

—Lo sé. Pero quiero que entiendas que yo podría haberme culpado a mí misma. Quizá lo hice durante un tiempo, pero logré salir adelante. Y sentí un gran alivio cuando supe que estabas vivo. Sin embargo, me derrumbé al saber que tus padres habían muerto.

—Porque habías sentido en carne propia el dolor que experimentó toda mi familia, ¿verdad? —dijo Xander.

—Así es. Y no te imaginas lo mucho que lo lamentaba.

Nunca olvidaría el día que supe que los padres de Xander habían fallecido y que él estaba al borde la muerte.

—¡No fue culpa tuya! Caray. Y me alegro de que ese desgraciado no te hiciera daño. —Adoptó un gesto solemne y me preguntó—: Pero ¿por qué decidiste venir aquí?

—Por ti —confesé—. Intenté seguir tu evolución mientras estaba en Nueva York, trabajando. Nunca había oído ningún rumor de que tuvieras problemas de adicción a las drogas o al alcohol antes de lo ocurrido, por lo que deduje que todo aquello era consecuencia del trauma que sufriste tras perder a tus padres. No sabía que te sentías culpable ni que conocías los motivos por los que Terrence había intentado matarte.

—Yo no sabía por qué, pero sí que iba a por mí. Me lo dejó muy claro —expuso Xander, enfadado.

—Por eso quería decirte que, si vine aquí, fue para ayudarte. Sabía que tus intentos de rehabilitación habían fracasado en varias ocasiones y tenía la esperanza de compartir mis experiencias contigo. Creía que te sentirías identificado con lo que me había pasado a mí.

—Mierda. No me ha hecho ninguna gracia saber que eres una loquera. Pero me has ayudado muchísimo. Y lo sabes.

—El hecho de conocerte y de estar a tu lado también me ha ayudado a mí. Creo que me permitió cerrar el círculo de mi propia tragedia.

—¿Y qué pasa con nosotros? ¿Con lo que hemos compartido?

—Fue un error —respondí con sinceridad—. Tú eres vulnerable y yo también. Me prometí que no me implicaría a nivel emocional, pero la promesa se fue al diablo desde el primer momento.

—¿Por qué?

—Yo no planeé nada de esto, Xander. No sabía que acabaría sintiéndome tan atraída por ti que sería incapaz de controlar mis sentimientos. Y, por encima de todo, no me imaginaba que acabaría sufriendo tanto.

—Eso es culpa mía, Sam. No dejes que mis errores te alejen de mí.

Esbocé una sonrisa débil.

—Creo que ahora estás bien. Ya no me necesitas.

—¡Claro que sí! Te necesito más cada día que pasa, Sam.

Suspiré.

—Creo que no te quedará más remedio que arreglártelas sin mí. El verano está a punto de acabar y yo tengo que volver al trabajo.

—¿Adónde vas a volver? ¿A Nueva York?

Negué con la cabeza.

—No. Devolví las llaves de mi apartamento y necesito dejar de dar terapia durante un tiempo. Voy a publicar un libro sobre las secuelas de los acontecimientos traumáticos. Tengo que encontrar un lugar tranquilo para escribir, así que no mentía cuando dije que quería conocer esta zona. Mi abuela tenía una casita en la playa no muy lejos de Amesport y de pequeña siempre fue un lugar feliz para mí. Quiero encontrar un sitio donde escribir durante el otoño y el invierno.

—Pues quédate aquí conmigo —me propuso con voz ronca—. No quiero que te vayas, Sam.

Sentí una punzada fulminante al ver sus ojos suplicantes. Yo quería quedarme. Quería perdonarlo porque sabía que su reacción era consecuencia del dolor que sentía y de lo que había vivido en el pasado.

165

—No soportaría volver a sufrir una experiencia dolorosa, Xander —le dije con franqueza.

Abrió los brazos y me estrechó.

—No te haré daño. Te lo prometo. Puedes enseñarme a reflexionar para que no tome decisiones precipitadas.

Su abrazo fue un bálsamo, una terapia, y la tristeza que me embargaba empezó a desvanecerse. Le rodeé el cuello y me dejé arrastrar al lugar más reconfortante que conocía: los brazos de Xander.

—Tenemos que establecer una serie de reglas básicas. Y si esto vuelve a suceder, me voy.

Se apartó un poco a regañadientes para mirarme a la cara.

—Dime.

—No volveré a limpiar la casa. Tú solito recogerás tus cosas y asumirás tu parte de las tareas para que pueda escribir el libro.

Xander asintió.

—De acuerdo.

—A partir de ahora la relación es de igual a igual. Ya no soy tu empleada.

—De acuerdo. —Hizo una pausa antes de añadir—: Dios, no me puedo creer que seas psicóloga. —Negó con la cabeza—. ¿Cuántos años tienes?

—A partir de mañana, treinta.

Sabía que Xander solo era unos años mayor que yo.

—¿Tu cumpleaños es mañana? Pero si parece que acabas de salir de la universidad.

—Tampoco quiero que me llames «loquera», menospreciando mi profesión —le exigí—. Estudié muchos años para conseguir el título. No me hace ninguna gracia que me subestimen de este modo.

—Odio a los terapeutas —admitió.

—Creía que no me odiabas.

Me lanzó una leve sonrisa de alivio.

—Tu profesión no es precisamente lo primero que me viene a la cabeza cuando te veo.

Puse los ojos en blanco.

—Pervertido.

—Solo contigo —dijo con su voz más encantadora.

—¿Qué crees que vas a conseguir de mí si me quedo? —le pregunté.

—A ti —respondió—. No voy a mentirte, Sam. Mi objetivo es conquistarte. Te invitaré a salir como hacen los hombres normales. Y pienso ir a por todas para conseguir que vuelvas a mi cama y a mi vida. Empezaré mañana mismo, con tu cumpleaños. ¿Qué pastel te gusta más?

Le dirigí una mirada nerviosa.

—Por favor, dime que no lo harás tú. Sabes que tengo unos gustos muy particulares en lo que respecta a los dulces. Y el día de mi cumpleaños tiene que ser de chocolate.

—No intentaré hacerlo yo, tranquila. Quiero invitarte a cenar.

—¿Estás dispuesto a ir a Amesport?

Xander se encogió de hombros.

—Si logré salir en Nueva York…

La gran urbe estaba llena de gente a la que no le importaba lo más mínimo su aspecto. Amesport era una población pequeña y Xander vivía allí todo el año. A pesar de que estaba llena de turistas, sería un gran paso para él que se atreviera a salir a la calle y mezclarse con sus vecinos.

—Oí que Kristin decía que tus hermanos están organizando una gran fiesta a finales del verano. Es un acto para una asociación benéfica que cuenta con el apoyo de todos los Sinclair, incluido tú. ¿Estarías dispuesto a actuar?

Observé cómo le cambiaba el gesto. Al ver su expresión vulnerable me dieron ganas de retirar la pregunta, pero al final decidí guardar silencio. Tarde o temprano tenía que volver a la música.

—Lo intentaré —dijo con voz titubeante.

—Si es así, me quedo. Al menos hasta el Día del Trabajador, el primer lunes de septiembre. Pero tenemos que llegar a un acuerdo. Nos limitaremos a disfrutar de la compañía del otro. Sin más compromisos. Y tienes que cumplir tus promesas.

—¿Y qué pasará luego?

Me encogí de hombros.

—Eso depende de ti y de tu capacidad para mantener esas promesas. Creo que es mejor esperar a ver cómo va todo. Ya tendremos tiempo de reevaluar nuestra relación cuando haya pasado el Día del Trabajador.

Xander enarcó una ceja.

—¿Crees que no podré? Quiero que vuelvas a mi cama y a mi vida, Samantha. Te he hecho daño y estoy dispuesto a hacer todo lo que sea necesario para resarcirte.

El corazón me dio un vuelco al ver su mirada intensa y oscura, un gesto de determinación que no había visto jamás.

—Eso espero. Pero no quiero volver a hablar sobre nosotros y nuestra relación hasta que haya pasado la fecha acordada.

Intenté mantener la calma, pero por dentro la estaba perdiendo. Deseaba que Xander se recuperara por completo. No iba a abandonarlo cuando aún no estaba preparado para ello.

Sin embargo, sabía que lo que estaba en juego era mi propia felicidad. Me había involucrado más de la cuenta.

Ahora no me quedaba más remedio que arriesgarlo todo.

—De acuerdo —murmuré, y con esas palabras sellé mi destino.

—Pues empezaremos de cero. Sin sentimientos de culpabilidad de ningún tipo. Nada se interpone en nuestro camino. Siento mucho lo que te pasó. Si Walls no hubiera muerto, lo mataría yo mismo por lo que te hizo a ti y a mis padres. Tu vida no ha sido un camino de rosas, que digamos —gruñó Xander—. Pero quiero que seas feliz.

Era sincero y pude apreciar su gesto de preocupación.

—Yo deseo lo mismo para ti; de lo contrario, no habría aguantado todo esto.

—Sin ti no podré ser feliz. Ven aquí.

Abrió los brazos.

No me lo pensé dos veces. Nos fundimos en un abrazo porque yo sentía lo mismo. A menos que Xander lograra recuperarse por completo, yo tampoco veía la felicidad como un objetivo factible a corto plazo.

Tenía miedo.

Pero abandonarlo no era una opción viable.

Estaba perdidamente enamorada de Xander Sinclair y acababa de concederle todo el poder para hacerme feliz o destruir mi vida.

Debía tener muchísimo cuidado. Él aún estaba en pleno proceso de recuperación y no era buena idea tener una relación con alguien tan vulnerable.

Además, cabía la posibilidad de que cambiara de opinión respecto a mí cuando se hubiera curado.

Al notar su cálido abrazo, una sensación que no había experimentado desde el asesinato de mi familia, fui consciente de que si lo nuestro no funcionaba, mi vida se iría al traste.

Sin embargo, decidí que pasara lo que pasase, Xander era un hombre por el que valía la pena correr cualquier riesgo.

# Capítulo 19

## Xander

A pesar de lo desgraciado que había sido, tenía la sensación de que era mi día de la suerte.

La noche anterior Samantha me había dado una nueva oportunidad para demostrarle que estaba dispuesto a hacer todo lo que fuera necesario para que no me abandonara.

Y no pensaba desaprovecharla.

Habíamos dormido en habitaciones separadas porque ella quería tomárselo todo con calma. Y aunque fue una decisión que no me hizo demasiada gracia, no me quedó más remedio que aceptarla. No era sexo lo único que quería de ella. Necesitaba algo más. Mucho más. Pero para conseguirlo debía ganarme su confianza, y eso era algo que me llevaría un tiempo.

No estaba convencido de que se me diera bien abrir mi corazón a los demás, ni siquiera a mis hermanos. La vulnerabilidad que sentía al admitir que alguien era decisivo para mi felicidad me aterraba. Cuando un hombre le entregaba ese poder a una mujer, ella disponía de la munición necesaria para hacerlo añicos, porque conocía su punto débil.

No.

No soportaba la idea de que alguien tuviera tanto poder sobre mí.

No obstante, abrirle mi corazón era un paso muy importante si de verdad quería compartir mi futuro con ella. Y si algo tenía claro era que íbamos a estar juntos. Sam me había conquistado y, si me abandonaba, ya nunca más lograría salir del agujero.

—¿Qué haces? —me preguntó una voz somnolienta desde la puerta del estudio de grabación.

No había progresado demasiado. Tenía mi guitarra favorita en el regazo y había tocado unos cuantos acordes, pero en cuanto la vi aparecer, las cosas mejoraron enormemente.

—Probando, a ver qué sale —respondí con sinceridad. A decir verdad, llevaba más de una hora sentado allí, pero no podía pensar en otra cosa que no fuera la preciosa mujer que acababa de aparecer con una taza de café en la mano y bostezando como si no hubiera dormido bien.

Sam sonrió y mi entrepierna reaccionó al instante con una erección fulgurante.

—Te has cortado el pelo. ¿Has bajado a Amesport?

Me encogí de hombros.

—Sí. Me dijiste que necesitaba un corte de pelo.

Estaba dispuesto a hacer lo que fuera necesario para hacerla feliz. Bueno, casi todo.

Sam se acercó hasta mí y me acarició el pelo corto. Francamente, me gustaba más así cortito. Pero nunca había considerado que ir al barbero fuera algo tan importante como para desplazarme hasta Amesport.

Hasta ese día.

Hasta que Sam apareció en mi vida.

—Te queda muy bien. Ahora se ven mejor esos ojos tan bonitos que tienes —me dijo.

Ese simple comentario hizo que valiera la pena el esfuerzo de ir al barbero. Aun así, había ido temprano para evitar la multitud.

—Deberías haberme despertado y te habría acompañado —murmuró y me dio un beso en la frente.

—Si hubiera entrado en tu habitación, ya no habría podido salir de casa —le dije—. No tengo tanta fuerza de voluntad.

Su risa resonó en todo el estudio y me llegó al corazón. Me di cuenta de que apenas la había oído reír desde que la conocía. Tampoco le había dado demasiados motivos para hacerlo. Me había comportado como un imbécil.

—Te he traído esto —dije, y me incliné para darle una caja rosa que había en el escritorio que tenía al lado.

Se le iluminó la cara y de nuevo pensé en lo mezquino que había sido con ella.

—No es gran cosa, pero creo que te gustará.

Agitó la caja.

—Pesa mucho.

—Es de la mejor pastelería de la ciudad. Feliz cumpleaños, Samantha.

Abrió la tapa y lanzó un grito de alegría.

—¡Madre mía!

—Solo es una tarta.

Señaló el contenido de la caja.

—Esto no es un pastel cualquiera. Es una obra maestra de chocolate que me volverá loca de placer.

Vaya, ¿quién iba a pensar que sería posible tener celos de una maldita tarta? Aunque quizá solo sentía envidia de su mirada codiciosa, incapaz de apartarla del pastel de tres chocolates.

Dejé la guitarra con cuidado y me levanté.

—¿Quién lo corta?

—Yo —se apresuró a responder mientras volvía a la cocina—. Pero es para compartir, ¡eh!

Negué con la cabeza y la seguí, preguntándome cómo era posible que me hubiera enamorado perdidamente de una loquera con un ligero trastorno obsesivo compulsivo con todo lo relacionado con la limpieza y la organización, pero que podía perder la cabeza por un pastel.

Esbocé una mueca, resignado con mi destino. La verdad era que yo adoraba todo lo que tuviera que ver con Samantha, hasta sus manías.

Tan solo hubiera preferido que no se ganara la vida hurgando en la mente de los demás. Pero entonces no sería la Sam de la que me había enamorado, de modo que ya tendría tiempo para aceptar su profesión.

Apoyé una cadera en la encimera mientras la observaba. Cortó dos pedazos de pastel y me ofreció uno.

Al ver cómo cerraba los ojos al dar el primer mordisco, extasiada, decidí que estaba dispuesto a comprarle un pastel cada día solo para ver esa expresión. Parecía a punto de llegar al clímax.

Su mirada de éxtasis me despertó una erección dolorosa. Yo la observaba mientras masticaba lentamente e inclinaba la cabeza hacia atrás, paladeando el sabor del chocolate. Cuando tragó el primer bocado, lanzó un gemido.

—Me muero de gusto.

Hostia. Hostia. Hostia.

Habría dado un huevo y parte del otro por oírla pronunciar esas palabras después de empotrarla contra la pared a conciencia y llevarla al cénit del placer.

Al final logré apartar los ojos de ella y tomar un bocado del pedazo que tenía en mi plato.

—Está muy bueno, sí —añadí después de tragarlo.

—¿Bueno? Es exquisito. Me gustaría saber cómo han hecho este glaseado tan suave y cremoso.

No tenía ni la más remota idea de los ingredientes que habían utilizado, pero estaba dispuesto a averiguar la receta para embadurnarme el cuerpo con esa tarta y que la devorara a lametones. Sabía que me iba a costar Dios y ayuda no abalanzarme sobre ella, así que debía encontrar alguna forma de tentarla.

—Gracias —dijo mientras se servía otra taza de café.

—No es para tanto.

—Ya lo creo que sí —replicó—. Ha sido todo un detalle por tu parte.

¿Cómo era posible? ¿Tan cretino había sido hasta entonces para que Sam creyera que un regalo sencillo y barato tenía tanta importancia? Quizá sí y sus palabras no eran más que una brusca constatación de lo mal que la había tratado.

—Si te hace feliz, te compraré otro mañana —le propuse mientras tomaba una taza para servirme un café—. He estado buscando uno de arándanos silvestres, pero no he tenido suerte.

Sam cogió la taza, me sirvió el café que ella misma había preparado antes de salir a buscarme y me la devolvió.

—¡No! —exclamó—. De ninguna de las maneras, que luego tengo que darme unas buenas caminatas para compensar mi adicción a las tartas.

—¿Te gusta hacer ejercicio? —pregunté con curiosidad.

—Lo odio —dijo con un suspiro—. Pero venir andando hasta aquí a diario y limpiar todo lo que ensuciabas me ha ayudado a no engordar. En Nueva York era clienta habitual de un par de pastelerías o los hacía yo misma, así que luego tenía que hacer ejercicio.

Engullí el último pedazo de pastel y le dije:

—Esta noche iremos a Amesport. Es tu cumpleaños y me gustaría invitarte a cenar.

Sam me miró boquiabierta con un trozo de pastel en la boca. Luego continuó y lo engulló.

—¿Lo harías por mí? —me preguntó.

Me encogí de hombros.

—Es tu cumpleaños y me dijiste que debía reincorporarme a la vida social. Podemos ir al local de Liam. No es muy elegante, pero sirve los mejores sándwiches de langosta de Maine. Mis hermanos me trajeron un par hace unos meses.

Samantha se encargó de poner los platos vacíos en el lavaplatos.

—Hace mucho tiempo que nadie celebra mi cumpleaños.

Me fijé en su mirada de melancolía y la soledad de su tono me sentó como un mazazo.

«No tiene familia. No tiene a nadie especial en su vida. Nadie se ha molestado en celebrar su cumpleaños», pensé.

—Pues hoy vamos a festejarlo —dije, con la firme decisión de ofrecerle un cumpleaños que no pudiera olvidar jamás.

Quizá no tenía mucho tiempo para planearlo, pero iba a dejarme la piel para hacerla feliz.

Sam me dedicó una sonrisa radiante.

—Muchas gracias. Significa mucho para mí. No sé cómo soportas lo de no salir de casa, sobre todo en verano. Además, no he tenido la posibilidad de conocer Amesport.

No me entusiasmaba especialmente la idea de pasear por la ciudad en verano, con todos los turistas, pero me di cuenta de que quizá no era tan mala idea si me acompañaba Sam.

—¿Quieres ir a dar un paseo antes de cenar?

«¿Por qué diablos le he hecho esa propuesta?», pensé.

Sam se abalanzó sobre mí para abrazarme.

—¡Sí, sí! Me encantaría.

Bueno, pues ahí estaba la respuesta a mi pregunta. Todo aquello que pudiera hacer para volver a sentir el roce de su piel desnuda valía la pena.

Le devolví el abrazo y me embriagué de su incitante aroma.

—Pues entonces, iremos.

Sam se apartó un poco, lo cual supuso toda una decepción, y me preguntó:

—¿Qué tal ha ido el ensayo?

Negué con la cabeza.

—No he ensayado, solo he tocado un par de acordes. Sigo bloqueado, Samantha. No sé si podré volver a tocar al final del verano. Ahora mismo creo que no podré volver a ser el de antes. Soy un hombre distinto.

Sam frunció el ceño.

—Te he presionado demasiado. Lo siento. Pero no tengo la menor duda de que sigues teniendo la misma creatividad de antes. Ese talento no se pierde. Y tampoco pasa nada si no quieres recuperar tu vida de antaño. Aun así, sería bueno que pudieras tomar esa decisión por ti mismo. No quiero que renuncies a tu pasado porque creas que no puedes. Estaría bien que tomaras esa decisión de forma consciente, que si no vuelves a ser el de antes sea por elección tuya.

Tenía razón. Quería volver a tocar; era algo que había sido una parte tan importante de mi vida, durante tanto tiempo, que ahora había un espacio vacío en mi interior, el que había dejado mi creatividad. Y si dejaba la música, quería ser yo quien tomara la decisión. No quería huir hacia delante pensando que ya no podría volver a tocar nunca más.

—¿Por qué eres tan inteligente? —le pregunté.

—Porque me he pasado años hurgando en la cabeza de los demás y porque me he cansado de estudiar —le dije con una sonrisa.

—Hay que estudiar mucho tiempo para dedicarse a la psicología —comenté.

—Sí. Hasta hace tres años no había hecho nada más que estudiar.

—¿Cómo te las arreglaste para sacar adelante la carrera tú sola?

—¿Te refieres en el aspecto económico?

Asentí.

—No fue fácil, la verdad. No me quedó demasiado dinero después de hacer frente a todos los gastos. A fin de cuentas, mis padres tenían a tres hijos a su cargo. Me vi obligada a trabajar muchas horas y dormir poco. Y también pedí un crédito estudiantil que creo que tendré que pagar el resto de mi vida. Pero valió la pena.

Le sonreí.

—¿Cuándo supiste que querías ganarte la vida hurgando en la cabeza de los demás?

—Si quieres que te diga la verdad, no tomé una decisión sobre lo que quería hacer hasta que asimilé el dolor por la pérdida de mi familia. Acababa de empezar en la universidad cuando murieron. Por suerte, tuve un buen terapeuta que me ayudó a superar el trauma, y fue entonces cuando decidí que quería estudiar Psicología para ayudar a los demás a enfrentarse a sus propios demonios.

¡Maldición! Samantha era una mujer increíble. La mayoría de gente prefería huir de las malas experiencias, tal y como había hecho yo. Pero ella no. Ella había decidido ayudar a los demás.

—Tu música fue un gran apoyo, Xander —me dijo Sam con voz suave—. Me identificaba con ella. No sé por qué, pero me sirvió para seguir adelante en esos años en los que me sentía tan sola.

Me sentí muy honrado de que algo que yo había hecho le hubiera servido para dejar atrás el sufrimiento.

—Me alegro. Creo que podría componer algún tema con el que te sentirías identificada. Es decir, si fuera capaz de volver a escribir.

—Seguro que podrás —me aseguró, con confianza.

—¿Cómo lo sabes? ¿Y si no puedo?

—Me niego a creer que has perdido todo el talento que tenías. Soy una de tus mayores fans y no estoy dispuesta a aceptarlo.

El hecho de que Samantha me apoyara tan ciegamente era tan importante para mí que no podía expresarlo con palabras.

—Espero no decepcionarte, pero de momento no me veo capaz.

Se acercó de nuevo y me acarició la mejilla. Era increíble, pero parecía que no le daba la más mínima importancia a las cicatrices de mi cara. A decir verdad, empezaba a creer que no las veía y que me aceptaba tal y como era, incluidas las cicatrices.

—No te presiones tanto. Debes tener más fe en ti. Cuando aceptes que tu música no tuvo nada que ver con la muerte de tus padres, todo volverá a la normalidad.

—Creo que ahora ya lo entiendo. —Le agarré la mano y se la sujeté para que no la apartara de mi cara—. Pero aún no tengo la sensación de haber recuperado el don de la música.

—Pues habrá que buscarte inspiración —sugirió—. Deberíamos salir y disfrutar de todo lo bueno que puede ofrecernos la vida.

—Tú eres una de las mejores cosas de mi vida, Samantha — admití—. No sé cómo has llegado a mi lado, pero no te imaginas cuánto me alegro de tenerte.

—Creo que sabía que me necesitabas —respondió y apartó la mano de la mía lentamente—. Recuerda que pasé por una experiencia muy similar a la tuya.

—Pero no huiste como una cobarde —repliqué.

—¿No? Creo que durante un tiempo sí lo hice. Me recluí del mundo, como tú. Estaba tan deprimida que no quería levantarme por la mañana. Ha pasado una década, y aunque ya no siento el dolor intenso de los primeros tiempos, aún pienso en mi familia casi a diario. Los echo de menos.

Sentí un instintivo deseo de que Samantha no volviera a estar sola jamás. Qué diablos, aún no comprendía de dónde había sacado la fuerza necesaria para sobrevivir.

—Lo sé, cielo.

—Pero al final comprendí que lo último que querrían sería que me regodeara en mi propio dolor. Por eso busqué ayuda. No mejoré de forma inmediata, pero me sirvió para ir dando pequeños pasos en la dirección correcta. Con el tiempo entendí que gestos tan simples como hacer cosas en su memoria me hacían sentir mejor. Quizá por eso elegí esta profesión. Quizá ayudar a los demás también me ayudó a mí.

—Tu libro ayudará a muchas personas.

—Eso espero —dijo—. No me considero escritora, así que estoy nerviosa.

Me encogí de hombros.

—Pero sabes qué decirle a la gente. Tú escribe partiendo de tu experiencia de lo que has estudiado. Tengo fe absoluta en ti.

Sam me abrazó del cuello. Dios, era maravilloso.

—Y yo tengo fe en que tarde o temprano volverás a componer.

La agarré de la cintura para que no se alejara. Sam había desatado una pequeña revolución en mi vida, lo cual me aterraba, pero esta vez no podía huir. Ella lo era todo para mí y, cuando la abrazaba, tenía la sensación de que era toda mi vida la que tenía en mis brazos.

No podía reprimir más las ganas de besarla. Necesitaba sentir el roce de sus labios de seda. De modo que deslicé una mano hasta su nuca y, sin pensármelo dos veces, la besé para sentir nuestras lenguas entrelazadas y le acaricié la espalda y el trasero.

Ella se entregó de buen grado y alivió el dolor que sentía.

«¡Mía! Esta mujer es mía», pensé.

Nos separamos entre jadeos para recuperar el aliento y, cuando apoyó la cabeza en mi pecho, me sentí como un dios.

Estaba dispuesto a hacer lo que fuera para hacerla feliz. Lo merecía. Y, por primera vez en mucho tiempo, empecé a pensar que tal vez yo también merecía ser feliz.

# Capítulo 20

## Samantha

—Ahora que lo pienso, podría haberlo hecho mucho mejor —gruñó Xander mientras una guapa camarera morena nos servía los sándwiches de langosta.

—¿Mejor? —pregunté con curiosidad.

Xander y yo habíamos paseado por Main Street y él había demostrado tener mucha paciencia mientras yo curioseaba en todas las tiendas que me llamaban la atención. Hacia media tarde noté que ya no estaba tan tenso e incluso empezó a bromear con mi capacidad para encontrar algo que me gustaba en todas las tiendas para turistas.

Tampoco había comprado demasiado, pero me gustaba mirar.

—Tengo un avión privado. Podría haberte llevado a cualquier parte del mundo para que tuvieras la velada de tus sueños y, sin embargo, aquí estamos, comiendo sándwiches de langosta en un restaurante de mala muerte.

—No es un restaurante de mala muerte —repliqué, observando el encantador local. Liam había reformado aquel establecimiento situado cerca del muelle y me gustaba mucho cómo lo había decorado, con aparejos de pesca y tonos marineros. Era pequeño, pero a mí me parecía que ello contribuía a crear un ambiente más acogedor.

Brooke, nuestra camarera, era atenta, servicial y siempre sonreía.

—Tú mereces más —gruñó Xander.

Era conmovedor que quisiera impresionarme.

—Esto ya es mucho más de lo que estoy acostumbrada —intenté hacerle ver—. Y la comida es deliciosa. Me lo he pasado en grande. No podría haber tenido un día más perfecto. Gracias por compartir mi cumpleaños conmigo.

Me miró con sus ojos oscuros, como si estuviera buscando la verdad.

—Si un sándwich de langosta del Sullivan te hace feliz, imagino que si nos vamos a Italia a comer a una *trattoria* será como tocar el cielo.

¿Cómo podía explicarle que el lugar era lo de menos? A mí lo que me importaba era que se hubiera tomado la molestia de celebrar mi cumpleaños conmigo. Había hecho el esfuerzo de pasear por unas calles abarrotadas de turistas solo para hacerme feliz y se había esforzado por concederme todos los caprichos.

—Aún me queda tarta en casa —le dije en tono burlón—. Eso será el final perfecto.

Tomé un bocado de mi sándwich y lancé un ruidito de placer al notar el dulce sabor de la langosta de Maine en contacto con mi paladar. Mastiqué lentamente y lo tragué.

—Esto es maravilloso. Mejor que cualquier *trattoria* de Italia.

Xander ya había comido la mitad del suyo.

—Está muy bueno, es verdad, pero no le digas a Liam que lo he dicho. Me gusta echarle en cara que es un millonario que tiene un restaurante de mala muerte.

—¿Es rico? —pregunté, sorprendida.

Xander asintió.

—Mucho. Durante años trabajó como especialista en escenas peligrosas y explosivos en Hollywood, pero volvió a Amesport cuando Tessa perdió el oído y decidieron quedarse con el restaurante de sus padres cuando estos murieron. Es un lugar muy especial. Pertenece a la familia de Liam desde hace varias generaciones. Pero no es lo que le da más dinero. Inventó muchos productos y artefactos que se utilizan en escenas de riesgo y ahora podría dedicarse a disfrutar de la vida gracias a las patentes, que no hacen sino aumentar su fortuna cada día que pasa. Pero es de esos que no sabe estar de brazos cruzados.

—Te cae bien —lo acusé.

—Me ha ayudado mucho. Él también ha sufrido lo suyo y siempre ha estado a mi lado. Le estoy muy agradecido por eso.

Habíamos visto a Liam al entrar en el restaurante y, aunque no habían parado de bromear, enseguida me di cuenta de que Xander lo apreciaba mucho.

—Pues yo me alegro de que no cerrara el restaurante. Este sándwich es uno de los mejores que he probado —dije señalando el pedacito que me quedaba en la mano.

Xander dejó la servilleta en el plato vacío.

—Liam no pasa por un buen momento —me dijo.

—¿Por qué?

—Está enamorado de la camarera que nos ha atendido desde que la chica llegó, pero por lo visto ella tiene una relación amorosa a distancia y, además, Liam cree que es demasiado mayor para ella. Pero yo estoy convencido de que debería intentarlo. Es un chico fantástico y la trataría muy bien.

Yo me había fijado en la camarera y su lenguaje corporal.

—A ella también le gusta Liam. No creo que tenga novio.

Xander enarcó una ceja.

—¿Por qué lo dices?

—Por su lenguaje corporal y sus gestos. Me he fijado en el modo en que lo mira cada vez que se acerca a la ventana a recoger una comanda. Está pendiente de él incluso cuando no están juntos. Me apostaría algo a que el sentimiento es mutuo.

—¿En serio?

Asentí con determinación.

—Completamente en serio.

—¿Y su novio? Liam dice que tiene uno.

—Creo que se equivoca. Una mujer no mira a un hombre de ese modo cuando ya está enamorada de alguien. No está flirteando con Liam, está claro que él le hace sentir algo especial. No puede ocultar la atracción que siente.

—Creo que deberían acostarse de una vez y zanjar el tema.

—Un poco brusco —le dije, intentando reprimir una sonrisa.

—Soy realista. Tú me dijiste que querías vivir en la realidad. Hace meses que la camarera se la pone dura. La diferencia de edad no es más que una excusa. Creo que simplemente tiene miedo de que lo rechace.

—¿Y acostarse con ella es la respuesta?

Xander se encogió de hombros.

—Daño no le hará.

Puse los ojos en blanco.

—Las relaciones amorosas son algo más que sexo.

—Liam ya se ocupará de todo lo demás cuando se haya acostado con Brooke. A los hombres nos cuesta pensar en otra cosa cuando sentimos algo tan especial por una mujer. Y hablo por experiencia.

Sus ojos oscuros me revelaron los pensamientos que inundaban su cabeza y mis pezones reaccionaron poniéndose duros. La idea acaparó toda mi mente.

—¿Tú tampoco? —pregunté con un gemido.

Lo estaba devorando con la mirada y noté que empezaba a ponerme mojada. Desde que se había cortado el pelo se le veían mejor sus ojos expresivos. Nunca lo había visto tan guapo. Vestía totalmente de negro, desde la camiseta hasta los pantalones y las botas de motero. A juzgar por lo que había visto en sus fotos antiguas, siempre había vestido igual. Le quedaba bien. Era una mezcla de rockero y chico malo. Un porte misterioso que resultaba casi irresistible, sobre todo cuando los pantalones ajustados le quedaban tan bien como a él.

Yo me había puesto un vestido de playa y unas sandalias frescas y cómodas.

—Sí, sé muy bien lo que se siente al desear una mujer hasta el punto de que la necesidad resulta físicamente dolorosa —gruñó—. Es más, estoy sentado frente a ti y no hago más que pensar en las ganas que tengo de metértela hasta el fondo, Samantha.

Oh. Dios. Yo deseaba lo mismo. Pero Xander aún no había finalizado el proceso de sanación y yo me sentía demasiado atraída por él.

—Yo quiero lo mismo —susurré con sinceridad y tomé el vaso de agua con la esperanza de aliviar los ardores.

—Esta atracción que sentimos no se va a esfumar sin más. ¿Por qué no la aprovechamos y nos damos una alegría? —me propuso.

—No puedo. Tengo miedo.

Parecía decepcionado.

—¿De mí? ¿De mi reacción en casa de Micah?

Negué con la cabeza.

—No. Sé que pensabas que te habíamos traicionado y entiendo tu enfado.

—Entonces, ¿de qué tienes miedo?

—Lo que me pasa es que te quiero demasiado —confesé—. Todo esto es muy nuevo para mí y no quiero acabar sufriendo.

—¡Joder! —maldijo—. ¿No sabes que me cortaría el brazo derecho antes que hacerte sufrir? ¿No sabes lo mucho que te necesito, Sam?

—Sí, es posible que me necesites ahora, pero tus sentimientos pueden cambiar. Algún día te darás cuenta de que estás mejor y tal vez decidas dejarme.

—Lo que siento por ti no cambiará —me aseguró—. Y si uno de nosotros ha de sentirse inseguro, soy yo. Soy un desecho humano. No puedo tocar, estoy mal de la cabeza, soy un cretino egoísta y tengo el cuerpo lleno de cicatrices. ¿Por qué iba a interesarse por mí una psicóloga guapa como tú?

El corazón me latía desbocado y quería creer que sus sentimientos eran reales, pero hacía demasiado tiempo que Xander vivía al margen de la realidad. No podía saber lo que quería.

—Sé que te he dado motivos de sobra para no confiar en mí —prosiguió él—. Y tienes todo el derecho del mundo a sentirte así. Pero también sabes que eres mía, Samantha. Creo que estabas predestinada a ser mía.

Sonreí mientras todas las terminaciones nerviosas de mi cuerpo sucumbían a una arrasadora excitación.

—Tus palabras son dignas de un cavernícola, ¿no crees?

—Me importa una mierda. Sea lo que sea, lo que siento por ti nace de un instinto muy primitivo.

Y carnal.

Y posesivo.

Oh, sí. Sabía perfectamente a qué se refería.

—No me parece una reacción sana —le dije con la intención de convencerlo a él, pero también a mí misma.

Por el amor de Dios, era psicóloga, ¿cómo había llegado hasta ahí? El problema era que me había implicado a nivel emocional y ahora ya no veía a Xander como un paciente más digno de estudio. Todo mi bagaje académico había salido por la ventana porque, cuando pensaba en el hombre que estaba sentado ante mí, mis decisiones no se regían por criterios racionales.

Nunca fue mi paciente.

Lo único que yo había querido era convertirme en su amiga para ayudarlo.

Sin embargo, no estaba preparada para el vínculo tan especial que había acabado estableciendo con él.

—Pues a mí me encanta. Me siento de fábula, así que no me importa lo más mínimo que los manuales de psicología digan que no es sano. No soy como los demás hombres.

—No, no lo eres —admití.

Xander era muchas cosas, pero no un tipo del montón. Tampoco era un falso o un mentiroso. Era franco, no se andaba con rodeos, y como yo sentía la misma atracción primitiva que él, no disponía de demasiados argumentos para rebatirlo.

—Te he comprado un regalo de cumpleaños —me dijo de pronto, y se llevó la mano al bolsillo de los pantalones.

—No, por favor. Ya sabes que no me entusiasman los regalos de cumpleaños...

—Porque hasta ahora no tenías a alguien que pensara en ti tanto como mereces. Pero ahora me tienes a mí —me cortó—. Tampoco es nada del otro mundo, pero no había mucho donde elegir.

Me quedé mirando la caja, incapaz de articular palabra. Era verdad. Había renunciado a muchas cosas simplemente porque estaba sola, sin familia: Navidad, Acción de Gracias, cumpleaños o cualquier otra celebración que sirviera para reunir a los seres queridos.

Al final acepté la caja y la tomé con manos temblorosas.

—Gracias.

Xander se encogió de hombros.

—Ya te he dicho que no es nada del otro mundo. Simplemente lo vi y pensé que quizá te gustaría. Me he fijado en que no sueles ponerte joyas, así que espero que te guste.

No me ponía joyas. En realidad, las únicas que tenía eran unos pendientes muy humildes.

—Nunca me compro nada —añadí con sinceridad—. Y no me quedé con ninguna de las de mi madre. Ahora me arrepiento, pero en su momento fui incapaz de entrar en la casa. Los vecinos se ofrecieron a limpiarla y restaurarla para que pudiera venderla en cuanto tuviera el permiso de los jueces. Ni siquiera llegué a ver las pertenencias de mis padres y hermanos. Tal vez, en el fondo, no quería.

Abrí el precioso envoltorio mientras hablaba y levanté la tapa de la caja de terciopelo negro con cuidado. Cuando vi el rojo intenso del interior, lancé un grito ahogado. Tenía ante mí un collar de oro precioso. El colgante, en forma de lágrima, era enorme y en el centro había una rosa en relieve de una factura exquisita.

Acaricié las líneas de la elegante rosa dorada.

—La lágrima es por todas las que has derramado y por el dolor que padeciste tras la pérdida de tu familia. La rosa es el símbolo de que el amor que sientes por tus padres y hermanos nunca te abandonará. Lee el reverso.

Sus palabras hicieron que rompiera a llorar y me sequé una antes de girar el colgante, donde leí:

Siempre en mi corazón.
El amor
nunca
muere.

—Xander —murmuré, y me llevé la mano a la boca para intentar reprimir un sollozo.

—Mierda, no quería hacerte llorar, Sam. Creía que te haría ilusión tener un pequeño recuerdo…

Dejó la frase a medias, arrepentido al ver el efecto de su regalo. Sin embargo, me apresuré a negar con énfasis.

—No es eso —respondí con la voz rota por la emoción—. Es precioso y seguramente es el regalo más bonito y más amable que me han hecho jamás.

Los demás comensales del restaurante empezaban a mirarnos, pero yo quería que Xander supiera lo mucho que apreciaba que se hubiera tomado la molestia de hacer un regalo tan especial.

—Entonces, ¿por qué lloras?

—Es que… me ha conmovido. —Su gesto me había tocado la fibra, pero me costaba encontrar las palabras adecuadas para expresarlo. Saqué el collar de la caja—. ¿Dónde lo has comprado?

—No tenía tiempo para hacer algo personalizado, así que lo compré en la joyería y les pedí que lo grabaran mientras iba a cortarme el pelo.

—Me encanta —insistí entre gimoteos—. Pero seguro que te ha costado una fortuna.

Pesaba bastante y estaba convencida de que era de oro macizo. La cadena era robusta y tan larga que el colgante quedaba a la altura del escote. Bueno, si tuviera escote, claro está.

Xander sonrió de oreja a oreja.

—No fue nada caro.

—Mientes —le dije, pero tampoco estaba dispuesta a devolverle un regalo tan maravilloso y con un valor sentimental tan grande.

Enarcó una ceja en un gestó burlón y nuestras miradas se cruzaron. La atracción que nos unía era palpable y sentí que el mundo que nos rodeaba se desvanecía mientras yo me fundía bajo la pasión de su mirada.

Me levanté.

—¿Me lo puedes poner? Por mí podemos irnos —añadí, consciente de que no podría resistir mucho más tiempo la tentación de abalanzarme sobre él si seguía mirándome de aquel modo.

Metí el papel de regalo, el lazo y la caja en el bolso y le di el collar a Xander.

—Date la vuelta —me ordenó.

Le di la espalda y me puso la preciada joya en el cuello con sus hábiles manos.

Más tarde habría de preguntarme por qué lloré, por qué me había conmovido de tal modo su gesto. Aunque no debería haberme sorprendido. Siempre me habían gustado las letras de las canciones de Xander, y sabía que era un hombre creativo y muy capaz de expresar sus sentimientos. Sin embargo, hasta entonces nadie me había conmovido de tal forma.

El peso del collar tenía un efecto reconfortante y no pude reprimir el impulso de acariciar la lágrima.

—Gracias —susurré.

—¿Estás segura de que no te importa? —preguntó con incertidumbre y noté el cálido roce de su aliento en el cuello.

—No. Es un símbolo precioso que siempre me recordará que llevo a mi familia en el corazón, a pesar de que hace mucho tiempo que no los tengo a mi lado.

—Me alegro de que te guste —murmuró y deslizó una mano hasta la parte inferior de mi espalda en un gesto posesivo cuando pasé a su lado en dirección a la puerta.

Lancé un suspiro mientras esperaba a que Xander pagara la cuenta en la caja y acaricié el colgante en un gesto instintivo.

«El amor nunca muere».

Me encontraba en un momento de mi vida en el que ese sentimiento me resultaba muy agradable y reconfortante. Ese símbolo era real y sólido, algo a lo que siempre podría aferrarme.

Salí a la calle para respirar un poco de aire fresco y me dirigí al paseo marítimo, esperando a que Xander me alcanzara. Me crucé de brazos, me detuve para respirar hondo el aire salado del mar y escuchar las olas que rompían en la orilla, disfrutando de un momento de felicidad como no sentía desde hacía mucho tiempo.

De repente algo destruyó aquel momento idílico. Alguien muy corpulento me embistió y un fuerte brazo me agarró el cuello. Supe de inmediato que no era Xander.

Me costaba respirar porque cada vez me estrangulaba con más fuerza.

—Venga, nena, ¿por qué no nos divertimos un poco?

Era la voz de alguien joven, muy borracho, y no me sentí demasiado intimidada mientras intentaba darle una patada con la esperanza de alcanzarle en la rodilla para que me soltara un poco.

Estuviera o no borracho, era fuerte.

—Suéltame —logré decir casi sin aliento.

Se redujo ligeramente la presión que ejercía con las manos.

—Venga ya, creía que tenías ganas de divertirte un poco.

Mi asaltante me soltó de repente y comprendí que me había confundido con otra chica.

Me di la vuelta rápidamente, justo a tiempo para ver a Xander volando por el aire, agarrando al chico y con una expresión asesina.

# Capítulo 21

## Xander

—¿Era necesario que te ensañaras con él de ese modo? Ha acabado en el hospital.

Miré a mi primo Dante, el jefe de la policía de Amesport, a través de los barrotes de la celda. Yo estaba cabreadísimo porque había llegado antes de que pudiera matar al tipo que estaba intentando arrastrar a Samantha a su coche.

—Merecía algo peor, créeme. Intentaba secuestrarla.

Dante negó con la cabeza.

—No sabía lo que hacía. Estaba tan borracho que confundió a Sam con su novia.

—¡Me importa una mierda! —gruñí—. La estaba estrangulando. Probablemente no podía ni respirar.

—Ya te he dicho que ahora se encuentra bien.

—Sigue sin importarme una mierda. —Me dejé caer en el camastro, el único lugar donde podía sentarme. Mi reacción instintiva fue matar al desgraciado que estaba haciendo daño a Sam—. Me da igual que me haya equivocado, la cuestión es que la estaba ahogando. ¿Quieres hacerme creer que tú no te habrías vuelto loco si alguien hubiera atacado a Sarah?

—Sé cómo te sientes. Sarah fue acosada por un demente que llegó a retenerla como rehén. Sé el pánico que se siente al ver en peligro a la mujer que amas. Pero ¿puedes decirme cómo diablos es posible que no supiera que tenías novia?

—Es algo más que eso —admití y me sentí mal por no haber mantenido más el contacto con mis primos, que vivían no muy lejos de mí—. Me está salvando la vida, Dante.

—¿Tan importante es para ti?

Asentí y supe que podía verme a pesar de la penumbra. Estaba justo frente a la celda.

—Lo es.

—¿Y tú estás bien? Nunca me abrías la puerta cuando iba a verte.

—Lo siento —murmuré. No soportaba lo mal que había tratado a mi familia—. No sabía lo que hacía. No me ha resultado muy fácil desengancharme de todo.

—Lo sé. Me alegra comprobar que te has reintegrado. Pero no me hace ninguna gracia que hayas agredido a un turista durante mi turno.

—Ese cabrón le puso las manos encima a Sam —gruñí—. Podría haberle hecho daño.

Dante me miró de arriba abajo.

—Tienes el ojo morado. ¿Por lo demás estás bien?

Lo miré a través de los barrotes.

—Sí, muy bien. Solo estoy preocupado por Samantha. Quiero asegurarme de que ese desgraciado no la asustó. Ella también tuvo un acosador.

Me fijé en que Dante vestía de un modo algo informal, simplemente con pantalones y camiseta. Seguramente no era el uniforme oficial del jefe de policía, pero Amesport era un lugar poco corriente.

Dante se rio.

—Creo que sabe mantener la calma mucho mejor que tú. Y está muy preocupada por lo que te pueda pasar, que lo sepas.

Me sentí un poco mejor al oír sus palabras, pero lo único que quería en ese momento era salir de la maldita celda.

Me estremecí al recordar lo que había sentido al ver que un hombre intentaba estrangular a Samantha. Salté como un resorte. Perdí los estribos, sin más. ¿Me arrepentía? Ni hablar. No iba a permitir que nadie le pusiera la mano encima a mi Sam. Estaba dispuesto a cumplir cadena perpetua si con ello aseguraba su bienestar.

Si de algo me arrepentía era de no haberle dado una paliza más grande a ese imbécil. Había oído el crujido de los huesos de su nariz, y quizá necesitara algunos puntos de sutura, pero estaba convencido de que al día siguiente le darían el alta. ¡Maldita sea!

—A ver, si una mujer es atacada en la calle principal de Amesport durante tu turno, muy bien no debes de estar haciendo tu trabajo —le solté a Dante con mal humor.

La risa estruendosa de mi primo resonó en la diminuta celda y lo fulminé con la mirada.

Cuando recuperó el aliento, me dijo:

—Estas cosas son inevitables cuando hay tantos turistas en la ciudad. Estamos en temporada alta. Si te sirve de consuelo, el muchacho era universitario. No creo que quisiera hacerle daño de verdad, tan solo había bebido más de la cuenta.

—Vi lo sucedido con mis propios ojos. Sam apenas podía respirar y opuso resistencia.

Dante asintió.

—Lo sé. Y lamento mucho que haya pasado este mal trago aquí. En verano esto se pone a rebosar de gente, pero normalmente los problemas que se producen son menores, simples gamberradas.

—¿Me dejarás salir de aquí? —No soportaba estar encerrado.

—Has enviado a un chico al hospital —me recordó Dante.

—Atacó a Sam. Se lo merecía.

Dante hizo una pausa antes de añadir:

—Tienes razón. Si alguien le pusiera un dedo encima a Sarah, te juro que me darían ganas de matar a ese desgraciado. Pero los padres de este chico son influyentes.

—Muy pocas familias tienen la influencia de los Sinclair.

Mi primo respondió con una sonrisa.

—Lo sé. Por eso les he dicho a sus padres que Sam no lo denunciará si él tampoco lo hacía. Creo que no les haría mucha gracia que saliera a la luz pública que su hijo ha intentado obligar a una mujer a entrar en su coche.

—Pues yo habría preferido que Sam lo hubiera denunciado —insistí con tozudez. No me importaba lo más mínimo pudrirme en la cárcel.

—No lo hará. Me ha dicho que lo único que quiere es que salgas de aquí.

No sabía si enfadarme con Samantha o estar agradecido de que se preocupara tanto por un desgraciado como yo.

—Hablaré con ella —gruñí.

—Ni se te ocurra —me advirtió Dante—. Tenemos un trato. Nadie denuncia a nadie y ambos podéis iros a vuestra casa. Bueno, quizá tu amigo tarde unos días en poder levantarse de la cama, pero dudo mucho que le dirija la palabra a cualquier otra chica que no sea su novia.

—Me alegro. Es un imbécil integral.

Dante se rio de nuevo y abrió la puerta del calabozo.

—Me alegra que tengas a alguien tan importante en tu vida. Es obvio que esta mujer te ha conquistado.

Lo miré al pasar junto a él.

—Y que lo digas. Estoy loco por sus huesos.

No tuve ningún reparo en confesarle lo que sentía a mi primo.

—No te metas en más problemas, ¿de acuerdo? —me advirtió.

—Te lo prometo si tú te ocupas de todos los imbéciles que rondan por ahí fuera —le solté.

—¿Xander? —me dijo con su voz de barítono.

Me volví con impaciencia.

—¿Sí?

—Me alegra ver que te encuentras mejor. Todos estábamos muy preocupados. Yo no quería agobiarte, pero me gustaría verte más a menudo.

—Así será, no te quepa duda —le prometí—. No quiero seguir dando pena.

—Creo que esta mujer te hará un gran bien.

—De hecho, es demasiado buena para mí, pero no puedo renunciar a ella.

Sam se había convertido en alguien demasiado importante en mi vida. La necesitaba.

—Pues procura conservarla —me recomendó.

—Eso pienso hacer —respondí en tono pensativo—. ¿Dónde está?

—En el vestíbulo. Intenté enviarla a casa, pero ha insistido en esperar hasta que te soltara.

—¡Adiós! —me despedí y salí corriendo hacia la entrada del enorme edificio.

Debo admitir que me dio bastante vergüenza pasar por delante de las demás celdas, y llegué al vestíbulo casi corriendo.

Me fui directo a la sala de espera y me pregunté dónde diablos se habría metido Samantha.

El vestíbulo principal estaba a oscuras, no había nadie en el mostrador de recepción y comprobé que las puertas estaban cerradas. Era obvio que Dante era el único agente que había en el edificio a esas horas.

Al final vi a la mujer que tanto necesitaba ver. Estaba hecha un ovillo en un sofá, durmiendo plácidamente.

Me acerqué y me agaché con cuidado. Pude ver las lágrimas secas que habían surcado su rostro. Estaba despeinada. Le aparté un mechón de pelo para verla bien. Parecía tan agotada que no quería despertarla.

—¿Sam?

Se movió, pero no se despertó.

¡A la mierda! Deslicé las manos con cuidado debajo de sus hombros y piernas, y la levanté suavemente. Teníamos que largarnos de aquel lugar. ¿Qué diablos hacía Sam en aquella comisaría? Debían de ser las dos o las tres de la madrugada. Tendría que estar durmiendo en casa. A salvo.

Me di la vuelta y vi a Dante, que me estaba sujetando la puerta.

Lo saludé con un gesto de la cabeza al pasar a su lado, pero no me detuve. No quería desprenderme de la mujer que tenía en brazos, la persona más importante de mi vida.

Sin embargo, me paré al darme cuenta de que mi coche aún estaba en el restaurante y nosotros nos encontrábamos en el centro.

—¡Mierda! —mascullé en voz baja.

Y en ese momento vi a Julian y Micah apoyados en mi todoterreno, frente a la comisaría. Julian levantó una mano para mostrarme las llaves.

—¿Qué hacéis aquí? —pregunté, confundido.

—Te hemos traído el coche. Pensábamos que lo necesitarías cuando supimos que Dante te había metido en el calabozo.

—Genial. ¿Me abrís la puerta? Sam está dormida.

Julian reaccionó con rapidez, abrió la puerta y pude dejar a Samantha en el asiento. Cuando le puse el cinturón, él cerró la puerta.

—¿Está bien?

—Eso espero —respondí—. Nos separamos un minuto mientras pagaba la cuenta. Todo sucedió muy rápido.

Micah me dio una palmada en el hombro.

—Vete a casa y descansa un poco. Por lo que me ha dicho Dante, ella está bien. Solo estáis cansados.

—No estoy cansado, estoy cabreado —repliqué y me dirigí a la puerta del conductor.

—No me extraña —dijo Julian—. Si alguien intentara hacerle a Kristin lo que le han hecho a Sam, también me habrían dado ganas de matarlo. Sé que no era más que un chico borracho, pero en ese momento tú no tenías ni idea. El amor siempre te nubla el juicio.

¿Amor? ¿Era eso lo que sentía por Sam? Me parecía una palabra que no llegaba a abarcar todo lo que ella me inspiraba.

—¿Estoy enamorado de Sam? —me pregunté en voz alta.

—¡Sí! —respondieron Julian y Micah al unísono.

Asentí, aceptando mi destino.

—Pues va a ser mía —les aseguré.

—¿Y ella lo sabe? —preguntó Micah con naturalidad.

—Seguramente no —admití—, pero lo descubrirá en breve.

Entré en el lujoso deportivo que apenas había usado.

—No vayas muy deprisa —me pidió Micah—. Recuerda que nos tienes para lo que quieras.

—Gracias —murmuré mientras entraba en el vehículo, aunque no estaba muy seguro de que me hubieran oído.

Al ponerme en marcha, me di cuenta de que siempre los había tenido a mi lado, tal y como me habían demostrado.

Nunca me habían abandonado, ni siquiera cuando les di más motivos para hacerlo.

Y nunca me habían dejado solo, por mucho que yo creyera que sí lo estaba. Miré a Sam, que dormía en asiento del acompañante, y sentí una punzada de dolor indescriptible al darme cuenta de que ella sí estaba sola. Fue entonces cuando me prometí que jamás permitiría que se sintiera abandonada.

Siempre me tendría a su lado. Lo único que debía hacer era convertirme en el hombre que ella merecía.

# Capítulo 22

—¿Qué diablos le ha pasado a Xander? —le pregunté a Micah y me desplomé en el sofá de su comedor.

Tessa se había ido a dormir y yo le había enviado un mensaje a Kristin para decirle que iba a parar a ver a Micah un momento antes de volver a casa, de modo que supuse que mi mujer también se habría acostado ya.

Era tardísimo, pero Micah y yo estábamos desvelados después de bajar a la ciudad para echarle una mano a Xander.

Micah se dejó caer en un sillón.

—Mira, la verdad es que no me extraña cómo ha reaccionado, no lo culpo. Si alguien intentara llevarse a Tessa, a mí también me darían ganas de matarlo.

—Lo entiendo —admití, consciente de que yo habría hecho lo mismo si la chica hubiera sido Kristin—, pero ¿cuándo fue la última vez que Xander demostró tener los sentimientos tan a flor de piel como para enzarzarse en una pelea con un borracho?

—No ha sido la primera vez —dijo Micah con una sonrisa—. Quizá tenga el corazón más grande de la familia Sinclair, pero era el primero dispuesto a partirse la cara con quien fuera cuando iban mal dadas. ¿Recuerdas cuando acababa de empezar secundaria y le dio una paliza a un chico que le hacía *bullying* a uno de los más listos de la clase? Se pasó todo el día en el aula de castigo y aún estaba enfadado cuando mamá fue a recogerlo.

Me reí al recordar el incidente.

—Papá se sintió muy orgulloso de él. Le costó mantener un gesto serio mientras le soltaba el sermón para que no volviera a meterse en peleas.

Mi padre habló con Xander después del incidente, pero yo sabía que nunca lo riñó por enfrentarse a un matón.

—Nunca le han temblado las piernas cuando se ha enfrentado a una situación injusta —murmuró Micah.

—Y después de la escuela siguió igual —añadí—. No han sido pocas las veces en que se ha metido en peleas de los miembros de su grupo o los *roadies*. Y lo he visto salir bastante malparado al intentar impedir que un hombre agrediera a una mujer. Nunca le ha dado miedo involucrarse en una situación que él considerase injusta.

Xander y yo habíamos coincidido en California, y aunque apenas nos veíamos debido a nuestros horarios, solía enterarme cuando le pasaba algo.

—Pero esta es la primera vez que ha ido a la cárcel —señaló Micah.

Sonreí.

—Y lo ha encerrado su propio primo.

—Creo que Dante solo quería que se calmara un poco. Estaba fuera de sí.

—Samantha es una buena influencia para él. Espero que se quede un tiempo más —dije.

—¿Crees que es una buena influencia, después de lo ocurrido? —preguntó Micah confundido.

—Sí, lo creo porque Sam ha sido capaz de tratar ciertos temas que nosotros no hemos podido. Entiéndeme, no me hace ninguna gracia que lo hayan arrestado, pero, en cierto modo, me alegro de que haya sucedido. Xander ha demostrado que se desvive por alguien. Empieza a demostrar que hay cosas que le preocupan más allá de sus propios demonios.

Mi hermano asintió.

—Está cambiando. Me di cuenta cuando lo vi el otro día en la cena. Aún me cuesta creer que, después de tantos años, siga culpándose por la muerte de papá y mamá. ¡Caray! ¿Cómo no nos dimos cuenta?

Me encogí de hombros.

—Él no quería hablar del tema. Y seguíamos un razonamiento distinto. A mí nunca se me habría pasado por la cabeza que su hundimiento se debía a eso. Ahora entiendo todo lo que ha debido de pasarle, pero es una mierda que haya cargado durante tanto tiempo con semejante sentimiento de culpa.

—Quiero recuperar al Xander de antes, Julian —dijo Micah en voz grave—. He tenido tanto miedo de que no se recuperara… Cada vez que recibía una llamada por alguna cuestión relacionada con él… sentía pánico.

—Sí… Bueno…, podrías haber compartido esos temores conmigo.

Yo seguía sin entender por qué Micah había decidido que debía intentar solucionar los problemas de Xander por su cuenta, sin la ayuda de nadie más. Habíamos hablado del tema en varias ocasiones, pero me sentía fatal por no estar al tanto de lo que le ocurría a mi hermano menor mientras estaba en algún rodaje.

—Yo intenté encargarme de la situación y tú siempre venías cuando te necesitaba —me dijo Micah.

—No quiero que ninguno de nosotros vuelva a pasar por todo esto solo.

Micah asintió conforme.

—No sucederá. Tú te ocupaste de todo lo relacionado con Sam mientras yo estaba pendiente de la operación de Tessa. No sabes cuánto te lo agradezco.

—No tenía ni idea de que había perdido a su familia en una situación tan trágica. No me extraña que Xander haya forjado un vínculo tan estrecho con ella. Los perdió a todos. Mira que hice una investigación concienzuda de su pasado, pero no lo descubrí. Aunque, a decir verdad, mi objetivo no era averiguar las posibles desgracias que pudieran haberle ocurrido cuando acabó secundaria. Investigué sus antecedentes, historial laboral, estudios, etc.

—Es como si hubiera estado predestinada a venir aquí —murmuró Micah.

Sonreí.

—¿Como predijo Beatrice?

—Empiezo a preguntarme cómo diablos sabía que existía Samantha y que estaba a punto de empezar a trabajar para nosotros.

—No pienso cuestionar sus poderes —me apresuré a decir—. Es obvio que lo ha ayudado.

—Sé que dijo que no había venido para tratarlo como un paciente más, pero ¿estás seguro de que nunca se lo dejaste entrever? —preguntó Micah con curiosidad.

—Me prometió que le haría compañía y que sería su confidente, pero también me dejó muy claro que no podía prometerme nada y que él nunca sería un paciente. No tiene permiso para ejercer en Maine y después de haber investigado qué le ocurrió, entiendo por qué vino aquí.

Micah me miró sorprendido.

—¿Por qué? ¿Averiguaste algo?

Asentí.

—El cabrón que mató a papá y mamá era paciente de Samantha en Nueva York. La acosó. Sabía que a Samantha le gustaba la música de Xander y que era una gran fan, por eso fue a por él. Nuestros padres no fueron más que daños colaterales.

—¿Me lo dices en serio? Qué mente más retorcida —me soltó Micah, mostrando su enfado.

—Era un maldito asesino, claro que tenía una mente retorcida. —Hice una pausa antes de añadir—: Lo he averiguado hoy mismo. Pensé que tal vez había algún otro dato relacionado con sus asesinatos que habíamos pasado por alto y quise saber qué había ocurrido exactamente. Creo que en su momento ninguno de nosotros siguió investigando porque el tipo había muerto. Estábamos de duelo y yo solo tenía fuerzas para aferrarme a la esperanza de que Xander lograra salvar la vida. Samantha recibió una llamada de Walls después de disparar a toda la gente que encontró en la casa, y luego apuñaló a Xander de forma tan salvaje que es un milagro que sobreviviera. De hecho, fue ella quien llamó a la policía para que detuvieran al asesino y ayudaran a Xander. Todos dimos por supuesto que fue él quien hizo la llamada, pero no es así. Supongo que estaba inconsciente y no recuerda gran cosa, así que imaginamos que fue él o un vecino. Sin embargo, fue Sam quien le salvó la vida.

—¿Y él lo sabe? —preguntó Micah con gesto serio.

Asentí.

—Samantha me dijo que se lo contó después de la cena en que discutieron, cuando estuvo a punto de irse. Hablé con ella del tema cuando me llamó para avisarme de que Xander estaba en el calabozo.

—¡Caray! ¿Cómo ha podido sobreponerse Sam a unas experiencias tan traumáticas? Primero perdió a toda su familia y luego un loco la acosa e intenta matar a un tipo al que ella ni siquiera conoce.

—Creo que se sentía culpable y por eso decidió venir a ayudarnos. Aunque no fuera responsable de nada de lo ocurrido, su implicación en el tema la trajo hasta aquí para ayudarlo.

—¿Crees que ella sabía que nuestro hermano tenía problemas?

—Sí, creo que sí. Me dijo que sus motivos para venir a Amesport eran personales y, cuando averigüé los detalles, me di cuenta de que todo encajaba. Al parecer ha seguido de cerca la recuperación de Xander y sabía que no le iba muy bien. Solo quería ayudar. No creo que viniera como psicóloga, sino con el objetivo de convertirse en su amiga.

—Pero hay que admitir que tampoco estaba de más que fuera psicóloga —murmuró Micah.

—Claro que no —convine—, pero lo que ha ocurrido va más allá de alguien que quiere ayudar a otra persona que necesita recuperarse. En este sentido, ambos necesitaban culminar un proceso de sanación. Y tal vez la única forma de lograrlo era estando juntos. Creo que Sam se sentía muy culpable por lo que había pasado, como Xander, y aunque ella no había caído tan bajo, no deja de ser humana. Siempre es difícil analizar una situación de forma lógica cuando te implicas tanto a nivel personal.

—¿Cómo podemos ayudarlos? —preguntó Micah con sinceridad.

—Por desgracia, no tengo respuesta a esa pregunta —le dije, muy a mi pesar—. Creo que simplemente debemos estar a su lado por si necesitan apoyo. De momento, ambos están bien. Samantha no se fue a pesar de todo lo que le dijo Xander. Es una chica fuerte y está claro que lo comprende y entiende su situación. En el fondo, nuestro hermano estaba aterrorizado. Y creo que se ha enamorado de ella.

—Espero que el sentimiento sea mutuo o el golpe que se llevará él será de los buenos —replicó Micah muy serio.

—Creo que sí lo es, de lo contrario Sam no habría aguantado. No es fácil soportar a Xander.

—Tienes razón, pero también es cierto que empiezo a ver cosas en él que me recuerdan al Xander de antaño. Se desplazó a Nueva York para ver a Tessa y aprendió lengua de signos para que ella se sintiera mejor. Y ahora mi mujer lo adora por todo el esfuerzo que hizo.

Asentí con un gesto de la cabeza.

—Kristin también está encantada con él. Desea que se recupere más que ninguna otra cosa. Tanto como nosotros. Pero, según me dijo Sam, es probable que no vuelva a ser el mismo de antes, tendrá que descubrir quién es después de la tragedia que vivió.

—Creo que tiene razón —admitió Micah—. Cuando papá y mamá murieron, estalló la burbuja en la que vivíamos todos. Me di cuenta de que a pesar de que habíamos vivido una vida muy fácil, no nos quedaba más remedio que hacer frente a la desdicha y el dolor.

—La fama y el dinero no siempre dan la felicidad —confirmé—. Yo encontré la dicha al conocer a una pelirroja de curvas sinuosas que tiene uno de los corazones más grandes del mundo.

Micah sonrió.

—Yo fui feliz cuando conocí a una antigua campeona de patinaje artístico preciosa.

Al pensar en Kristin me levanté.

—Será mejor que me vaya. ¿No te parece irónico que Xander tenga muchas posibilidades de encontrar la felicidad gracias a una psicóloga?

Mi hermano mayor sonrió y se puso en pie para acompañarme a la puerta.

—Teniendo en cuenta que odia con toda su alma a todo aquel que intente hurgar en su cabeza…, sí, no deja de resultar curioso.

Pero lo que creemos que necesitamos y lo que necesitamos de verdad son dos cosas distintas. Él necesita a Sam y debe aceptarla tal como es.

—Lo hará —dije mientras me dirigía a la entrada—. Es más, creo que ya lo ha hecho porque ha demostrado que está dispuesto a ir a la cárcel por ella.

Micah no pudo contener la risa.

—No sé qué piensas de eso, pero para mí es un dato que me hace albergar grandes esperanzas.

—Confío en que le irá todo bien —le dije a mi hermano mayor y abrí la puerta.

—Lo echaba mucho de menos —afirmó Micah muy serio.

Asentí con un gesto leve. Entendía perfectamente a qué se refería. Xander había pasado unos años muy duros y ambos deseábamos que volviera a ser el de siempre.

—Yo también.

Me dio una palmada en la espalda y al salir me dijo:

—¡Cuídate!

A estas alturas estaba más que acostumbrado a que Micah ejerciera su papel de hermano mayor.

—Ya sabes que lo haré —respondí.

Me despedí con un gesto de la mano y me dirigí a mi coche a paso rápido. Por suerte, estaba muy cerca de mi casa.

Lo único que me apetecía era meterme en la cama con mi esposa y abrazarla. Conociendo como conocía a Kristin, estaba seguro de que aún estaría despierta, dándole vueltas a lo que había ocurrido.

Cuando me senté, noté una punzada de dolor en el pecho. Deseaba con toda el alma que algún día Xander pudiera disfrutar de la misma felicidad que Micah y yo.

Sabía que mi hermano menor estaba más que preparado para dar el paso y que se hallaba a punto de encontrar su camino. Lo único que podía hacer yo era permanecer a su lado por si me necesitaba y confiar en que Sam no lo abandonara.

Al recordar la mirada atormentada de Xander cuando llevó en brazos a Samantha a su coche, comprendí que mi hermanito por fin había dado un paso al frente y estaba dispuesto a preocuparse de alguien que no fuera él mismo.

Podía cuidar de alguien y estaba claro que estaba aprendiendo a amar.

# CAPÍTULO 23

## SAMANTHA

—No te apartes. Tengo que ponerte hielo en el ojo —le pedí.

Xander gruñó algo incomprensible y aceptó el hielo que le había preparado.

Su cara era todo un poema y tenía el ojo izquierdo hinchado por culpa del puñetazo que había recibido.

Me senté en el sofá junto a él para asegurarme de que no se quitaba el hielo.

Me había despertado sobresaltada al darme cuenta de que había dormido durante todo el trayecto hasta casa de Xander, cuando intentó levantarme del asiento del acompañante. Sin embargo, me había despejado de inmediato al ver que lo tenía a mi lado y que estaba herido por culpa de mi refriega con aquel borracho.

—¿Se puede saber qué te ha pasado por la cabeza? —le pregunté con un suspiro.

Él se encogió de hombros.

—Pensaba en que ese imbécil te estaba haciendo daño y merecía morir. Solo quería evitar que siguiera atacándote.

El corazón me dio un vuelco. Hacía mucho tiempo que nadie me protegía ni se preocupaba por mí. Aunque su reacción había tenido una serie de consecuencias no deseables, me conmovió que estuviera tan pendiente de mí como para defenderme de un hombre al que consideraba peligroso. Me incliné y lo besé en la mejilla.

—Gracias. No recuerdo cuándo fue la última vez que alguien intentó protegerme.

—Pues alguien debía hacerlo y he decidido que esa persona voy a ser yo —replicó—. Siempre seré yo, Sam. Sabes que no atiendo a razones si alguien intenta hacerte daño.

—Pero prométeme que no harás algo que te lleve a la cárcel. Estaba muy preocupada.

Xander reaccionó como un loco, se abalanzó sobre el chico y lo molió a palos hasta dejarlo inconsciente. Y yo no pude pararlo. Nadie pudo hacer nada hasta que llegó su primo y lo apartó del borracho que había intentado llevarme a su vehículo.

Estaba casi segura de que el chico habría acabado entrando en razón. Si hubiera podido darme la vuelta, seguramente habría visto que no era su novia y me habría soltado. Pero, claro, yo eso no lo sabía. Cuando me enteré de que tenía un nivel de alcohol en la sangre lo bastante alto como para perder el conocimiento, me alegré de que Xander hubiera intervenido. Dado lo borracho que estaba, quizá no se hubiera parado a pensar.

Sin embargo, no me alegraba de que Xander hubiera resultado herido o de que lo hubieran metido en el calabozo por acudir en mi rescate. Se había pasado de la raya. Le habría bastado un puñetazo para dejar fuera de combate al chico que se había abalanzado sobre mí.

—Eso no te lo puedo prometer —gruñó—. Juré que no volvería a mentirte. Si alguien intenta hacerte daño, me encargaré de darle su merecido antes de que pueda tocarte un pelo.

Xander empleaba un tono cargado de ira, muy intenso, pero no me asustaba. Desde hacía tiempo sabía que era incapaz de hacerme daño físicamente. Sí, en los momentos de más tensión se había dejado llevar por los sentimientos y había dicho cosas que no debería. Pero le creí cuando me confesó que tenía miedo de sentirse utilizado y volver a sufrir.

Al final liberé la tensión acumulada y solté el aire de los pulmones.

—De acuerdo. Prométeme que lo intentarás. Entiendo que no quieres verme sufrir, pero yo tampoco deseo que pases por lo mismo.

—Sobreviviré —replicó con su habitual tozudez.

—Xander —le advertí en tono amenazador.

—De acuerdo. Si es por ti, lo intentaré —me aseguró, aunque no me pareció muy sincero.

Tuve que reprimir una sonrisa al darme cuenta de todo lo que estaba dispuesto a hacer para que yo no corriera ningún peligro. Me invadió una extraña y malsana sensación de seguridad al saber que estaba dispuesto a ser mi caballero de reluciente armadura si alguna vez necesitaba uno. Bueno, era innegable que en ocasiones podía ser algo brusco, pero el hecho de que hubiera procurado salvarme me inspiraba un sentimiento muy especial.

—Gracias por intentarlo.

—Te he estropeado el cumpleaños —dijo arrepentido.

—No es verdad. —Sin pensarlo, me llevé la mano a la lágrima que llevaba colgada del cuello y la acaricié mientras pensaba en lo conmovedora que había sido su explicación de por qué había elegido este regalo. Era uno de los detalles más dulces que había tenido alguien conmigo—. Me ha encantado el regalo, la cena ha sido maravillosa y aún me queda pastel en la nevera.

Volvió la cabeza y sonrió.

—¿Podemos olvidar la parte en la que le doy una paliza a un tipo que intentaba hacerte daño y acabo con mis huesos en el calabozo?

—Solo faltaría —respondí, intentando aliviar algo la tensión.

—Estaba hecho una furia, Sam. Vi que intentaba estrangularte y que tú te apartabas. Por eso perdí los estribos.

Lo miré fijamente a sus ojos oscuros y se me derritió el corazón. Había algo en él que había cambiado. Sin duda.

—¿Era una furia que habías reprimido durante mucho tiempo? —le pregunté.

—No. Me puse furioso al ver que alguien intentaba hacerte daño. No es que pagara con él la rabia acumulada durante años. Simplemente me dejé arrastrar por mi instinto protector, porque sé que has padecido demasiado a lo largo de tu vida. No quiero verte sufrir por ningún motivo.

La punzada que sentía en el pecho se intensificó.

—El dolor forma parte de la vida, Xander.

—A la mierda con el dolor. Bastante has tenido que aguantar tú ya. Ha llegado el momento de que seas feliz.

—Soy feliz —le aseguré y le acaricié el pómulo, donde no tenía ningún rasguño.

—¿Cómo puedes ser feliz? Estás atrapada aquí, conmigo, y debo de ser uno de los hombres más desgraciados de la Tierra.

No soportaba que hablara de aquel modo. Xander lo era todo para mí, aunque él no lo supiera. Había traído la paz a mi vida, y ese hombre, al que estaba empezando a conocer bien, podía ser cualquier cosa, pero no un desgraciado.

—No es cierto —repliqué con firmeza y me senté sobre él con un movimiento rápido.

—¿Cómo lo sabes? —me preguntó. Se quitó el hielo de la cara y lo dejó en el sofá.

Me agarró de la cintura con firmeza y apoyé las manos en sus hombros.

Le aparté un mechón de la frente.

—Eres más fuerte de lo que crees.

Me agarró el trasero con ambas manos.

—Ahora mismo no me siento muy fuerte, que digamos. Y si no te bajas de encima, averiguarás la escasa fuerza de voluntad que tengo.

Era una advertencia, pero decidí ignorarla.

—Pero así conseguiría lo que necesito: a ti —dije con la respiración entrecortada—. Te necesito, Xander.

—Última advertencia, nena —insistió con voz torturada.

Observé sus ojos, que se tiñeron de un tono muy oscuro. Me estaba devorando con una mirada codiciosa, seductora, carnal y ávida. Mi cuerpo reaccionó de inmediato: mis pezones se transformaron en dos diamantes y sentí una punzada de deseo que ansiaba satisfacción inmediata.

En lugar de responderle, apoyé las manos en las rodillas y me levanté, agarrando el borde del vestido para quitármelo por la cabeza. Lo dejé caer al suelo sin dejar de mirar a Xander.

—No necesito tus advertencias —le aseguré—. Te deseo tanto como tú a mí.

Me agarró del pelo con fuerza.

—Como sigamos adelante, no te dejaré escapar. Nunca. No soportaré que te alejes de mí —gruñó.

El vínculo que nos unía era cada vez más fuerte.

—Yo tampoco permitiré que te separes de mí, Xander. Jamás. Tendrás que echarme de tu lado.

Se puso en pie con un movimiento brusco y tuve que reaccionar rápido para no perder el equilibrio.

—Eso no pasará nunca —me prometió con voz gutural—. Te deseo desde hace demasiado tiempo.

Se quitó la camiseta y los pantalones en un abrir y cerrar de ojos, como si sintiera la necesidad irrefrenable de desnudarse. Ambos habíamos sucumbido al frenesí y yo intenté ayudarlo, pero al final acabé molestándolo más que otra cosa.

Casi sin resuello, me quité las braguitas, la única pieza de ropa que aún llevaba.

—¡Por el amor de Dios, Sam! Eres preciosa —gruñó y se abalanzó sobre mí para agarrarme de la cintura. Ambos estábamos desnudos. Nos abrazamos con fuerza, disfrutando del contacto y el roce de nuestra piel.

Lo abracé con fuerza del cuello para acercarme aún más a él. Su cuerpo, cálido y rebosante de vida, despertó hasta la última terminación nerviosa de mi ser y cerré los ojos para deleitarme con las intensas emociones que se agolpaban en mi interior.

Amesport era el lugar donde quería estar.

Xander era el único hombre al necesitaba.

Lo amaba con locura.

Deslicé las manos por su espalda, explorando hasta el último centímetro de su piel desnuda con la yema de los dedos.

—Xander —susurré sin poder contenerme.

—Lo sé, cielo. Siento lo mismo. Pero ya no tengo miedo. —Agachó la cabeza y la apoyó en mi sien—. Eres lo mejor que me ha pasado en la vida, y tengo que decírtelo porque si no me muero. No voy a engañarme intentando convencerme de que no es cierto que te necesito más que a nada.

Le acaricié el rostro con ambas manos y me aparté para observar su intensa mirada.

—Entonces hazme el amor como si te fuera la vida en ello. Sin contemplaciones. Aquí y ahora.

No dijo nada, pero se abalanzó y me devoró la boca. Me abrazó con tanta pasión que me estremecí de gusto. Lo agarré del pelo, perdiendo el control de mis actos, aunque poco me importaba ya. Necesitaba más y busqué su lengua mientras ambos nos entregábamos a una pasión desinhibida que habíamos reprimido durante demasiado tiempo.

Lancé un gemido intenso al notar su mano en la entrepierna. Sus hábiles dedos se abrieron paso de inmediato entre mis labios, que a estas alturas ya estaban empapados.

—¡Qué caliente estás! —gruñó Xander, apartándose durante unos segundos.

Le di un empujón para tirarlo en el sofá.

—Todo esto es culpa tuya, Xander. Te necesito.

Me arrodillé entre sus piernas y le acaricié los hombros y su pecho suave. Cuando llegué a su verga erecta, la tomé entre las manos con avaricia.

—Sam —gimió Xander.

—No me digas que no. Por favor. —Quería comérsela. Lo necesitaba.

Me agarró del pelo.

—¡Dios! —exclamó.

Antes de que pudiera impedírmelo, me agaché y, con la punta de la lengua, saboreé la gota de humedad que tenía en la punta del glande, deleitándome con su esencia antes de meterme en la boca la descomunal erección. Me excitaban muchísimo sus gemidos, su respiración entrecortada y la fuerza con que me agarraba del pelo. Disfruté increíblemente provocándolo, aplicando la succión justa con los labios para sacármela y luego torturarlo de nuevo lamiéndole el glande.

Me la metí de nuevo, esta vez siguiendo un ritmo frenético, estimulada por el sonido de su respiración y dejando que me guiara, marcando el ritmo que quería.

No era una experta felatriz, pero a juzgar por los gruñidos y gemidos de Xander, y por el ritmo frenético que me obligaba a seguir, nadie diría que le importara lo más mínimo. Cerré los ojos al notar una nueva contracción de placer en la entrepierna, provocada por la reacción desenfrenada de mi amante. Su lascivia me excitaba tanto que empecé a masturbarme mientras seguía entregada al placer de aquella caricia sublime.

Xander lanzó un bramido animal cuando le agarré la base del tronco, para masturbarlo al mismo tiempo que se la chupaba. Ambos nos habíamos entregado al placer ciegamente.

Mis gemidos resonaban por su cuerpo mientras yo no paraba de acariciarme el clítoris, desesperada por hallar la satisfacción que también necesitaba.

—¡Voy a estallar, Sam! —gritó Xander, con el cuerpo en tensión y la respiración entrecortada.

Era justo lo que yo quería. En ese momento me olvidé de mí misma, le rodeé los huevos con suavidad y aumenté el ritmo de mis labios, que se deslizaban de arriba abajo por su miembro a punto de explotar.

—¡Dios! —gritó con desesperación, sin soltarme el pelo.

Al final estalló en un orgasmo violento. Mi clítoris reaccionó de inmediato con una contracción de placer desenfrenado al notar la cálida descarga de su esencia en mi boca, que engullí con avidez, mientras él se retorcía de éxtasis.

Me senté sobre los talones sin dejar de relamer su verga erecta y, cuando llegué al glande, me agarró de las manos y me obligó a levantarme para que me sentara sobre él.

—Casi me matas —me gruñó al oído mientras yo apoyaba la cabeza en su hombro.

—¿Es una queja? —le pregunté en tono burlón, acariciando su pelo empapado en sudor—. No es que sea una gran experta en sexo oral.

—¡Pero qué dices! No me habría importado morir así —exclamó.

No pude reprimir la sonrisa y lo abracé, feliz, mientras él recuperaba el aliento. Siempre había sentido curiosidad por saber qué tenía de excitante hacerle un francés a un chico. Ahora lo sabía. Se establecía un vínculo especial, era una forma muy excitante de compartir el placer, siempre que el afortunado fuera el hombre adecuado. Y Xander lo era para mí. Yo había sentido las contracciones de placer de su orgasmo, una de las experiencias más excitantes que había vivido.

Levanté la cabeza y lo miré a los ojos.

—¿Te duele? —le pregunté y le acaricié el moratón del ojo.

Negó con la cabeza.

—Después de lo que acabas de hacerme, no siento dolor —respondió con voz grave.

A pesar de la evolución que había experimentado nuestra relación, Xander aún estaba rodeado de cierto halo oscuro. Sin embargo, no era algo siniestro ni malvado. Era un lugar vacío que ambos llevábamos en nuestro interior, un lugar que nacía de todas las experiencias traumáticas que habíamos vivido. Una zona oscura que solo se iluminaba cuando estábamos juntos.

Aparté la mano de su rostro magullado porque no quería hacerle daño y, de forma instintiva, acaricié la lágrima que llevaba colgada del cuello.

—Gracias por tu regalo —susurré.

—Te queda de fábula, sobre todo cuando es lo único que llevas puesto —dijo con una sonrisa.

De repente me agarró con un movimiento rápido como un relámpago del todo inesperado y su gesto se convirtió en una expresión de malicia.

—Me toca —exigió con su voz grave.

Lo miré a los ojos y me derretí.

# Capítulo 24

Mi cuerpo se encontraba en un estado de tensión máxima debido a la excitación acumulada, que aumentó al ver su mirada de determinación.

—¿Tu turno para qué? —pregunté casi sin aliento, intentando mover las muñecas que me estaba sujetando por encima de la cabeza.

—Mi turno para provocarte una explosión de placer tan intenso que hará que te olvides hasta de tu nombre —gruñó.

Era cierto que en algún momento me había mencionado que le gustaba ejercer un rol dominante y mi cuerpo reaccionó a sus palabras firmes.

—¿Quieres ser el amo? —pregunté en tono juguetón.

—Ya lo soy —respondió con arrogancia—. Y tú no te vas a ningún lado.

Una oleada de placer recorrió mi cuerpo. Sus palabras habían avivado las llamas de mi excitación, que amenazaban con convertirse en un fuego arrasador.

Xander había nacido para ejercer ese papel dominante, algo a lo que ya debía de estar acostumbrado antes del trágico suceso que truncó su vida. Yo era una mujer independiente, pero me encantaban esos juegos con él.

—Y... ¿qué pasa si intento escapar?

—Que no lo harás hasta que te haya arrancado el orgasmo. Renunciaste a toda posibilidad de huir en el momento en que te despojaste de la ropa —respondió de forma brusca.

—Pues dime lo que quieres —le pedí entre jadeos.

—Te quiero a ti —insistió—. Excitada, entregada a mí. Y quiero oírte gritar mi nombre.

Me estremecí al recrear esa imagen en mi mente.

Xander bajó al suelo con cuidado, para asegurarse de que no me separaba de él y amortiguar el posible golpe antes de inmovilizarme de nuevo bajo su cuerpo. Se incorporó apoyándose en las rodillas, se agarró el cuello de la camiseta y la desgarró hasta el dobladillo. Entonces tiró de nuevo con fuerza, marcando sus esplendorosos bíceps, y partió la prenda en dos.

Me mostró la prenda desgarrada.

—¿Te apetece? —preguntó muy serio.

Asentí de inmediato, consciente de cuáles eran sus intenciones.

—Sí, por favor.

Por algún motivo, anhelaba someterme a él y me excité al sentir sus fuertes manos, que me ataban las muñecas a la pata del sofá.

—Mía —gruñó de nuevo y me miró, devorándome el cuerpo entero con sus ojos, hasta detenerse en mi cara.

Entonces me relajé, consciente de que lo único que debía hacer era permitir que satisficiera mis deseos más íntimos, lo cual me provocaba un sentimiento de libertad que me resulta difícil expresar con palabras. Lo único que sabía era que necesitaba que me tocara.

—Xander. Por favor —gemí. Anhelaba que saciara mis ansias de placer de inmediato.

Se inclinó hacia delante y me dio un beso tierno antes de añadir:

—Voy a darte todo lo que deseas, cielo. Te lo prometo.

Su cálido aliento me acarició el cuello, el lóbulo de la oreja, y me retorcí de gusto. Al notar sus labios de terciopelo en mi piel lancé un gemido mientras él iba bajando lentamente, hasta mis pechos.

—Sí —jadeé al notar su boca en torno a mi pezón, al tiempo que sus dedos se afanaban en estimular el otro.

Me mordía y lamía. Me pellizcaba y acariciaba. Me excitaba hasta hacerme creer que estaba a punto de perder la cabeza.

Todo ello con movimientos lentos, como si dispusiéramos de todo el tiempo del mundo.

—Xander —gemí en tono suplicante.

—Calma, Sam. Te aseguro que vale la pena —me advirtió.

—No tardes —supliqué.

Arqueé la espalda al sentir la estela de fuego que dejaba con la lengua en mi vientre. Me retorcí de placer intentando soltarme las muñecas, presa de un anhelo que nacía en mi clítoris y exigía satisfacción inmediata.

Me retorcía con tanta intensidad y frustración que empecé a jadear.

Entonces noté su lengua dentro mí, buscando esa zona de mi sexo que reclamaba su atención desesperadamente.

—¡Sí! —grité de placer cuando Xander me agarró las nalgas para ponerme donde quería y disfrutar de mi sexo sin trabas.

A estas alturas ya no se andaba con rodeos. Se habían acabado las provocaciones y los juegos preliminares y su único objetivo era llevarme al clímax.

Me devoró ávidamente, con el ansia de quien sufre un hambre insaciable, y lancé un grito mientras él se deleitaba con los fluidos de mi deseo.

Mi cuerpo estalló irremediablemente cuando su lengua aplicó la presión justa que mi clítoris necesitaba.

—¡Oh, Dios, Xander! —grité entre espasmos de placer. Las sensaciones eran tan eróticas que el orgasmo me sobrevino con una intensidad que me dejó temblando.

Quería tocarlo.

Quería agarrarlo de la cabeza para que no se apartara de mi sexo mientras yo sucumbía a un orgasmo estremecedor.

Sin embargo, al final me entregué a aquella brutal sensación mientras Xander me llevaba a unas cotas de placer que no había experimentado jamás.

Las ataduras eran lo único que me retenían en el mundo de la conciencia.

Al final, regresé a la realidad, sin resuello y asustada ante la brutalidad del orgasmo que acababa de experimentar.

Xander estaba a mi lado. Me desató las muñecas, me levantó en brazos y me sentó en su regazo. Me acarició el pelo suavemente mientras yo recuperaba el aliento, y me lo apartó de la cara.

—¿Estás bien? —me preguntó ligeramente nervioso.

Asentí, le rodeé el cuello con los brazos y apoyé la cabeza en su pecho. Me sorprendí al oír que su corazón latía tan acelerado como el mío.

Perdí la noción del tiempo, pero permanecí en aquella posición un buen rato, escuchando como su corazón recuperaba el ritmo acompasado. En ese momento, tuve la sensación de que nuestras almas se fundían en una.

Nunca había disfrutado de un momento de intimidad tan especial con un hombre, y ni siquiera me había penetrado.

—¿Quieres ir a la cama? —preguntó al final.

—Dame un segundo —respondí. No quería que nuestros cuerpos se separasen.

Me moví de forma algo torpe y me senté encima de él.

—No me tientes, que lo que estás haciendo podría ser peligroso. Tengo tantas ganas de metértela que me falta el aire —me advirtió en tono gutural.

—Yo también lo quiero —admití.

—Pues móntame —me pidió.

—Creí que preferías llevar las riendas —le dije en broma.

—Lo único que quiero es metértela hasta el fondo, la postura me da igual —respondió—. Ahora mismo solo quiero verte cabalgar encima de mí y llevarte así al cielo.

¡Qué hombre tan maravilloso! No tenía ningún reparo en expresar lo que pensaba.

—¿Y tú? —le pregunté.

—Tranquila, seguro que yo también llego al clímax. Me basta con verte y oír tu voz para que se me ponga dura como una roca.

Le di un suave beso, agarré su sexo erecto y me lo acerqué a la entrepierna, aún empapada en fluidos. Bajé lentamente y tuve que reprimir un gemido ante el placer que embargó mi cuerpo entero al sentirlo dentro de mí.

Xander estaba muy bien dotado y tuve que hacer un pequeño ejercicio de contorsionismo para darle cabida.

—Oh, Dios, Xander. Esto es delicioso.

Me abrazó y bajó lentamente las manos hasta mis caderas. Se incorporó un poco y me besó un pezón con firmeza. Lancé un gemido de placer al notar su suave mordisco y empecé a cabalgarlo muy despacio. Aquellas sensaciones opuestas me estaban volviendo loca.

Xander guio mis movimientos con las manos, acelerando el ritmo a medida que nuestra respiración daba paso a los gemidos de placer.

No se detuvo en ningún momento: me acariciaba los pechos, me agarraba con fuerza de las caderas y se movía al compás de mi ritmo.

Entonces se retiró y noté la punta del glande entre mis labios vaginales.

—¡Xander! —grité.

—Aún no —me ordenó.

Yo sabía que estaba a punto de llegar al orgasmo.

—No aguantaré mucho más.

Apartó una mano de las caderas para agarrarme del pelo e inclinarme la cabeza hacia atrás.

Yo perdía el mundo de vista, cabalgándolo salvajemente.

No podía pensar.

No podía parar.

Lo único que pude hacer fue dejarme llevar por la oleada de placer mientras él me miraba.

—No cierres los ojos —insistió—. Mírame, Samantha.

Lo abracé de los hombros, clavé mis ojos en él y me entregué a la brutal embestida del orgasmo. Nos miramos fijamente mientras yo gemía su nombre y notaba un espasmo en el vientre tras alcanzar un clímax tan intenso que casi resultó doloroso.

Observé la intensa expresión de su rostro, fascinada cuando por fin profirió un gruñido y apoyó la cabeza en el sofá, derrotado.

—¡Samantha, Dios!

En ese momento noté un espasmo en mi interior, como si mi sexo quisiera apurar hasta la última gota de su esencia.

Entonces me dejé caer sobre él, como una muñeca inerte. Cuando recuperé el habla, me costó hilvanar las palabras.

—Creo que te estoy aplastando.

Me abrazó con fuerza.

—No te muevas. Quédate así un poco más.

«Te quiero. Te quiero. Te quiero».

Me moría por pronunciar esas palabras, liberarlas de su escondite en lo más profundo de mi alma, pero no sabía si él estaba preparado para oírlas, o si podría corresponderme.

—Algún día tendremos que movernos —le dije al final con una sonrisa en los labios.

—No me dejes, Samantha —me pidió con un hilo de voz.

Aquel deje vulnerable me partió el corazón.

—No voy a irme a ningún lado, Xander, solo a la cama.

—¿Vas a dormir conmigo? —me preguntó.

—No se me ocurre mejor lugar en el mundo.

Esbocé una sonrisa cansada y él me la devolvió. Entonces me tomó en brazos y me llevó a su cama.

# Capítulo 25

## Samantha

Al cabo de unas semanas, paseaba por Main Street con una sonrisa en los labios cuando vi que Xander se dirigía hacia mí.

Vestía, como era habitual en él, pantalones negros y una camiseta oscura; sus preciosos ojos quedaban ocultos tras las gafas de sol y caminaba con decisión, con aquel andar tan atractivo que me alegró el día. Cada vez se sentía más cómodo consigo mismo y parecía que ya no tenía miedo de dejarse ver en público.

En ocasiones todavía reaccionaba de modo algo extraño ante ruidos muy fuertes o cuando se encontraba rodeado de mucha gente, pero cada vez se le veía más tranquilo. Poco a poco volvía a gozar de una relación normal con el resto del mundo.

Yo había aprovechado la mañana para ir de compras mientras Xander acudía a su cita con su psicólogo. No le había resultado fácil volver a terapia, pero si quería seguir avanzando en su proceso de recuperación, debía hacerlo.

Había llegado muy lejos y me había prometido que probaría el terapeuta que le había buscado, a pesar de que al principio había intentado evitarlo echando mano de la excusa de que si ya vivíamos juntos y yo era psicóloga, ¿por qué tenía que visitar a otro especialista? Le expliqué que las cosas no funcionaban así, que yo nunca había tenido la intención de tratarlo como paciente y que era como pedirle a un cirujano cardiaco que le hiciera un *bypass* a un familiar suyo.

No podía ser.

Era parte implicada.

Además, no disponía de los permisos necesarios para ejercer en el estado de Maine.

Y, por último, estaba enamorada de él.

Había estado demasiado involucrada en la situación desde sus inicios. Dado que el asesino de sus padres era mi paciente, y yo había tenido que enfrentarme a mi propio sentimiento de culpa, nunca había aspirado a nada más que no fuera ser su amiga.

Y, bueno… teniendo en cuenta la situación, ahora era una amiga con derecho a roce. Y qué roce…

No me quejaba, ni mucho menos, y nunca quise exigirle más de lo que estaba dispuesto a ofrecerme. Ya tenía bastante con todos sus problemas y yo tenía que acabar de escribir mi libro.

Por suerte, la noche de pasión que tuvimos el día de mi cumpleaños no había tenido ninguna consecuencia a pesar de que no habíamos usado ninguna precaución. Al día siguiente fui a ver a un médico para que me pusiera una inyección anticonceptiva, y sentí cierto alivio al comprobar que poco después me venía la regla.

Un embarazo no deseado era lo último que necesitábamos los dos. Habíamos hablado del tema y ambos estábamos de acuerdo en que no nos acostaríamos con nadie más mientras estuviéramos juntos. Después de esa primera vez tuvimos más cuidado, y luego de la inyección, lo hacíamos en todas partes y en todas las posturas concebibles. Xander era insaciable, algo a lo que no tenía nada que objetar, francamente. Me daban ganas de arrancarle la ropa cada vez que lo veía.

El corazón me dio un vuelco cuando por fin me vio entre la multitud. Y la sonrisa que se le dibujó en los labios me hizo acelerar el paso.

—¿Qué tal ha ido? —le pregunté con curiosidad mientras me abrazaba para besarme.

No me respondió hasta que logró dejarme sin aliento.

Cuando se apartó, parecía ajeno a toda la gente que nos rodeaba. Me rodeó la cintura con un brazo y echamos a andar.

Se encogió de hombros.

—Supongo que bien. Tampoco es que me entusiasme contarle todas mis intimidades a un psicólogo.

—Lo sé —admití—, pero te conviene, ya verás. Si te sirve de algo, estoy muy orgullosa de ti.

—Ya lo creo que me sirve. Y si te sirve de algo, iré todos los putos días.

Me reí y le di un manotazo en el bíceps.

—Ahora tampoco te pases, pero gracias por escucharme.

—Eres psicóloga.

Asentí.

—Sí, lo soy.

Me sentía muy orgullosa de Xander. Estaba segura de que cada visita se le hacía una montaña, pero aun así no faltaba ni a una. Había demostrado una gran entereza al enfrentarse a una situación que a él le resultaba dolorosa, sobre todo porque en el pasado no había tenido mucha suerte con los especialistas en salud mental.

Nos detuvimos al llegar a su vehículo, un Ferrari descapotable espectacular. A Xander le gustaba la velocidad, pero yo sospechaba que su deportivo apenas había salido del garaje en los últimos años, solo cuando lo utilizaban sus hermanos para dar una vuelta.

No se había tomado la molestia de ponerle la capota. Hacía un día precioso, pero me pareció interesante que no le preocupara la posibilidad de que pudieran robarle el coche.

—¿Qué harás en invierno? —le pregunté con un deje burlón cuando me abrió la puerta.

—Me compraré una furgoneta —replicó de inmediato con una sonrisa malvada.

Puse los ojos en blanco.

—Menuda forma de malgastar el dinero —le solté sin demasiada convicción.

Xander podía permitirse cualquier capricho, pero le gustaba cuando le echaba en cara que fuera un despilfarrador.

Se encogió de hombros.

—El dinero está para gastarlo —replicó.

No parecía avergonzado en absoluto, y yo no podía dejar de admirar su sinceridad. Nunca intentaba fingir ser otro. Se mostraba tal como era. Le sobraba el dinero y no pretendía aparentar lo contrario. Pero, al mismo tiempo, tenía el don de tratar bien a todo el mundo sin engreimiento.

Simplemente era un hombre al que le gustaban sus juguetitos.

Como cualquier otro hombre.

Me disponía a entrar en el coche cuando Xander se quedó paralizado y miró hacia el otro extremo de la calle.

¡BANG! ¡BANG! ¡BANG!

El ruido resonó cerca de donde nos encontrábamos, pero enseguida me di cuenta de que no eran disparos, aunque se le parecían mucho. Me levanté y miré en la misma dirección que Xander.

—¡Ya eres mío, ven aquí! —gritó un niño con una pistola de juguete en la mano, persiguiendo a otro que pasó corriendo junto a Xander.

Me puse delante de él, le quité las gafas de sol y le acaricié la cara.

—¡Tranquilo! Es un juguete, no es de verdad. No te pasará nada. Estoy contigo —le aseguré con voz tranquilizadora y lo obligué a que me mirara a los ojos.

—¿Samantha? —me preguntó confundido.

—Sí, soy yo. No pasa nada. —Intenté evitar que el ruido de la pistola de juguete le provocara una regresión y que no reviviera el asesinato de sus padres—. Quédate aquí conmigo —insistí.

Se llevó la mano al pelo.

—Estoy aquí. Estoy bien —respondió con voz grave, y lancé un suspiro de alivio.

—Me alegro. Todo irá bien. Solo era un niño jugando.

—¡Mierda! No soporto que me pasen estas cosas —exclamó.

—Ya está, cálmate. Es probable que te ocurra de vez en cuando al estar en público. Es un engorro, pero con el tiempo dejará de pasarte. Recuérdalo.

Agachó la cabeza y me besó en los labios.

—Es un asco —dijo más concentrado.

—No es necesario que vayamos al mercado si no quieres —le propuse.

Habíamos decidido ir a visitar el mercado de agricultores, donde quería comprar arándanos para un pastel.

—¿Y quedarme sin pastel? Ni hablar —me dijo con gran seguridad.

—No creo que haya una muchedumbre. Normalmente solo van los vecinos.

Me senté y Xander cerró la puerta.

—No pasa nada —me aseguró y, en lugar de abrir su puerta, entró en el Ferrari de un salto—. Te tengo a ti.

Sus palabras me emocionaron, como siempre que me decía algo tan dulce.

—Y tú me tienes a mí —le aseguré.

—Te tengo a ti y tu precioso trasero. —Me soltó y me quitó las gafas de sol de las manos para ponérselas.

Me reí sin poder evitarlo.

Era un día precioso.

Iba en un Ferrari descapotable con un chico guapísimo.

Y le gustaba mi trasero.

La vida era maravillosa y pensaba disfrutar de todo lo que me ofrecía.

# Capítulo 26

## Samantha

Para ser una población tan pequeña, Amesport tenía un mercado fantástico. La mayoría de clientes eran vecinos de la zona, pero eran muchos los que acudían en busca de productos frescos y artesanía.

Compré unas cuantas hortalizas y se las di a Xander.

—Empiezo a sentirme como tu mula de carga —bromeó.

—Al menos así ayudas en algo. Yo cocino, tú llevas la compra.

No me quedaba más remedio que hacer de cocinera. Xander lo había intentado en varias ocasiones, pero la mayoría de sus platos eran incomestibles. Necesitaba mucha más práctica, porque era demasiado impaciente para preparar un menú decente.

—Ni se te ocurra —gruñó mientras yo buscaba el monedero.

—Puedo permitirme las verduras —respondí con exasperación. No me había dejado pagar nada y tenía las manos ocupadas con las bolsas.

—Ni hablar —me advirtió—. Mete la mano en el bolsillo delantero —me dijo mientras él redistribuía el peso de las bolsas para llevarlas más fácilmente.

No pude resistir la tentación de jugar un poco con él e introduje la mano en los bolsillos, sin cortarme ni un pelo, fingiendo que buscaba el dinero.

—Estás jugando con fuego, pequeña —me advirtió.

Le lancé una sonrisa dulce e inocente.

—No sé a qué te refieres. Solo hago lo que me has pedido.

Estiré la mano por completo hasta que rocé su miembro erecto.

—Vaya —dije en tono insinuante—. Creo que tienes un problemilla.

—Ahora es un gran problema —gruñó—. A menos que quieras que deje las bolsas detrás de una de las furgonetas o camiones para metértela hasta el fondo, te recomiendo que te comportes.

La tentación era casi irresistible, pero el mercado estaba lleno de gente, por lo que no me quedó más remedio que sacar la mano del bolsillo, muy a mi pesar.

—Permítame ayudarlo —dijo el frutero de avanzada edad que se acercó a Xander con una bolsa enorme para que pusiera todas las demás en la que él le ofrecía.

—Gracias —le dijo Xander—, es usted muy amable. —Se metió la mano en el bolsillo y le dio un billete—. Quédese el cambio.

El anciano sonrió de oreja a oreja.

—Gracias a usted. Que tenga un buen día.

Xander asintió.

—Igualmente.

Nos alejamos y Xander me agarró de la cintura ahora que tenía un brazo libre.

—Supongo que no te apetecía hacer guarradas en el mercado —dijo en tono divertido.

Negué con la cabeza.

—Preferiría dejarlo para cuando estemos en privado.

—Sí, lo entiendo, sobre todo teniendo en cuenta lo escandalosa que eres cuando hacemos el amor.

Le di un suave empujón.

—No es verdad.

Me miró, pero no pude verle los ojos que ocultaba detrás de las gafas.

—¿Cómo que no? A veces creo Micah y Julian te oyen desde su casa.

—Entonces será mejor que sea más discreta —le dije.

—Oh, no, ni hablar. No hay nada mejor que oírte gritar mi nombre en plena explosión de placer, cuando lo único que deseas es que te la meta hasta el fondo.

Sus palabras me trajeron a la cabeza una imagen que resultaba algo incómoda en ese contexto, entre la multitud de gente que nos rodeaba.

—Para ya —insistí.

—¿Por qué? ¿Te molesta?

¡Maldición! Sabía que me estaba sacando de quicio.

—Claro que no.

—Mentirosa —me acusó y agachó la cabeza para decirme al oído—: te mueres de ganas, tanto como yo.

Tenía razón. Mi cuerpo siempre me traicionaba cada vez que Xander me susurraba indecencias al oído.

Tendría que haberle soltado alguna fresca, pero en ese momento localicé lo que había ido a comprar.

—Mira ahí —dije, señalando un puesto.

Fuimos derechitos a los arándanos, pero antes de llegar a nuestro objetivo nos encontramos de cara con Julian y Kristin.

No pude reprimir una sonrisa al ver que Julian cargaba con varias bolsas mientras Kristin se encargaba de la compra.

—Eh, ¿qué hacéis por aquí? —preguntó el hermano de Xander a modo de saludo—. ¿Y de dónde has sacado esa bolsa tan grande? Necesito una.

Xander señaló el puesto del anciano con la cabeza.

—Me la ha dado un hombre que vendía verduras y hortalizas ahí detrás.

—¿Me acompañas? —pidió Julian—. Empiezo a sentirme como una mula de carga.

Xander y yo nos reímos.

—Acabo de pronunciar la misma frase —dijo Xander.

Los seguí con la mirada mientras partían en busca de otra bolsa grande de la compra.

—¿Cómo estás? —me preguntó Kristin—. Me alegro de verte.

—Bien. Hemos salido a dar una vuelta. ¿Y tú?

—Intento venir a menudo. Los productos suelen ser muy frescos y cada semana hay agricultores nuevos.

Kristin vestía muy informal, con pantalones deportivos y una camiseta muy fina. Lucía siempre una sonrisa tan amable que me sentía muy cómoda con ella.

—Pues yo precisamente buscaba arándanos de Maine. Quiero hacer una tarta, pero no tengo la receta.

—Ah, pues yo tengo una —me aseguró Kristin, y dio un saltito de emoción que hizo ondear su coleta pelirroja—. Un día que Julian y yo estábamos mirando sus fotografías, encontré varias recetas antiguas. Era de su madre, que debía de ser una cocinera fabulosa. Con los años reunió un archivo gastronómico espectacular.

—Me gustaría probarla —le aseguré con entusiasmo.

—La escanearé y te la enviaré por correo electrónico —se ofreció.

—Gracias. Ahora ya puedo ir a comprar los arándanos. —Hice una pausa antes de añadir—: Xander no mencionó que su madre hiciera tarta de arándanos cuando le dije que quería preparar una.

—Quizá nunca pudo hacerla. Era un libro de recetas antiguo que tenía un marcador. A lo mejor quería probarla y no tuvo la oportunidad.

Asentí.

—Sea como sea, me gustaría intentarlo. Los libros de cocina antiguos suelen tener recetas maravillosas.

Se hizo un silencio y Kristin añadió:

—Xander tiene muy buena cara. De verdad.

Miré al puesto donde se encontraban los hermanos y vi que ambos regresaban con una bolsa enorme en las manos.

—Ha cambiado mucho. Va a terapia y cada vez le cuesta menos salir a la calle.

Kristin asintió.

—Eso me dijo Julian. ¿Irá a Nueva York cuando le activen los implantes a Tessa?

—¿Cuándo será?

—El viernes de la semana que viene. No es necesario que lo haga si no puede. Solo quería que lo supieras por si os apetecía ir. Los médicos están casi convencidos de que Tessa recuperará el oído.

—Estoy segura de que Xander no querrá perdérselo.

—Espero que tú también vengas —me dijo Kristin con sinceridad.

Le sonreí.

—Se lo tendré que preguntar, pero me haría mucha ilusión acompañarlo. Es uno de esos momentos felices que todo el mundo desea compartir.

Kristin hizo una mueca.

—Micah tiene miedo de que no funcionen bien o de que ocurra algún otro problema. Esta es la segunda vez que lo intenta; en la primera tuvo una infección y se los quitaron.

—Pobrecilla —lamenté—. No me imagino lo que debió de sentir al recuperar el oído y volver a perderlo.

—Es muy fuerte. Le irá bien.

—Creo que hay muy pocas probabilidades de que le vuelva a ocurrir —murmuré.

—Eso díselo a Micah, que está como un flan.

—Es lógico.

—Se me ocurre que deberías preparar la tarta y venir con Xander a cenar mañana —sugirió Kristin.

—Me encantaría, y seguro que a Xander también. Pero no te prometo nada sobre el pastel. Ten en cuenta que será mi primer intento.

Kristin esbozó una sonrisa.

—Echo de menos hacer tartas y cocinar en general. Cuando trabajaba en el restaurante de mi padre me metía a menudo en la cocina.

Seguimos andando lentamente y por fin llegamos al puesto donde vendían los arándanos.

—¿Ya no cocinas?

—No tanto como antes. Julian ha aprendido a hacer los platos básicos, y como ahora trabaja en casa, cocina cuando yo estoy en la consulta. Así que solo puedo hacerlo cuando tengo el día libre.

—¿Aún trabajas? —pregunté sorprendida.

—Sí, pero menos que antes. Me encanta lo que hago. Y Sarah está embarazada, así que el volumen de trabajo ha bajado. Ahora solo hace media jornada.

—¿Es la prima de Xander? —pregunté al recordar que había dicho que era la médica de la familia.

—Es la mujer de su primo Dante —confirmó Kristin.

Saqué un billete del bolso, se lo di al vendedor y le hice un gesto con la mano para que se quedara el cambio mientras tomaba la bolsa de arándanos.

—¿No te resulta extraño? —pregunté con curiosidad—. Lo digo porque estás casada con un tipo que tiene muchísimo dinero.

No había conocido a todos los primos Sinclair, pero sabía que habían contraído matrimonio con chicas de Amesport y que ninguna de ellas procedía de familias adineradas.

Kristin sonrió.

—A veces lo pienso. Si quisiera, no tendría que volver a trabajar, y aunque es cierto que puedo gastar con más alegría que antes, en el fondo la situación no ha cambiado tanto. Me casé con Julian porque lo quiero. Créeme, no era algo que entrara en mis planes de futuro. Pero él me cambió la vida y me encanta la relación que tenemos.

—No puedo afirmar que no me sienta algo incómoda por todo el dinero que tiene Xander. Me crie en una familia de clase media y fui a la universidad gracias a las becas que recibí y los préstamos que pidió mi familia —confesé.

Kristin se encogió de hombros.

—Al final te acostumbras. El dinero forma parte de quién son… aunque se trata de una parte muy pequeña. Todos los primos Sinclair son buena gente que han tenido la suerte de heredar una fortuna. Pero son mucho más que una cuenta bancaria abultada.

Pensé en lo que acababa de decirme y me di cuenta de que era verdad. Xander no me gustaba por su dinero. Había un millón de cosas que me habían acabado conquistando.

—Lo sé —admití—. Pero es que aún me resulta extraño subir a un Ferrari descapotable o un avión privado.

Kristin asintió.

—Lo entiendo. A mí me pasaba lo mismo. En mi familia tampoco sobraba el dinero que digamos, al contrario, más bien escaseaba. Pero ya verás como te acostumbras. Una de las cosas buenas de tener un marido con dinero a estas alturas de la vida es que valoro la riqueza de un modo distinto. —Dudó unos instantes antes de añadir—: Y creo que tú también lo harás.

—Eh, que Xander y yo no vamos a casarnos —me apresuré a decir—. Nosotros… no estamos juntos.

Kristin me sonrió.

—Eso díselo a él. Te mira como si fueras el amor de su vida.

—No lo soy —repliqué algo incómoda.

—Tú lo quieres —declaró Kristin como si me leyera la mente—. Y me alegro, porque estoy segura de que sin ti no habría salido del hoyo.

Asentí, porque tampoco quería mentirle.

—Es cierto. Pero Xander necesita su tiempo para avanzar paso a paso en su proceso de recuperación. Lo que siente, quiere o necesita ahora mismo podría cambiar con el tiempo.

La descarada pelirroja soltó una carcajada y resopló antes de recuperar el aliento.

—No hay ni un solo Sinclair que se tome las cosas con calma… Y Xander no es la excepción.

En ese preciso instante, los chicos llegaron al lugar donde nos encontrábamos y la conversación privada se acabó.

—¿Hablabais de nosotros? —preguntó Julian con arrogancia.

—Ya te gustaría —le soltó su mujer.

—Kristin quiere saber si podemos ir a cenar mañana con ellos —le dije a Xander.

—Sam traerá el pastel —añadió ella con una sonrisa de oreja a oreja.

—Pues que vengan —confirmó Julian.

—Yo de ti no probaría el pastel —le advirtió su primo.

Julian negó con la cabeza.

—No dejaré ni una miga.

Al final acordamos la hora en que nos veríamos para cenar.

Nos despedimos entre risas y abrazos. Al comprobar que Xander y Julian se comportaban como hermanos, me embargó una sensación de felicidad que hacía tiempo que no sentía.

—Tienes una familia maravillosa —le dije a Xander cuando su Julian y Kristin ya se habían alejado.

—Lo sé. Aunque a veces pueden ser muy pesados. Además, aún no conoces a todos mis primos —afirmó con un deje de orgullo.

Quería mucho a sus hermanos. El único problema era que no siempre sabía expresarlo. Y estaba segura de que sentía el mismo aprecio por sus primos.

Regresamos al Ferrari y no me soltó la cintura en ningún momento.

—Me gustaría conocerlos —le pedí.

—Sus vidas han cambiado mucho últimamente —dijo con un deje de remordimiento—. Dos de ellos están esperando a su primer hijo y apenas conozco a sus mujeres. Me he perdido tantas cosas…

—¿Crees que asistirán al acto para recaudar fondos contra la violencia machista? —pregunté con curiosidad.

—Sí, todos contribuyen de un modo u otro a esa organización benéfica.

Asentí.

—Bien. Pues allí podrás verlos y presentármelos.

—Son un hatajo de cretinos —añadió en broma—. Aún no entiendo cómo pudieron engañar a esas mujeres tan maravillosas.

Me reí: sabía que si Xander se metía con sus primos era porque sentía afecto por ellos.

# Capítulo 27

Samantha

Al día siguiente estaba escribiendo al ordenador cuando me pareció oír música. Había finalizado la parte donde quería hablar de mi propio pasado y me sentía satisfecha de haberlo conseguido.

Había tenido pesadillas un par de veces al revivir la traumática experiencia que había acabado con mi familia, y me alegraba de poder seguir analizando el proceso de recuperación.

Estaba en la sala de estar y dejé de teclear durante unos segundos para aguzar el oído.

Atraída por el sonido familiar de la voz de Xander, dejé el ordenador a un lado y me dirigí al estudio, que estaba insonorizado, por lo que supuse que no había cerrado la puerta.

A cada paso que daba aumentaba el volumen de la música y cuando me detuve junto a la puerta, el corazón me dio un vuelco al oír el conmovedor sonido de su voz.

Una de las cosas que siempre me habían gustado de las canciones de Xander era que su música me inspiraba profundos sentimientos. Cuando cantaba, me embargaban una serie de emociones que me llegaban al alma, algo que no me había sucedido con ningún otro artista.

En esta ocasión mi reacción no fue muy distinta.

Era una canción que nunca había oído.

Pero, Dios, esa voz… era extraordinaria.

Tocaba la guitarra acústica, solo él y el suave sonido de las cuerdas. Cantaba con el corazón.

Su música sonaba distinta, pero la voz era la misma.

La reconocía, pero no la reconocía.

No contaba con el acompañamiento contundente de su grupo, el único instrumento que sonaba era la guitarra.

Era Xander, como no lo había oído nunca.

La emotiva balada lo inundó todo y me rodeó, atrapándome en su armonía.

> Estaba al borde del abismo,
> luchaba por no caer.
> Pero había decidido rendirme,
> sin nada que perder.
> Hasta que llegaste a mi vida
> y me salvaste, ¿por qué?
> Quizá porque tú misma
> habías estado aquí ayer.

Cantaba con un tono muy profundo, precioso, lleno de emoción.

De pronto empecé a llorar y cerré los ojos, embargada por una sensación de felicidad y pena a partes iguales.

Volver a escuchar su música, su voz, había sido desgarrador. Sabía que esa canción nacía de lo más profundo de su corazón.

Lo que me remató fue la letra, el hecho de saber todo el dolor que había soportado para poder cantar de nuevo.

Entonces entonó un estribillo descarnado y muy emotivo y calló.

Tropecé al entrar corriendo en el estudio.

—Ha sido increíble —le dije sin aliento.

Xander frunció el ceño.

—¿Estás llorando?

—Sí.

—¿Por qué?

—Porque ha sido una canción preciosa —me limité a responder—. Lo has hecho. Has reencontrado tu música.

Dejó la guitarra en el suelo, se levantó y abrió los brazos. No dudé ni un instante en abalanzarme sobre él.

—Tengo que trabajar la canción, y no es como las de antes —dijo estrechándome con fuerza—. Quizá por eso me costaba tanto. Yo he cambiado y, por lo tanto, mi música también tiene que ser distinta.

—Da igual —le dije con lágrimas en los ojos—. La gente cambia y es obvio que tu música también evolucionará cuando tú lo hagas.

—Es un poco deprimente —afirmó.

—No lo es. Y no será siempre así. Quizá necesitas contar tu historia. No hay nada de malo en ello.

—Caray, me encanta tu optimismo —dijo con una sonrisa.

Le eché los brazos al cuello y lo estreché con fuerza.

—Por cierto, era una canción nueva. Nunca la había oído.

—Trata sobre ti —me aseguró—. Aún no la he acabado. Tengo que darle varias vueltas más, pero creo que voy a componer más temas nuevos. Los antiguos ya no me dicen nada. Me encuentro en un momento distinto de mi vida.

Xander siempre había escrito canciones con mensaje. Los temas que había compuesto años antes, sobre lo mucho que había tenido que esforzarse para alcanzar el éxito, siempre me habían conmovido y, desde luego, no iban a dejar de gustarme. Pero sabía que su nuevo estilo también me gustaría.

Todas las canciones eran un reflejo de su ser.

Y yo lo adoraba en todos los aspectos, incluso en los más oscuros.

—Eres un músico excepcional —le aseguré.

—Tú deliras —replicó entre risas—. Pero es lo que me gusta de ti.

Solté una carcajada, presa de una gran felicidad ahora que Xander volvía a cantar. Poco me importaba de qué trataran sus canciones. Solo quería que restableciera vínculos con algo que era una parte muy importante de su vida.

—Soy psicóloga. Si sufriera delirios, creo que lo sabría —repliqué con tono de sabelotodo.

Se apartó para verme la cara.

—La gente que sufre delirios no lo sabe.

Le di un puñetazo en el bíceps.

—El hecho de que piense que eres un músico excepcional no significa que delire —le reñí.

Xander sonrió, un gesto que me provocó una gran dicha.

—De acuerdo, dejaré que sigas viviendo en tu propio mundo. ¿Quién soy yo para decirte que no soy el tipo más brillante que conocerás jamás?

Sonreí ante aquella reacción tan descarada. Tenía la sensación de que estaba viendo una parte de Xander que había logrado sobrevivir a su pasado. Julian me había dicho que Xander era encantador, pero que también le gustaba dárselas de listillo, una costumbre que no había perdido con el tiempo.

—Creo que por hoy ya he acabado de trabajar —anuncié—. Por suerte ya he terminado mi parte de la historia. Ha sido lo más difícil. Ahora que Kristin ya me ha enviado la receta, intentaré hacer el pastel de arándanos.

—¡Eh! —Xander me agarró de la cintura cuando me dirigía a la cocina—. ¿Estás bien después de revivir esos momentos tan duros para incluirlos en el libro?

Apoyé las manos en sus hombros y lo miré.

—Creo que sí. A ver, ha sido difícil y durante estos días he tenido un par de pesadillas…

—¿Por qué no me despertaste? —me preguntó de forma brusca.

Me encogí de hombros.

—Porque solo eran sueños.

—Sí, pero te han afectado. Si algo te asusta, quiero saberlo —insistió.

Lo miré a sus ojos oscuros, en los que aún se veía un destello de su atormentada vida, y respondí:

—Tú tienes que enfrentarte a tus propios demonios.

—Preferiría enfrentarme a los tuyos —replicó con voz gutural—. O podemos hacerlo juntos.

Pensé que Xander había dado en el clavo con sus palabras, pero no se lo dije porque siempre había librado mis batallas sola.

—Estoy acostumbrada a luchar por mi cuenta —intenté explicarle.

—Ya no estás sola, Sam. No volverás a estarlo jamás.

Se me encogió el corazón al ver su expresión de sinceridad. Nunca hablábamos del futuro y yo no quería meterle tanta presión, pero cuando Xander decía cosas como esa, solo podía creerlo.

—La próxima vez te despertaré.

Apoyó la frente en la mía.

—¿Me lo prometes?

—Te lo prometo.

Teníamos que ir paso a paso. Me hacía ilusión que quisiera estar a mi lado, aunque también sabía que podía ser peligroso.

—¿Hay algo más que deba saber? —me preguntó.

«¡Quiero arrancarte la ropa y recorrer con la lengua hasta el último rincón de tu cuerpo musculoso!».

—Nada que no tenga que ver con pensamientos lascivos —le dije con maldad.

Levantó la cabeza con un brillo de esperanza en los ojos.

—Esos me gustan —me aseguró con un tono lujurioso que me hizo flaquear las piernas.

Esa misma mañana habíamos dado rienda suelta a nuestra pasión más salvaje y yo tenía todo el cuerpo dolorido, pero ello no impedía que sintiera el deseo irrefrenable de abalanzarme sobre él.

—Como no nos lo tomemos con un poco más de calma, acabaré muerta —le aseguré.

—¿Te he hecho daño? —preguntó con gesto serio.

Lancé un suspiro. ¿Había alguna mujer que no fuera a sentirse conmovida con un hombre que no soportaba siquiera la idea de que sufriera el más mínimo dolor? Yo sabía que Xander exageraba, pero de vez en cuando me gustaba disfrutar de una fantasía como esa.

—No —respondí acariciándole el pelo—, pero es que he descubierto músculos que ni siquiera sabía que tenía.

Xander adoptó un gesto de alivio.

—Podría darte un masaje.

Casi se me escapa un gemido al pensar en sus fuertes manos deslizándose por todo mi cuerpo.

—Ya me imagino cómo acabaríamos.

—Te prometo que me portaría bien.

Enarqué una ceja.

—Yo no.

Hui de su abrazo y eché a correr hacia la cocina.

Oí que me seguía.

—Pastel. Necesito pastel —dije casi sin aliento al llegar al fregadero de la cocina.

—Te necesito —gruñó abrazándome por detrás.

«Dios, yo también lo necesito», pensé. Ese era mi problema. Quería mantener ese tono alegre, pícaro y sin mayores compromisos de nuestra relación. Sabía que era lo máximo que podía asumir

Xander en esos momentos. Sin embargo, yo… deseaba algo más, y no podía evitarlo.

Me volví en sus brazos y le di un suave beso.

—Ya me tienes. No voy a irme a ningún lado.

Se inclinó hacia delante y me abrazó con más fuerza, de un modo muy sensual.

Entonces me soltó y me dio una palmada en el trasero.

—Ve a preparar el pastel, si eso es lo que quieres.

—Me parece lo más seguro —le dije mientras intentaba concentrarme en la tarta.

Xander giró la silla de la cocina y se sentó apoyando el pecho en el respaldo para mirarme.

—¿Qué harías si tuvieras la libertad de hacer lo que se te antojara?

Empecé a sacar los ingredientes de la nevera mientras pensaba seriamente en la pregunta que acababa de hacerme. Por extraño que pareciera, me sentía muy feliz tal y como estaba, pero sabía que él se refería a mis aspiraciones.

—Soy feliz con la vida que tengo. Cuando me ofrecieron la posibilidad de escribir un libro, se hizo realidad uno de los sueños que siempre había tenido.

—¿Qué más? —insistió—. ¿Hay algo que siempre hayas deseado?

La lista era muy larga.

—No sé, hay muchas cosas —dije con un suspiro mientras empezaba a mezclar los ingredientes, leyendo con atención la receta que había dejado en la mesa de la cocina—. Me gustaría ir a ver *Hamilton* en Broadway.

—Ya viviste en Nueva York.

—Sí, pero tendría que haber vendido un riñón para permitirme una entrada. Cuestan una auténtica fortuna.

—¿Qué más? —preguntó de nuevo.

—Me gustaría ir a los parques de atracciones más grandes del país y subir en todas las montañas rusas.

—¿Te van las emociones fuertes? Vaya, no me lo imaginaba —afirmó.

Pasé su comentario por alto. Quizá era cierto que en ocasiones era muy seria, pero tenía mis fantasías.

—Y viajaría. Quiero ver mundo. De hecho solo conozco la Costa Este.

—¿Nada más?

—Creo que con eso basta, ¿no? ¿Y tú? —pregunté con curiosidad.

—Me gustaría pasarme el día entero viendo tu precioso trasero mientras preparas la tarta —me soltó—. Es el espectáculo más bonito que he visto jamás.

Cuando me volví, me lanzó una sonrisa malvada.

—Pervertido —le dije y me di la vuelta para seguir con el pastel. No me importaba lo más mínimo que me mirase. Es más, hasta me gustaba la adoración que sentía por mis posaderas. Francamente, nunca había pensado que fuera una parte de mi anatomía merecedora de tanta atención.

—Culpable —admitió—. Si andas cerca de mí, siempre estaré ahí para mirarte.

—¿En serio? —pregunté—. ¿Qué sueños tenías antes de que todo cambiara?

—Era bastante feliz. Me gustaba pasar el tiempo libre con mi familia, por eso estaba en casa de mis padres. Era su aniversario. Tenía un grupo fantástico, y no me volvía loco la idea de estar siempre de gira, pero me lo pasaba en grande gracias a los chicos. Viajábamos por todo el mundo, pero eso significaba que no teníamos mucho tiempo para grabar. Esa era la parte de la fama que menos me gustaba.

—¿Qué planes de futuro tenías?

—Me apetecía crear mi propio sello discográfico. Encontrar nuevos talentos. Hay muchos músicos que no obtienen las oportunidades que merecen.

—Pues hazlo. Serías un buen mentor —lo animé.

—Supone un gran compromiso —replicó.

—Creo que podrías asumirlo.

—Tienes muchísima fe en mí —observó.

—Porque tienes muchísimo talento.

—¿Quién sabe? Quizá lo haga —murmuró—. El dinero me sobra, eso está claro.

No alcanzaba a imaginarme lo que se sentía al tener la posibilidad de hacer cualquier cosa que uno quisiera. Mi máxima aspiración siempre había sido llegar a fin de mes. Pero estaba segura de que Xander podía lograr todo aquello que se planteara. A pesar de lo mucho que me gustaba tomarle el pelo, no era un malcriado. Siempre se había entregado en cuerpo y alma en todo lo que hacía. Era tan pertinaz que siempre se salía con la suya.

—¿Algo más?

—Solo quiero que mi familia sea feliz. Y creo que de momento se las arreglan de fábula por su cuenta —respondió.

—Es verdad —admití, pensando en lo mucho que sus hermanos amaban a sus mujeres—. ¿Irás a Nueva York cuando le activen los implantes a Tessa?

—Sí, iremos. Ya he reservado el mismo ático.

—No es necesario que yo vaya —le dije. No estaba del todo segura de cómo encajaba en su vida ahora que ya no era solo una empleada. ¿Era su amiga? ¿Su novia? Nunca me habían importado excesivamente este tipo de cosas, pero ¿era apropiado que lo acompañara a todas partes? A pesar de lo que él afirmaba, no me necesitaba para mantener la estabilidad de su vida. Cada día que pasaba era más fuerte a nivel mental.

—Quiero que me acompañes y estoy seguro de que a los demás también les gustará verte. Ahora estamos juntos, Sam. Ya no trabajas para mí. ¿Es que no quieres venir? —preguntó, como si se sintiera dolido por mis dudas.

—Claro que sí —le aseguré—, lo que ocurre es que no quisiera ser una intrusa. Pero, sí, iré encantada.

—Bien —dijo con algo más de alegría en la voz.

Guardamos silencio mientras yo releía la receta para asegurarme de que no me olvidaba de nada, pero no fue un momento incómodo. Como sucedía cuando mirábamos la televisión juntos, yo sabía que estaba ahí y la situación era normal, sin más.

Al meter el pastel en el horno, me asaltaron las dudas por haber convertido a Xander en una parte tan necesaria de mi vida. Había sido una decisión que conllevaba ciertos riesgos, sobre todo teniendo en cuenta que se trataba de una persona que aún estaba en proceso de rehabilitación de su adicción a las drogas y el alcohol, pero mi corazón no atendía a razones.

Siempre había sido así en todo lo relacionado con él.

Quería a Xander con todo mi ser, pero debía aprender a no esperar más de lo que podía ofrecerme, algo que me estaba resultando más difícil de lo que hubiera imaginado jamás.

Había tomado la decisión de que valía la pena correr el riesgo de sufrir un desengaño amoroso. Sin embargo, cuanto más tiempo pasaba con él, más peligrosa se volvía la situación. Era muy consciente de que me hundiría si tenía que irme de Amesport.

No tenía ningún sentido esperar que Xander llegara a sentir lo mismo que yo, que me amara. Tenía demasiados problemas y aún no había asimilado la tragedia de sus padres. De modo que no me quedaba más remedio que disfrutar del tiempo que pudiera pasar con él, sin plantearme planes de futuro. Por desgracia, cada vez me resultaba más y más difícil.

Al final del verano, Xander y yo tendríamos que tomar una decisión que tal vez me destruiría la vida.

Yo sabía que no podría quedarme con él si no me entregaba su corazón. No soportaría un dolor tan intenso.

«Pero el verano aún no ha acabado», pensé.

Intenté arrinconar las dudas que me asaltaban. Si algo no se me había dado nunca bien era vivir el momento, pero había tomado la firme decisión de concentrarme en el aquí y el ahora y disfrutar del presente.

Ya llegaría el momento de tomar una decisión o ceder bajo el peso de un amor que no sabía si Xander podría corresponder.

Hasta entonces, solo quería gozar de todos los instantes de felicidad que pudiera depararme la vida.

# Capítulo 28

## Liam

—Tengo que irme otra vez la próxima semana, Brooke. Siento dejarte al mando. No suelo ausentarme tan a menudo.

Brooke me miró con sus ojos azules, que me provocaron una erección al instante. Con los rizos recogidos en una coleta, y un rostro inmaculado sin maquillaje, era la mujer más bonita que había visto jamás. ¿O era acaso solo una muchacha? No lo sabía. Lo único que tenía claro era que me volvía loco.

—No te preocupes, Liam. Tienes que acompañar a tu hermana. Yo me encargaré de todo por aquí —respondió ella con empatía.

Maldición. No podía ser más encantadora. Ese era uno de los motivos por los que me gustaba tanto. Se dejaba la piel en el trabajo y era demasiado buena para un desgraciado como yo.

—Gracias —le dije y me puse de nuevo manos a la obra, limpiando una langosta mientras ella se ocupaba de todo lo demás antes de abrir el local.

—Por cierto, ¿te importa que me tome algún día libre cuando vuelvas? —me preguntó con timidez—. Tengo que resolver unos asuntos personales.

—¿Se trata de tu novio? —pregunté apretando los dientes.

¡Dios! Por mucho que hubiera intentado convencerme de que Brooke era una mujer con la que no podía acostarme, no había dejado de desearla. Y el mero hecho de imaginarla en brazos de otro hombre… me sacaba de quicio.

—¿Novio? —preguntó confundida.

—Sí, el tipo con el que te vi besándote en el paseo marítimo hace poco. ¿Es de Amesport?

Brooke guardó silencio unos instantes antes de responder.

—Ah, él —dijo sin demasiado entusiasmo, teniendo en cuenta que se refería al hombre con el que salía. Sin embargo, aquella desidia me hizo sentir mejor.

—Sí. ¿Ocurre algo?

—Supongo que se puede decir que estamos saliendo.

—¿Te acuestas con él? —pregunté antes de alcanzar a contener mis palabras.

—No —respondió horrorizada—. Aunque tampoco sería asunto tuyo si lo hiciera, pero no.

No quería que llegara a hacerlo, pero me parecía inconcebible que un hombre no sintiera el deseo de acostarse con ella al verla ante sí.

—Tienes razón. No es asunto mío. Pero eres joven y sé que cuando llegaste a Amesport estabas sola.

—¿Qué pasa? ¡Ni que fueras mi padre! —exclamó, bastante molesta—. Solo me llevas nueve años y no necesito que nadie cuide de mí.

—Pero si parece como si aún fueras al instituto —gruñí.

—Tengo veintiséis años —replicó en tono desafiante—. No tienes edad para ser mi padre.

Nunca le había preguntado cuántos años tenía, convencido como estaba de que era una adolescente.

—Pero aun así estás sola.

—¿Y qué?

—Pues que no entiendo qué haces aquí. ¿Por qué viniste desde California? Es obvio que tienes algún tipo de relación romántica en la Costa Oeste.

—Él tiene una carrera muy exigente y no puede mudarse —afirmó.

—¿De modo que antepone el dinero a ti? Menudo cretino.

—No es verdad —replicó—. Lo que pasa es que en estos momentos no podemos estar juntos.

—¿Por qué no te quedaste en California y te casaste con él? ¿Acaso había alguien que no quisiera casarse con ella?

—No me lo pidió.

—Imbécil —espeté, indignado.

Brooke siguió trabajando en silencio, rellenando los frascos de condimentos, antes de responder:

—Hago mi trabajo y me esfuerzo todo lo que puedo. ¿No basta con eso?

Vale. Sí. Mierda. Tendría que haber sido más que suficiente. Tenía razón. Como empresario, no tenía ninguna queja de Brooke. Hacía todo lo que le pedía y más. Si era necesario trabajaba de camarera, cocinera, pinche o cajera. ¿En qué diablos estaba yo pensando? Esa mujer solo era mi empleada y debía tratarla como tal.

Por desgracia, sentía la desesperada necesidad de acostarme con ella. Siempre lo había sentido. Y siempre lo sentiría.

—Lo siento —dije al cabo de un rato—. Te dejas la piel en el restaurante y has asumido más responsabilidades de las que te corresponderían porque quiero estar al lado de mi hermana. Te contraté como camarera, pero has hecho mucho más de lo que toca.

—No pasa nada. Sé que estás sometido a una gran presión y no me importa echarte una mano.

De hecho, era mi entrepierna la que estaba sometida a una gran presión. No podía quejarme de cómo me iban las cosas en el ámbito personal. En el pasado había tenido que enfrentarme a situaciones mucho más estresantes. Sin embargo, en ese momento ella era mi problema, la única mujer que me estaba empujando al borde de la locura.

—Eso no es ninguna excusa para criticar cómo gestionas tu vida privada. Trabajas muy bien —le dije bastante avergonzado por haberme inmiscuido en la intimidad de una empleada.

Brooke se encogió de hombros.

—Creía que éramos amigos, no solo una trabajadora.

¿Amigos? ¡Ni hablar! Nunca podría ser su amigo, teniendo en cuenta que lo que más deseaba era empotrarla contra la pared y hacerle el amor hasta caer rendidos sin sentido.

—No puedo ser tu amigo, Brooke —respondí con voz grave y sincera.

—¿Por qué? —me preguntó algo dolida.

¡Maldición! No soportaba el tono dolido que empleaba. Lo último que deseaba era hacerle daño, pero hacía demasiado tiempo que me sentía atraído por ella.

—Porque cuando te miro, solo pienso en desnudarte —confesé con voz ronca—. Mis sentimientos hacia ti no tienen nada de fraternales o paternales. No quiero que seamos amigos. No puedo serlo, sintiendo lo que siento.

Cuando hube acabado de decir estas palabras me di cuenta de que el corazón me latía desbocado y le di la espalda.

¡Dios! Tenía que recuperar el control sobre mí mismo. Brooke era joven. De acuerdo, no era una niña, pero tenía la sensación de que siempre había vivido aislada y protegida. No solo nos separaba la diferencia de edad, sino también nuestro carácter. Brooke solo quería el bien de los demás, y yo recelaba de todo aquel que se cruzaba en mi camino.

Había aprendido a palos.

Brooke era amable y cariñosa.

Quizá por eso me atraía tanto. Pero yo era demasiado cínico para una mujer como ella.

—¿De verdad te sientes atraído por mí? —me preguntó.

Estaba a mi lado. Al sentir el tacto de su mano en el antebrazo me volví para mirarla.

—Sí —respondí abiertamente—. ¿Lo entiendes ahora? Quiero acostarme contigo, Brooke. Y los hombres que solo piensan en llevarte a la cama no sirven para ser tus amigos. Tienes novio. ¿De verdad quieres un amigo que solo piensa en hacerlo contigo?

Su mirada de asombro me llegó a lo más hondo. Tenía la sensación de podía leer mi alma y no me sentía nada cómodo.

Guardó silencio y me miró fijamente.

—No creo que solo pienses en eso —respondió con su dulce voz.

No estaba dispuesto a admitir que tenía razón, que mis sentimientos por ella iban más allá de la atracción física. Lo que me inspiraba Brooke era algo tan descarnado, tan real, que anhelaba algo más que su cuerpo.

—Te quiero a ti. Eso es todo. —Negué con la cabeza y la miré. Ella no dejaba de observarme.

—No soy una florecilla frágil que busque protección, Liam. Puedo asumir que te sientas atraído por mí.

—¿Ah, sí? —pregunté y aparté el brazo de su suave mano.

Brooke asintió.

—Quizá sea más joven que tú, pero no me ha pasado por alto la química sexual que existe entre tú y yo. ¿Crees que no he soñado con arrancarte la ropa y disfrutar de todo el placer que sé que puedes proporcionarme? Pues lo he hecho. Más de una noche me he masturbado con esa fantasía.

Todos los músculos de mi cuerpo se pusieron en tensión al ver la expresión lujuriosa de Brooke.

¡Maldita sea! ¿Por qué me había contado sus fantasías sexuales? Ahora me moría de curiosidad. Quería ser el protagonista de todas ellas. Su confesión me había dejado tan atónito que tardé unos segundos en comprender que la atracción que yo sentía era, en realidad, mutua.

Eso me ponía en una situación muy difícil.

—No sabes lo que dices —aseguré y apoyé las manos en sus hombros.

—Sé muy bien lo que quiero —insistió.

—¿Y tu novio? ¿Qué pasa con él? ¿Por qué no tienes fantasías con él?

Apartó la mirada unos segundos.

—Es complicado. No es lo que crees, Liam. Nada es lo que parece.

—¿No piensas dejarlo? —pregunté algo molesto.

Ella negó con la cabeza.

—No puedo.

Estaba enfadado y furioso porque, a pesar de que había dicho que me deseaba, iba a seguir con un hombre que ni siquiera estaba dispuesto a comprometerse con ella. Estaba claro que había algo raro en todo ese asunto, pero yo no tenía ganas de andarme con juegos.

—Pues quédate tus fantasías para ti. La próxima noche piensa en tu novio y a mí déjame en paz.

¡Mierda! No era lo que quería, pero era lo que debía ser. Brooke me había cautivado, pero tenía demasiados secretos y demasiadas ganas de jugar. Yo, en cambio, ya no estaba para jueguecitos. Me gustaban la sinceridad y la honradez, algo de lo que ella carecía.

En ocasiones se mostraba muy evasiva, algo que en circunstancias normales tendría que haber ejercido en efecto relajante en mi entrepierna.

Por desgracia, mi verga poseía voluntad propia y no le preocupaba demasiado la integridad de los demás.

—Lo siento, Liam. No debería haber dicho nada —se disculpó Brooke.

—Olvídalo. No importa. Ya es hora de abrir.

La observé mientras se dirigía a la zona de comedor y repartía los condimentos en las mesas. Entonces introdujo una mano en el bolsillo de los pantalones y sacó la llave.

Brooke llevaba varios meses trabajando para mí, pero tenía la sensación de que aún no la comprendía. No conocía todo su pasado, pero me había entregado buenas referencias de California. Aún más, conocía de algo a Evan Sinclair, y cuando él me preguntó si buscaba una buena camarera, no dudé ni un segundo en ofrecerle el trabajo.

Su novio solo la había visitado un par de veces. Era un cretino al que le sobraba el dinero, como a los Sinclair, y tenía su propio avión privado.

Un novio multimillonario.

Una familia que conocía a Evan Sinclair.

¿Y Brooke había venido a Amesport a trabajar de camarera?

No me encajaba nada. Teniendo en cuenta lo poco que sabía de ella, no me quedaba más remedio que suponer que su familia también era adinerada. Pero entonces, ¿qué diablos hacía en mi restaurante?

Respiré hondo y exhalé el aire, intentando encontrar la explicación al misterio a pesar de la ira que me atenazaba.

Había algo que no tenía sentido. Hacía varios meses que lo había notado, pero había estado demasiado ocupado reprimiendo mi deseo de llevármela a la cama.

De modo que había llegado el momento de empezar a hacer preguntas.

No consideraba a Evan capaz de hacerme una jugarreta, pero ese cabrón era tan discreto que estaba convencido de que no le dolerían prendas en ocultarme una parte de la verdad si lo consideraba conveniente.

Miré a Brooke, que se volvió después de abrir la puerta y clavó sus ojos en los míos. Una súplica silenciosa que reclamaba mi comprensión.

Sentí una punzada en el pecho al ver el velo de melancolía que teñía su mirada, pero me aparté de la ventana en cuanto entró el primer cliente.

Volví a ponerme manos a la obra. Necesitaba conocer las respuestas a todas mis preguntas; de lo contrario, no me quedaría más remedio que despedirla. Había llegado al límite de mi paciencia.

O averiguaba lo que me ocultaba, o cada uno tendría que seguir su camino.

¡Más pronto que tarde!

# Capítulo 29

«¡Quizá no ha sido muy buena idea!», pensé.

Me estaba peleando con la pajarita de mi esmoquin, mirándome en el espejo, y solo veía cicatrices. Eso es lo que era... un tipo vestido con ropa elegante y una cara monstruosa.

Hasta el momento, el viaje a Nueva York había sido muy plácido. Por suerte para Tessa todo había ido muy bien, y estaba convencido de que Micah y ella lo estaban celebrando en la intimidad. Como siempre, Micah se puso hecho un manojo de nervios, pero la felicidad que irradiaba su mujer lo ayudó a recuperar la calma.

Liam, Julian y yo volvíamos a Maine al cabo de dos días, pero Micah y Tessa iban a quedarse una semana para asegurarse de que no surgía ninguna complicación con los implantes.

Habíamos pasado todo el día con mis hermanos y Liam, pero esa noche... la había reservado para Samantha.

—He tenido que buscar un restaurante elegante —me quejé en voz alta y me aparté del espejo. Mi principal objetivo era tener buen aspecto y tratar a Sam como merecía.

A decir verdad, me gustaba que fuera una mujer tan realista y no esperara de mí que me comportara las veinticuatro horas del día como un multimillonario. Es más, no recordaba la última vez que me había puesto esmoquin. Seguramente había sido en alguna de aquellas fiestas elegantes a las que iba en California. Era un estilo que no iba conmigo, pero quería estar presentable por ella.

Salí del dormitorio, consciente de que poco más podía hacer para mejorar mi aspecto. Mis cicatrices y el resto de mi cuerpo no tenían remedio, así que no valía la pena darle más vueltas al asunto.

Miré a mi alrededor y supuse que Sam aún estaba acabando de prepararse en el otro dormitorio, así que me serví una cola.

¡Dios, temblaba como un flan! Me sentía como un adolescente que esperara a su cita para el baile de fin de curso. Era una noche muy importante para mí. Durante unas horas, quería que Sam abandonara el mundo pragmático en el que vivía y que entrara en mi juego. Era una chica sumamente responsable y sabía que se sentía insegura con el libro que estaba escribiendo. Por suerte ya no tenía pesadillas, pero se merecía disfrutar de una noche de ensueño.

El final del verano ya estaba a la vuelta de la esquina, solo quedaba una semana para el Día del Trabajador. Tenía miedo. No dejaba de pensar en lo que pasaría cuando el verano acabara oficialmente.

Habíamos acordado que tomaríamos una decisión cuando llegara el momento.

Tal vez se iría.

O a lo mejor se quedaría.

Qué diablos. Tenía que quedarse. Todo desenlace que no implicara que se quedara en Amesport conmigo sería inaceptable. La necesitaba como el aire que respiraba. Sin ella no sobreviviría. Los oscuros nubarrones que se habían cernido sobre mí durante tanto tiempo por fin habían escampado, espantados por la luz que Samantha irradiaba.

Así que… no… no podía permitir que se fuera.

—¿Xander? —Oí la voz de Sam procedente del otro extremo de la habitación.

Me di la vuelta y me quedé de una pieza, boquiabierto, al verla: llevaba un traje de noche precioso, su melena rizada le cubría los hombros e iba algo más maquillada de lo habitual.

El vestido era de un rojo intenso, de una tela sedosa que realzaba aún más sus lujuriosas curvas. Me fijé en que no llevaba sujetador. Eso no había cambiado. Era un modelo de un solo hombro. Los tacones también iban a juego con el resto del vestuario y llevaba un diminuto bolso tipo *clutch*.

El vestido le tapaba justo las rodillas, pero apenas me fijé en ese detalle. Estaba tan guapa que se me puso dura en cuanto la vi.

—Estás preciosa —le dije. No encontraba las palabras que hicieran justicia a lo que sentía cuando la miraba, de modo que preferí guardar silencio.

—Gracias. No estoy acostumbrada a vestir tan elegante, así que espero no desentonar adonde vayamos. Aún no me creo que te hayas puesto esmoquin.

Me encogí de hombros.

—Te dije que te pusieras un vestido, así que has hecho bien.

Se acercó hasta mí y me dio un dulce beso en los labios.

—Tengo una cita con el hombre más atractivo de Nueva York. Tú también estás muy guapo.

—¿A pesar de las cicatrices? —pregunté, aunque me arrepentí en cuanto lo hube dicho. Dios, no lo soportaba cuando me comportaba como si fuera un triste desgraciado.

—Para mí siempre estás muy guapo —replicó y me embriagué con su dulce aroma.

Oírle pronunciar esas palabras pagaba todos mis esfuerzos para ponerme elegante. Por no hablar de su mirada de satisfacción cuando me repasó de pies a cabeza. Por algún motivo, a Sam no le molestaban mis cicatrices. Me encontraba atractivo y, francamente, eso era lo único que importaba.

—¿Adónde vamos? —me preguntó, y me quitó el refresco que tenía en las manos para tomar un sorbo.

—Ya te dije que era una sorpresa —le recordé con una sonrisa—. Esta vez no nos quedaremos aquí comiendo pizza.

—A mí no me importó.

—A mí sí —afirmé, y le arranqué el refresco para beber un trago—. Pero te compensaré por esa noche.

—Pues espero que esta aventura incluya también comida, porque me muero de hambre.

Había reservado mesa en uno de los mejores restaurantes de Nueva York, pero me limité a responder:

—La incluye. ¿Lista?

Sonrió y asintió con un entusiasmo que me derritió el corazón. Se emocionaba ante la perspectiva de cualquier tipo de aventura, tal vez porque no había podido disfrutar de muchos instantes de placer a lo largo de su vida. Había dedicado una gran parte de sus energías a los estudios y había vivido en carne propia una aterradora tragedia familiar.

Sin embargo, yo estaba decidido a cambiar todo eso.

Atravesó la puerta con paso elegante mientas yo se la sujetaba y esperó a que la cerrara. La agarré de la mano y nos dirigimos al ascensor. Yo estaba tan nervioso como un adolescente en su primera cita.

Quizá porque nunca había tenido una cita tan importante como Sam.

Se detuvo en cuanto salimos a la calle, donde aún reinaba el ambiente cálido y húmedo del atardecer.

—¿Vamos a ir en taxi? —me preguntó algo confundida.

Le sonreí.

—¿Me tomas el pelo? Tienes una cita con un multimillonario, cielo. Nuestro vehículo nos está esperando.

Se quedó boquiabierta al ver la limusina aparcada en la acera.

—¿Vamos a ir en eso?

El chófer abrió la puerta trasera y señalé con la cabeza el elegante automóvil negro para que ella entrara.

—Sube.

Al final me adelanté y me senté, esperando a que hiciera lo mismo.

—Venga, Sam, o perderemos la reserva —le dije desde dentro.

Al final subió con cuidado y miró a su alrededor.

—¿Qué es esto? ¿Un autobús para salir de fiesta? —preguntó en broma.

Era un coche enorme. Había asientos que miraban hacia delante y hacia atrás, y un minibar lleno de cualquier bebida que pudieran desear los ocupantes.

Le tomé la mano para que se sentara delante de mí.

—Eh, no lo critiques antes de probarlo —le advertí—. No está mal poder salir sin tener que conducir o usar el transporte público.

—Ya me lo imagino, pero es que no estoy acostumbrada a este tipo de lujos. Empiezo a sentirme como Cenicienta.

Me incliné hacia delante y susurré:

—No quiero desilusionarte, pero no soy el príncipe azul de nadie.

Sam se volvió hacia mí frunciendo el ceño.

—Para de hacer eso.

—¿Qué?

—De hablar de ti como si no fueras el hombre más atractivo con el que pudiera soñar cualquier mujer. Esta es la cita de mis sueños y te he elegido a ti —me soltó con voz altiva—. Si no estuviera contigo, no me sentiría tan emocionada. Esta noche tú eres mi príncipe azul. Para mí, el mero hecho de estar a tu lado ya convierte esta velada en algo maravilloso.

Observé su mirada sincera y vi claramente que se sentía muy feliz de estar conmigo.

—De acuerdo, ya paro —accedí.

Sam me hacía sentir como si pudiera caminar a dos palmos sobre el suelo y a mí no me venía nada mal este pequeño impulso de confianza. Antes de la muerte de mis padres, siempre había sido un idiota engreído, y quería recuperar una parte de mi personalidad de antaño.

—Bien. Ahora dime adónde vamos —me pidió.

—De momento, a cenar —respondí y la limusina se puso en marcha.

—¿Y luego?

—Paciencia —dije entre risas.

Sam estaba tan emocionada que fui capaz de imaginar la velada tal como ella la veía. No estaba acostumbrada a las limusinas y los restaurantes de lujo, y eso había que remediarlo. Para mí se trataba de algo que siempre había formado parte de mi vida. Y verlo todo desde su perspectiva resultaba mucho más divertido.

Se apoyó en mí con un suspiro y le rodeé los hombros con un brazo, acariciando su suave piel desnuda.

—Este vestido despierta mis más bajos instintos —le eché en cara.

—Es bonito —replicó—. No es demasiado corto y no enseña nada. Me pareció elegante. ¿Es que no te gusta?

—Ah, me encanta. Revela deliciosamente tus curvas y salta a la vista que no llevas sujetador. Y no me digas que es porque no tienes nada que sujetar. Te he visto los pechos y son perfectos. El vestido es sutil, pero al verte es inevitable pensar qué llevarás debajo. Es una provocación constante, algo mucho más seductor que cualquier otra prenda que no esconda nada.

—Me alegra que te guste —dijo en un tono lascivo que me incendió de inmediato.

—Me gustará mucho más cuando te lo arranque —respondí con toda la maldad del mundo.

—¿Me atarás con la pajarita? —me susurró.

¡Maldición! Aquello no era justo. La presión que notaba en la entrepierna amenazaba con abrirse paso entre la bragueta en cualquier momento.

—Quizá lo haga si no te comportas —le advertí.

—Huy, eso hace que tenga aún más ganas de ser mala —replicó.

Negué con la cabeza porque no sabía qué hacer con una mujer como ella. Sí, a veces me gustaban los juegos de dominación, pero nuestra relación había llegado a un punto en el que ya no me importaba lo que hiciéramos en la cama. Solo que pudiera arrastrarla hasta ella.

—Me lo pensaré —afirmé con una indiferencia que no sentía.

No contestó, pero me tomó la mano y entrelazó los dedos con los míos en un gesto de confianza que me conmovió.

—Ojalá pudiera ofrecerte un brindis de champán para empezar la noche —lamenté—. Bueno, te lo puedo ofrecer, pero yo tendría que hacerlo con agua.

—No importa —murmuró—. Ya sabes que no bebo mucho y en estos momentos prefiero disfrutar del viaje.

Yo también estaba saboreando el momento, a pesar de que no hubiéramos llegado al sexo. A decir verdad, me conformaba con disfrutar de la compañía de Samantha.

—Ya hemos llegado —anuncié cuando la limusina se detuvo.

El chófer le abrió la puerta de inmediato y le ofrecí una mano para que no perdiera el equilibrio al bajar. Cuando salimos los dos, me miró sorprendida.

—Es un centro comercial —me dijo.

La agarré de la mano.

—Vamos.

Atravesamos la puerta, tomamos el ascensor y debo admitir que me sentí un poco raro al entrar en el centro comercial vestido con esmoquin. Pero no tardaríamos en llegar al restaurante.

—Oh, Dios. ¿Tenemos reserva en el Per Se? —preguntó Sam con asombro—. Es muy caro, uno de los mejores restaurantes del mundo.

En ese momento entramos en el establecimiento.

—Creo que me lo puedo permitir —le susurré al oído y el *maître* nos acompañó de inmediato a una mesa con vistas a Central Park y Columbus Circle.

Elegimos el menú degustación y, en lugar de vino, Sam pidió agua y una bebida sin alcohol.

El ambiente era acogedor e íntimo, pero mi acompañante parecía más interesada en las vistas.

—Esto es fantástico. He vivido muchos años en Nueva York y nunca había estado aquí.

—Pues ahora sí. ¿Qué te parece?

Me miró a los ojos.

—Creo que eres el hombre más amable y atento que he conocido jamás —respondió con sinceridad.

Me encogí de hombros.

—No es para tanto. Yo ya había estado otras veces aquí.

—Esa no es la cuestión. Lo que importa es que para mí sí es algo muy especial.

—Necesitas un hombre que te colme de caprichos. Y me gustaría ser ese hombre.

Samantha sonrió.

—Pues de momento se te da de fábula. Ya sé que puedes permitirte este tipo de restaurantes, pero yo no. Y me muero de ganas de probar la comida.

Sonreí. Sabía que a Samantha no le preocupaba quiénes pudieran ser el resto de los comensales o si había alguien a quien pudiera reconocer. Ella solo quería disfrutar del restaurante y de la comida.

Durante la cena, tuve el placer de verla saborear cada plato, cerrando los ojos y lanzando un ruidito de placer en la mayoría.

Cuando acabamos, lo único que quería era desnudarla y oírla gemir de nuevo, aunque esta vez por un motivo distinto.

No pedimos postre porque ambos estábamos muy llenos.

—Seguro que no había nada que pudiera compararse con tu tarta de arándanos —le dije con una sonrisa.

Samantha había demostrado tener mucha mano para los dulces e incluso habíamos llevado un pedazo a casa de Julian tras la insistencia de Kristin, y a pesar de mis quejas. Si por mí hubiera sido, su pastel no habría salido de casa.

—Fue mérito de la receta —dijo limpiándose sus seductores labios con una servilleta inmaculada—. Los ingredientes eran perfectos.

Pagué la cuenta y nos lo tomamos con calma antes de salir a la calle.

—Ha sido una de las experiencias más maravillosas que he vivido jamás —dijo cuando se detuvo la limusina—. ¿Ahora nos vamos al hotel?

—Ni hablar —respondí con una sonrisa e introduje la mano en un bolsillo del esmoquin—. A menos que quieras perderte esto.

Me arrancó las entradas de la mano.

—Oh, Dios mío. ¡Xander! ¿Me estás diciendo que has conseguido entradas para *Hamilton*? ¡No puedo creérmelo!

Al ver la pasión con la que acariciaba las entradas, sentí un poco de celos, pero se me pasó de inmediato en cuanto vi que derramaba unas lágrimas.

—No llores —le pedí—. Solo quería hacerte feliz.

—Soy feliz —respondió—, pero es que ha sido toda una sorpresa.

—Quiero hacer realidad todos tus sueños, Samantha —declaré con sinceridad.

Me abrazó con fuerza y me embriagué de su aroma, disfrutando de la suavidad de su cuerpo, que encajaba a la perfección con el mío.

—Pero no era necesario que lo hicieras todo en una noche.

—Tienes muchos más sueños aparte de Nueva York —le recordé.

—Créeme que con todo esto me llega de sobra —dijo cuando por fin me soltó para entrar en la limusina.

La cena y el musical no eran nada. Lo que de verdad quería era mostrarle el mundo a Samantha, y quería verlo a través de sus ojos.

Al entrar en el coche apreté los puños porque no quería creer que existiera ni la remota posibilidad de que ella me rechazara.

Iba a quedarse conmigo, aunque ella aún no lo supiera.

# Capítulo 30

## Samantha

Observé boquiabierta las luces de Nueva York desde lo alto del Empire State Building. Se hacía tarde y era el colofón perfecto a la increíble noche que había pasado con Xander.

Me abrazaba de la cintura por detrás y apoyé la cabeza en su hombro. En ese momento solo deseaba que pudiéramos permanecer así eternamente.

El musical había sido fantástico y cuando me invitó a subir a lo alto del edificio para disfrutar de las vistas... reconozco que nunca me había sentido tan cautivada por su carisma.

Era muy romántico, aunque estaba segura de que él lo negaría. Había planificado toda la velada solo para hacerme feliz y creo que eso era lo que más me emocionaba de toda la experiencia.

Sin duda lo había planeado todo con bastante antelación, porque de lo contrario no habría podido reservar mesa en el restaurante ni habría encontrado entradas para el musical. Era obvio que no se sentía cómodo con el esmoquin y lo había visto intentando aflojarse el cuello almidonado de la camisa en más de una ocasión, gesto que no le había servido de gran cosa.

Xander había organizado todo eso… la noche entera… solo para hacerme feliz. Más que las actividades elegidas en sí, todas ellas espectaculares, lo que más me había emocionado era que hubiera pensado en mí.

Xander era un hombre increíble.

El tiempo había pasado volando. Me di cuenta de que estaba a punto de acabarse el verano. Xander volvía a tocar y se pasaba el día componiendo mientras yo trabajaba en mi libro. Sabía que estaba preparado para la pequeña actuación que iba a hacer en Amesport.

Técnicamente yo ya había cumplido con los objetivos que me había planteado con él. Habíamos establecido una sólida amistad y Xander había encontrado el camino para curarse.

Yo también había hecho las paces con los trágicos sucesos de mi pasado. Sabía que no lograría dejarlos atrás del todo, pero podía seguir con mi vida sin el peso constante de la muerte de mi familia.

Me llevé la mano instintivamente a la lágrima que llevaba en el cuello, una joya que nunca me quitaba porque me recordaba que el amor era inmortal. Sabía que no olvidaría a mis padres y mi familia hasta el día en que exhalara mi último aliento. Pero también sabía que en el futuro podría seguir adelante con mi vida y honrar su memoria de la mejor manera posible.

Las únicas dudas que albergaba estaban relacionadas con Xander, que no había expresado aún sus intenciones. Ambos habíamos respetado el acuerdo al que habíamos llegado para disfrutar del momento. Y eso era justamente lo que me consumía: me preocupaba cómo sería mi vida sin él.

Sin embargo, dadas las circunstancias, intenté ser fuerte y no pensar más en ello. Yo quería a Xander, pero si él no sentía lo mismo, me destrozaría el corazón.

Lo amaba demasiado.

Cuando decidí mudarme a Amesport, no había planeado nada de lo que ocurrió luego, pero estaba empezando a descubrir que la vida era un camino lleno de incertidumbres. Yo siempre había sido una mujer planificadora que necesitaba organizar su futuro hasta el último detalle. Quizá fuera un aburrimiento, pero así era como había gestionado siempre mi vida. Tal vez necesitaba esa sensación de control después de tener una juventud caótica.

No, Xander nunca había entrado en mis planes. Pero amarlo era una de las mejores cosas que me habían ocurrido jamás.

Buenas o malas.

Juntos o separados.

No podía arrepentirme de nada de lo que había pasado durante el verano.

Si al final nuestros caminos acababan separándose, quizá no sería fácil. Pero recordaría la experiencia con profundo amor el resto de mi vida.

—¿En qué piensas? —preguntó Xander con curiosidad.

Cerré los ojos y disfruté de la agradable sensación de su aliento en mi cuello, de sus fuertes brazos a mi alrededor y del contacto con su musculoso cuerpo.

—En nada importante. Solo disfrutaba de las vistas, que son preciosas. Creo que nunca había gozado de un espectáculo así.

—¿Qué diablos hacías cuando vivías en Nueva York? —me preguntó.

Me encogí de hombros.

—Estudiar. Trabajar. Ir a comer a sitios baratos que tenían comida de buena calidad. Y me aficioné a visitar pastelerías para saciar mi ansia de dulces —respondí.

Hasta el momento no le había mentido a Xander, pero no quería decirle que estaba pensando en nuestra posible separación cuando llegara el final del verano. No quería, bajo ningún concepto, echar a perder la noche más perfecta de la que había disfrutado jamás.

—¿Estás preparada?

—Sí. —Me volví y lo abracé del cuello—. Gracias. Ha sido una velada ideal.

Agachó la cabeza y sentí un escalofrío al notar el roce de sus labios en los míos. Quería demostrarle todo lo que no podía decirle con un beso tan especial.

Xander se recreó con el abrazo, me mordió el labio inferior y luego me colmó de besos.

Cuando me tomó la mano para guiarme hasta el ascensor, lo seguí en un estado de ensoñación.

Era tarde cuando subimos a la limusina por última vez para iniciar el trayecto que había de devolvernos al ático.

—Ojalá esta noche no acabara nunca —murmuré sin apartar la cabeza de su hombro.

—Samantha —gruñó en la oscuridad, y me abrazó con fuerza—, no aguanto ni un minuto más sin acostarme contigo.

Mi cuerpo reaccionó de inmediato y sentí un espasmo de placer en la entrepierna. Xander se inclinó sobre mí para besarme y empezamos a arrancarnos la ropa mutuamente para notar el roce de la piel, como ansiábamos.

Me besó, me acarició, me mordió y me bajó el hombro del vestido, que me resbaló hasta la cintura. Lancé un gemido de gusto al notar sus labios en uno de mis pezones, que ya estaban duros como un diamante. Una sensación dolorosa que supo aliviar con la punta de la lengua.

El interior de la limusina estaba a oscuras y el chófer había cerrado la mampara que nos separaba. Aun así, no podía creerme que estuviera haciéndolo en un coche.

Xander no paraba de manosearme, buscando mi sexo húmedo bajo el vestido.

—Estás empapada —exclamó mientras me apartaba las bragas para acariciarme el sexo y empezar a masturbarme.

—Xander —gemí cuando empezó a acariciarme el clítoris, de un modo cada vez más intenso, arrastrándome a la cúspide de la frustración—. ¡Más!

Olvidé que estaba en el asiento de una limusina, en pleno Nueva York, rodeada de gente. Me olvidé de todo, salvo de Xander y del vínculo primario y carnal que nos unía.

Le bastó con un fuerte tirón para arrancarme las braguitas, tener acceso total a mi sexo y seguir masturbándome, volviéndome loca de gusto.

Estiré los brazos para intentar liberarlo también a él, pero solo pude acariciarlo por encima de los pantalones y me estremecí de frustración.

—Te necesito, Xander. Ahora.

—Ponte a cuatro patas —gruñó y me puse a gatas en el suelo enmoquetado—. Te la voy a meter hasta el fondo.

Permanecí arrodillada, tal y como él quería, temblando de excitación al notar el roce de sus pantalones en las nalgas.

—Espera —me dijo.

La fuerza de su embestida me pilló del todo desprevenida y, antes de que pudiera reaccionar, noté su verga dura clavada hasta el fondo.

—Oh, sí, Xander. Así. Dame con fuerza.

Nada de tonterías. Quería sexo desenfrenado, duro, animal. Deseaba que me hiciera suya, que me poseyera y reclamara su poder sobre mí.

—Tampoco iba a dejarte decidir —gruñó—. Lo necesitaba.

Me agarró de las caderas y empezó a marcar un ritmo implacable con sus embestidas. Me la metía hasta el fondo, la sacaba entera y volvía a clavármela hasta la base.

El único sonido que se oía era el de nuestros jadeos, el entrechocar de sus caderas contra las mías y los gemidos de satisfacción de ambos a medida que nos aproximábamos al éxtasis.

—Esta vez no aguantaré mucho, tienes que llegar al final ya —gimió y deslizó una mano desde la cadera hasta el punto donde se unían nuestros cuerpos.

Cuando noté la incursión de su dedo hasta mi clítoris, estuve a punto de perder el mundo de vista. La excitación era tan grande que apenas podía resistirlo.

Por suerte, Xander me tapó la boca con una mano cuando estaba a punto de gritar, preocupado de que el chófer pudiera pensar que me estaba matando.

El orgasmo llegó como un torrente al tiempo que exprimía toda la esencia de Xander.

Ambos nos desplomamos entre gemidos y jadeos. Xander me dio un dulce beso en la sien y me ayudó a levantarme y a recomponerme el vestido.

—Lo siento, pero podrás volver a ponerte las braguitas, que están en mi bolsillo —dijo sin un ápice de remordimiento.

Me alisé la falda y no pude reprimir la sonrisa.

—Menos mal que no me veo. Seguro que tengo cara de haberlo hecho en el asiento trasero de una limusina.

Cuando nos detuvimos, me di cuenta de que apenas nos había sobrado tiempo.

—Espero que haya disfrutado del trayecto, señor Sinclair —dijo el chófer con voz nasal.

Xander me tendió la mano.

—Ha sido muy agradable. Gracias.

—Señorita. —El hombre me saludó con un gesto de la cabeza mientras yo salía del vehículo con las piernas temblorosas.

—Ha sido un trayecto muy agradable… y estimulante —afirmé, mordiéndome los labios para reprimir la risa.

Xander le dio una buena propina y me tomó la mano. Y así, con una sonrisa de oreja a oreja, nos dirigimos al ático, en un estado de éxtasis y ajenos a todo lo que nos rodeaba.

# CAPÍTULO 31

## SAMANTHA

—No es necesario que lo hagas, Xander. Ya te has demostrado de sobra que puedes volver a la música —afirmé, algo atemorizada, entre bastidores, detrás del escenario que habían montado en los terrenos de la feria.

¿Acaso lo había presionado demasiado para que volviera a actuar, cuando lo único que yo quería era que recuperase su creatividad?

Las dudas me asaltaron mientras escuchaba la melodía ensordecedora de los teloneros de Xander. Quizá no había hecho lo correcto.

Era el fin de semana del Día del Trabajador y se había reunido un público considerable, teniendo en cuenta que Amesport no dejaba de ser una población pequeña. El concierto y la feria habían atraído a un gran número de visitantes.

Por no hablar del hecho de que se había corrido el rumor de que Xander Sinclair iba a interpretar unos cuantos temas por primera vez desde hacía años.

Yo no acababa de saber cómo se había filtrado la noticia. En un principio la actuación debía ser algo espontáneo, sin embargo durante la última semana habían empezado a circular todo tipo de especulaciones y era obvio que los fans esperaban ansiosos su actuación. Estaba segura de que nadie de la familia había revelado el secreto, así que debía de haber sido alguno de los organizadores que sabían de su posible asistencia.

Lancé un suspiro de alivio al oír que los teloneros acababan la actuación.

—No te preocupes —me dijo Xander mientras se ajustaba la correa de la guitarra—. He tocado ante un público más numeroso que el que se ha reunido hoy aquí.

Lo miré, pero no logré adivinar su estado de ánimo. Se había mostrado muy tranquilo casi todo el día, pero yo lo había atribuido a lo mucho que se concentraba en el estudio mientras ensayaba para la gran noche.

Sin embargo, en ese momento me asaltaban todas clase de dudas y empezaba a pensar que quizá yo estaba más nerviosa que él.

Había olvidado el ruido de este tipo de conciertos.

No esperaba que se reuniera tanta gente en un recinto tan pequeño.

—Lo sé, pero tú no elegiste nada de esto —dije en voz alta para que me oyera a pesar del griterío—. Fui yo.

Me sonrió.

—Estoy bien, Samantha. Y lo estaré mientras pueda verte en el público. Así pensaré que estoy cantando para ti.

Se me hizo un nudo en la garganta.

—¿Estás seguro?

Asintió y se inclinó para besarme en la frente.

—Estoy empezando a acostumbrarme al ruido y a las multitudes. Cuanto más salgo, menos me agobia.

Le agarré la cara con ambas manos y le besé en la boca.

—Bueno, tengo que irme. El público se impacienta.

Xander salió al escenario mientras yo bajaba los escalones de madera para llegar cuanto antes a mi asiento. Y entonces tropecé.

«¡Maldita sea!», pensé cuando caí al suelo. Me quedé aturdida durante unos instantes, ya que había caído de espaldas y me había quedado sin aire.

Intenté respirar hondo una vez. Dos. Cuando por fin pude incorporarme, vi que Xander salía al escenario, recibido por el griterío atronador del público.

Y en ese momento lanzaron los fuegos artificiales.

¡Bum! ¡Bum! ¡Bum!

Me di cuenta de que habían estallado tan cerca porque formaban parte de la presentación de Xander. Y me habrían parecido preciosos... si el pánico no se hubiera apoderado de mí porque aquel ruido se parecía demasiado al de unos disparos de arma de fuego.

Me acerqué corriendo a las primeras filas, sin apartar los ojos de Xander, que parecía sumido en un mar de dudas.

No paraba de mirar alrededor, buscándome.

Cuando por fin me senté en una de las sillas plegables de primera fila, advertí que no estábamos lo bastante cerca.

La primera fila, reservada para la familia de Xander, estaba tan lejos del escenario que los focos no llegaban a iluminarnos.

—No puede vernos —le dije muy nerviosa a Kristin, que estaba sentada a mi lado—. Y estaba bien hasta que han lanzado los malditos fuegos artificiales.

No soportaba ver el esfuerzo sobrehumano que estaba haciendo Xander para recuperar la calma. Había librado una batalla muy larga y sin tregua, y no estaba dispuesta a permitir que fracasara por culpa de un hecho inesperado.

Me levanté como un resorte y rompí la cinta de seguridad que separaba al público del escenario. Cuando me situé dentro de la zona que iluminaban los focos, me quedé en la hierba, agitando los brazos para que me viera Xander, que seguía atenazado por el miedo, desde el escenario.

—Mírame, Xander. Solo a mí. No te dejes arrastrar al pasado. Vuelve aquí conmigo —susurré.

Cuando por fin me descubrió, no separé los ojos de él ni un segundo.

La familia de Xander se acercó hasta donde yo me encontraba como una marea de cuerpos. Poco a poco, sus hermanos y primos, y las mujeres de todos ellos, formaron un mar de rostros conocidos que él podía ver cuando observaba a la multitud. Al igual que yo, pudieron sortear sin problemas las barreras para apoyar a Xander, que tanto había luchado para llegar a aquel día.

—Todo irá bien —me dijo Kristin al oído—. Ya no habrá más fuegos artificiales y ahora puede ver que hemos venido todos para apoyarlo.

Xander me saludó con un leve gesto de la cabeza para que supiera que se encontraba bien y empezó el concierto con la canción que había compuesto para mí.

Poco a poco me fui relajando, embelesada por su música. Los músicos de su antiguo grupo estaban ocupados con otros proyectos, pero Xander había contratado a gente de la zona y su actuación fue mágica. Al menos para mí.

De pronto rompí a llorar, incapaz de contener el torrente de lágrimas. Y cuando miré a mi alrededor, vi que ninguna de las chicas había podido contener sus emociones. Todas lloraban como yo.

Xander se había recuperado casi por completo, aunque probablemente siempre le quedaría alguna secuela de su traumático pasado. Pero tenía razón. Cuanto más se expusiera ante el mundo, mayor sería el dominio que tendría de sus emociones. Al mirarlo, solo veía a un hombre al que amaba con locura, que había tocado fondo, pero que, con un gran esfuerzo, había logrado sobreponerse.

Lo amaba por su gran fuerza.

Lo amaba por su gran corazón.

Y aunque era algo más escéptico que en el pasado, tenía todo el derecho del mundo a ser así.

En ocasiones la vida era una mierda y había gente que tenía más mala suerte que la mayoría. Pero en otras ocasiones, como en esa, resultaba muchísimo más dulce por todo lo sufrido en el pasado.

Cuando sonó la última nota y el público estalló en un rugido unánime, Kristin se volvió hacia mí. Tenía la cara enrojecida e hinchada de tanto llorar.

—Ha sido maravilloso. Xander ha estado fantástico. Gracias a ti, Sam. Creo que nunca podrás comprender cabalmente lo importante que ha sido para Julian y Micah recuperar a su hermano.

Entonces me abrazó y, sorprendida, la abracé también.

—Esto no es mérito mío, sino suyo —le dije al oído—. Es mucho más fuerte de lo que cree. Siempre lo ha sido.

Me lanzó una débil sonrisa, asintió y se volvió para estrechar a su marido.

Micah y Julian se dirigieron al escenario, pero yo preferí quedarme donde estaba para que los hermanos tuvieran tiempo de hablar. Xander merecía disfrutar de ese momento especial con ellos y recibir todos los ánimos que sabía que podían infundirle.

Esperé a que la gente empezara a desfilar para disfrutar de la feria del Día del Trabajador y me quedé hablando con las mujeres Sinclair mientras los primos Hope y Jason felicitaban al artista por su actuación.

—¿Crees que volverá a cantar? —me preguntó Kristin con un tono de voz normal ahora que la mayoría de los espectadores se había ido.

Me encogí de hombros.

—No lo sé. Me dijo que se había cansado de las giras constantes, de modo que no sé qué planes tiene. Mencionó la posibilidad de crear su propio sello discográfico, pero aún no ha hecho nada. En cualquier caso, es innegable que la música es un elemento muy importante de su vida. Sé que no la dejará de lado.

—Queremos que se quede en Amesport —dijo Tessa.

—Y esperamos que tú también quieras quedarte —añadió Kristin.

No me apetecía explicarles el trato que habíamos hecho Xander y yo ni que, desde ese preciso instante, ignoraba si íbamos a separarnos o si teníamos alguna posibilidad de compartir el futuro.

—Ahora mismo no sé qué va a pasar —les dije con sinceridad.

—Te he observado durante todo el verano —afirmó Kristin—. No sé qué vida llevabas en Nueva York, pero lo que sí puedo decirte es que aquí encajarías a la perfección. Tu sitio está junto a Xander y en Amesport. En ningún momento he tenido la impresión de que echaras de menos el agobio y las luces de la gran ciudad. Y aunque así fuera, Xander podría llevarte donde quisieras.

—¿Intentáis convencerme? —pregunté, esbozando una sonrisa.

Kristin y Tessa asintieron con rotundidad.

—No es necesario —admití—. Amo a Xander. Quiero a su familia. Y me encanta Amesport. Pero debéis comprender que los hechos traumáticos que vivió en el pasado...

—Tú lo has ayudado a superarlos —me interrumpió Tessa—. Ahora lo único que importa es lo que sintáis el uno por el otro.

—Ya veremos —respondí vagamente sin querer entrar en más detalles—. ¿Por qué no vamos a ver a la superestrella?

Kristin y Tessa me siguieron y sabía que los demás no tardarían en acompañarnos. Estaban hablando en parejas o grupos.

A esas alturas aún me parecía increíble que la mayoría de los Sinclair se hubieran instalado en Amesport.

Subimos las escaleras, pero me detuve bruscamente al llegar al telón que nos separaba de los hombres, que estaban discutiendo.

—No pienso renovar el contrato o el acuerdo con Sam. No quiero eso. Era la mejor opción cuando me estaba recuperando y necesitaba su ayuda, pero ahora soy mucho más fuerte y no lo necesito. No quiero que esté atada a mí. Debe tener libertad de elección para decidir.

Era Xander, su voz, que llegó hasta mí y me golpeó en el vientre, dejándome sin aliento.

Noté que Kristin me agarraba suavemente el brazo, en un gesto de compasión.

—No pasa nada —susurré—. Sabía que podía ocurrir. Xander se encuentra mejor y, cuando la gente evoluciona, es normal que sus sentimientos también cambien.

«Ha vuelto a la normalidad. No me quiere ni me necesita. Yo era del todo consciente de que esto podía pasar. Lo sabía desde el principio. Pero nunca me imaginé que sería tan doloroso. Y que la posibilidad de que sucediera era tan real», pensé.

Me volví, bajé las escaleras a trompicones y hui corriendo.

No sabía adónde iba ni qué iba a hacer.

A decir verdad, poco importaba, porque me habían destrozado el corazón y sabía que nunca podría recomponerlo.

# Capítulo 32

## Xander

No pensaba volver a firmar ningún contrato o alcanzar ningún tipo de acuerdo con Samantha, excepto si se trataba de un certificado de matrimonio que nos uniera el resto de nuestras vidas.

Quería que Sam se quedara porque deseaba estar conmigo. Quería que tomara la decisión libremente, no por obligación.

Miré a Julian, furioso con él por haberse atrevido a sugerir que le pidiera a Sam que se quedara, aunque tuviera que contratarla. Mis primos habían subido al escenario, pero Micah, Julian y yo hablábamos aparte.

Mi hermano se encogió de hombros.

—Solo era una idea. Sé todo lo que ha hecho por ti y sé que quieres que se quede. Además, ella parece encantada de estar en Amesport.

Dirigí la mirada hacia el telón negro, al lugar donde se encontraban Tessa y Kristin. Al no oír de qué hablaban, seguí conversando con mis hermanos.

—Yo la amo, Julian. La amo tanto como tú quieres a tu mujer. ¿Crees que me haría feliz tenerla a mi lado como una simple empleada con un buen sueldo? ¿Crees que aceptaría semejante propuesta?

—Solo era una idea que se le ha ocurrido, Xander —terció Micah—. Una sugerencia impulsiva. Lo que pasa es que los dos queremos que sigas con Sam.

—Y yo quiero estar con ella. Quiero casarme con la dueña de ese precioso trasero y regalarle un anillo con un diamante tan grande que pueda verlo desde un kilómetro. Quiero saber que es mía. Quiero que se quede porque lo desea de verdad. Quiero que no se vaya jamás, pero porque siente lo mismo que yo. —Me faltaba el aire de la emoción—. La amo. Y quiero que sea mía, pero sin contratos, sin dinero de por medio, sin acuerdos. Sin condiciones.

Julian sonrió.

—Entonces, ¿vais a casaros? —preguntó, encantado, al parecer, ante tal posibilidad.

—No hemos hablado del tema —admití—. Aceptó quedarse hasta el Día del Trabajador y que yo demostrara que podía volver a subir a un escenario. Así que ahora no sé qué diablos va a ocurrir. Acordamos que no hablaríamos de ningún tema espinoso hasta después de la actuación. Ella quería ir paso a paso.

—Pues pregúntaselo —me soltó Micah—. Todos nos hemos dado cuenta de cómo os miráis. Es obvio que está enamorada de ti.

—Se preocupa por mí —puntualicé. A veces me costaba creer que Sam me quisiera de verdad—. Pero no sé si lo que siente ella se parece en algo al amor incondicional que siento yo. Solo hemos pasado juntos el verano. Y es verdad que yo tenía muchos problemas, pero Samantha también ha tenido que hacer frente a los suyos. Una parte de ella se sentía culpable de la muerte de papá y mamá porque su asesino era paciente suyo.

Micah y Julian asintieron.

—No sé si corresponde a mis sentimientos. Y la incertidumbre me tiene con el alma en vilo —proseguí.

—¿Crees que vale la pena sincerarte con ella a corazón abierto y arriesgarlo todo? —preguntó Micah.

Asentí.

—Ya lo creo. Por ella estaría dispuesto a correr cualquier riesgo.

—No diré que no me preocupa la situación —afirmó Julian—. No quiero que te derrumbes de nuevo si esto no sale bien. Pero entiendo cómo te sientes y en ocasiones hay que correr riesgos, porque por remota que sea la posibilidad es mucho mejor... que el triste hecho de seguir viviendo.

Observé a mi hermano, que agarró a su mujer de la cintura y la atrajo con fuerza hacia sí.

Sabía que tenía miedo de que volviera a caer en el alcohol y las drogas, pero yo estaba convencido de que no me pasaría. Me había dado cuenta de que me había comportado como un cobarde, pero había madurado y podía hacer frente a los errores.

—Siento mucho todo lo que habéis sufrido por mí —me disculpé. Necesitaba decirlo en voz alta y necesitaba que mis hermanos me oyeran.

Micah me tocó el hombro.

—Lo único que importa es que ahora estás aquí, con nosotros —afirmó con voz grave—. Haz lo que debas, Xander, nosotros te apoyaremos pase lo que pase.

Asentí.

—Debo encontrar a Samantha.

—Se ha ido —me dijo de pronto Tessa.

Me volví y la miré.

—¿Qué quieres decir?

—Está enamorada de ti. Yo quería oír lo que decías hasta el final, pero la verdad es que ella siente los mismos temores que tú. No le resulta nada fácil sincerarse, aunque imagino que eso ya lo sabes —añadió Kristin con su dulce voz.

—¿Se ha ido? —pregunté, nervioso y enfadado a partes iguales. Ese tipo de reacciones era más típico de mí que de ella—. Nos habíamos prometido mutuamente que no volveríamos a huir. Que nos enfrentaríamos juntos a todo.

—Se sintió muy dolida. No quiso quedarse a escucharte hasta el final y solo ha oído que le has dicho a Julian que no la querías a tu lado y que preferías que tuviera la libertad de decidir si se iba o no.

—No he dicho eso —me apresuré a decir—. Bueno, quizá sí, pero no en ese sentido.

—Lo sé, pero me temo que es lo único que ha oído. Debo admitir que, antes de escuchar el resto de tu conversación, pensé lo mismo que ella. No presagiaba nada bueno para una mujer que pensaba más con el corazón que con la cabeza. Y ha reaccionado de modo impulsivo, así que no me extraña que no haya querido quedarse ni un segundo más. Está convencida de que no deseas estar con ella.

—¡Mierda! —exclamé, repasando todo lo que había dicho—. Sabe que me importa mucho.

—Tú sabes que también le importas. Lo has admitido. ¿No te sirve de nada eso?

Pensé en lo que acababa de decirme Kristin.

—No. ¿Dónde diablos está ahora? Tenemos que aclarar todo esto de una vez por todas.

—No lo sé. Creo que se dirigía al bosque que hay junto al recinto de la feria, pero está muy oscuro y la he perdido de vista.

—¡¿Se ha ido sola al bosque?! —Estaba a punto de perder los nervios.

El bosque era una gran extensión tan oscura como boca de lobo.

—No puede haber ido muy lejos —afirmó Micah—. Esa zona está algo iluminada gracias a la luz de las atracciones y de la luna, pero la vegetación puede ser muy densa.

Atravesé el telón y bajé corriendo los escalones.

—Os llamaré cuando la haya encontrado —les grité a mis hermanos.

Nada de condicionales, nada de «si» la encontraba. Iba a dar con ella y no pensaba renunciar a su amor hasta que supiera exactamente lo que sentía.

Tal vez nunca podría recuperarme por completo de los traumas del pasado, pero lo único que quería ahora era enfrentarme al futuro con ella.

No quería seguir lamiéndome las heridas. Sam había pasado por una experiencia mucho más traumática que la mía y, si alguien tenía derecho a comportarse de forma neurótica, era ella.

Sin embargo, Sam era una mujer fuerte, estable y se había convertido en mi faro en la oscuridad cuando más falta me hacía.

La cuestión era que... ya no era preciso que siguiera interpretando ese papel.

Tan solo... la quería a ella.

Quería estar a su lado cuando me necesitara. Quería ser fuerte cuando se sintiera abrumada. Quería enseñarle el mundo que no había visto jamás.

¡Pero antes tenía que encontrarla!

Me abrí paso entre la multitud tan rápido como pude, sin hacer caso de todos los que gritaban mi nombre. Poco me importaba mi música en ese momento. Me daba igual lo que hubiera pasado con mi concierto.

Solo podía pensar en una persona: una mujer preciosa que llevaba un vestido de tirantes rosa y que se había convertido en la dueña eterna de mi corazón.

# Capítulo 33

## Samantha

Me senté en el suelo, en pleno bosque, sobre un colchón de hojas y acompañada por el murmullo de la feria a lo lejos.

No me importaban lo más mínimo los rasguños que me cubrían la piel. Había atravesado la densa vegetación con el único objetivo de alejarme de todo y de todos para llorar mis penas a solas.

Me hice un arañazo en la cara con la rama de un árbol y la golpeé con furia. Llevaba un buen rato llorando, pero aún sentía el dolor del puñal que me habían clavado en el corazón, un sufrimiento que no podía mitigar de ningún modo.

Intenté razonar, analizar la situación en la que me encontraba, pero todo me llevaba a la conclusión de que Xander no me quería. Me quedaba bloqueada ahí y no podía elaborar un plan sobre los pasos que iba a dar.

Estaba hundida en la miseria más absoluta y era incapaz de hilvanar pensamientos con un mínimo de racionalidad.

«¡Por Dios, soy una profesional de la salud mental! ¡Debería ser capaz de enfrentarme a este tipo de situaciones con más soltura!», pensé.

El problema era que no pensaba como psicóloga, sino que me enfrentaba a la situación como una mujer que se sentía abandonada.

Me sequé las lágrimas y me di cuenta de que no sabía exactamente dónde me encontraba. Estaba rodeada de árboles y no veía gran cosa, solo sombras.

Desde luego, podía seguir el lejano murmullo y las luces de la feria para encontrar el camino de vuelta, pero no quería. Lo único que me apetecía era quedarme donde estaba y regodearme en mi desgracia a solas.

Con el tiempo sería capaz de asimilar el terremoto de emociones y sentimientos que habían detonado en mi interior las palabras de rechazo de Xander.

Por desgracia, lo único que no tenía era tiempo. Debía asumir de una vez por todas que Xander no me quería y que deseaba que me fuera. No me quedaba otra elección.

Había decidido correr un riesgo y apostar fuerte. Y en ese momento me veía obligada a jugar la mano de cartas que me había repartido el destino.

Me sentía abrumada y consumida por la tristeza. Era una especie de duelo, pero por alguien que no había muerto. Estaba vivo, pero no quería que formara parte de su vida ni que compartiéramos nuestro camino. De modo que, en cierto sentido, era como si hubiera muerto. Era la destrucción de un sueño.

—¡Samantha! ¡Respóndeme de una vez, maldita sea!

Oí la voz de Xander a lo lejos, pero reaccioné haciéndome un ovillo. No quería que me viera en aquel estado tan lamentable. Si él deseaba ser libre, le concedería la libertad de buen grado. Bien sabía Dios que había vivido en una cárcel durante demasiados años.

Sin embargo, ahora ya no podía ayudarlo. No podía seguir a su lado sin venirme abajo.

Así que me quedé donde estaba, en posición fetal y oculta entre los árboles.

—¡Sam!

A medida que se acercaba, el corazón me latía con más y más fuerza.

—Por favor. Ahora no —susurré para mí.

—¡Samantha! —insistió. Estaba claro que no iba a rendirse fácilmente. Sabía que debía llamarlo para tranquilizarlo y decirle que estaba bien, pero por una vez pudo más mi egoísmo. Necesitaba tiempo e iba a tomarme todo el que hiciera falta hasta que creyera que podía enfrentarme a él de forma racional.

—Te quiero, Samantha. No me hagas esto. Por favor.

Su voz atormentada se abrió paso hasta mi maltrecho corazón y me lo hizo añicos.

Sin embargo, debía admitir que su tono traslucía un deje de angustia y, además, estaba ronco de tanto gritar.

Me tapé la cara con las manos.

—No puede amarme. Es imposible después de todo lo que ha dicho. Solo está preocupado porque he huido —murmuré—. Le importo, lo sé. Nunca ha querido hacerme daño.

De pronto las palabras que acababa de pronunciar, fruto del dolor que se había apoderado de mí, cobraron todo su significado al darme cuenta de lo mal que lo estaba pasando Xander por miedo a que me hubiera perdido o me hubiera hecho daño.

—¡Samantha! —gritó.

Parecía un animal herido, moribundo. Ya no pude soportarlo más. Estaba muy cerca de mí y todo indicaba que tarde o temprano acabaría encontrándome.

—Estoy aquí —le dije—. Estoy bien, pero vete y déjame a solas durante un rato.

Llegó junto a mí en un abrir y cerrar de ojos. Antes de que pudiera darme cuenta, apareció junto a los árboles que rodeaban mi pequeño escondite.

—¿Sam? No pienso dejarte sola. Jamás volveré a dejarte sola. ¿Dónde estás?

—Aquí —respondí, derrotada.

Se abrió paso entre la vegetación hasta el lugar donde me encontraba, que ya no me parecía muy cómodo. Quizá nunca lo había sido.

Se arrodilló y encendió la linterna de su teléfono.

—¿Qué te ha pasado?

Aparté los ojos de la luz.

—Tengo un par de rasguños, eso es todo.

—Y una mierda. Parece que te hayas enfrentado a un oso.

No dije nada. No encontraba las palabras.

Me levantó como si yo fuera una muñeca de trapo y me tomó en brazos.

—No sé lo que ha pasado, Samantha. Bueno, sé lo que crees haber oído, pero no has interpretado mis palabras en el sentido en que las he dicho.

Me puse muy tensa.

—Sé perfectamente lo que he oído y lo entiendo. Cuando acepté quedarme, era consciente de que asumía un riesgo. Sabía que estaba jugando con mi corazón y que podías rompérmelo. Pero lo superaré, tranquilo. Solo necesito un poco de tiempo.

A pesar de mis palabras, en ese instante solo deseaba disfrutar de su reconfortante abrazo. Incluso su aroma masculino me proporcionaba una sensación de seguridad y cariño. Me abrazaba como si no quisiera soltarme jamás.

—No, no tienes ni idea de lo que siento —me dijo sin apartar la boca de mi oído y mientras deslizaba las manos por mi espalda—. No quiero que te vayas. Y haré todo lo que pueda para evitarlo. Te quiero con locura, nunca imaginé que podría amar tanto a una mujer. Lo eres todo para mí y quiero casarme contigo. Necesito saber que eres mía. Quiero que lleves una alianza en el dedo y quizá un día me gustaría tener una niña contigo que sea igualita a su preciosa madre. Quiero pasar hasta el último día de mi vida contigo. Por favor. Dime que sientes lo mismo. Si no estamos juntos, mi vida carecerá de sentido.

—Pero antes has dicho...

—He dicho que no quería volver a firmar un contrato contigo. Ni llegar a un acuerdo. Lo que quiero es que elijas estar a mi lado y que no te vayas. Aunque tienes la libertad para elegir lo que deseas hacer, quiero que me elijas a mí. Deseo que estemos juntos, sin condiciones, el resto de nuestra vida. Solo oíste una parte de lo que quería decir. Te perdiste todo lo demás.

De repente la tensión que atenazaba mi cuerpo se diluyó y rompí a llorar abrazándolo con fuerza.

—Tenía miedo —balbuceé—. Tenía miedo de que no me quisieras como yo a ti.

—¿Y ahora ya estás convencida? —me preguntó al oído—. Porque yo no albergo la más mínima duda.

—Sí —respondí, y apoyé la cara en el hueco de su hombro—. Ya estoy convencida.

—Como vuelvas a darme un susto de estos, te juro que te daré una azotaina que no podrás sentarte durante varios días —gruñó—. He envejecido diez años de golpe, por el amor de Dios. ¿Cómo has podido dudar de mi amor?

Sabía que sus palabras eran una amenaza vacía. Xander nunca me habría hecho daño a propósito. Por muy asustado que estuviera, siempre había sabido que no era un hombre violento.

—Te quiero con locura, Xander. Eres toda mi vida —le susurré al oído—. Pero sé que la recuperación de ciertas experiencias suele ser un camino largo y tortuoso, y que los sentimientos de la víctima pueden cambiar. Lo que deseas y necesitas al principio puede volverse algo innecesario y superfluo al final.

—Tú también eres mi vida. Nunca he dudado y nunca dudaré —replicó con voz grave—. Prométeme que tú tampoco dudarás de mí.

—Te lo prometo.

Ahora que se lo había oído decir, jamás volvería a dudar de la verdad, un sentimiento que notaba en las suaves manos que intentaban calmarme y en la dulzura de su voz al declarar que me quería.

Permanecimos abrazados durante un rato que a nosotros nos pareció breve y fugaz, pero que debió de rondar la media hora, susurrándonos al oído lo mucho que nos amábamos y soñando con nuestro futuro común.

Hasta que oímos voces a lo lejos.

—Son Julian y Micah —dedujo Xander—. No les he avisado de que te había encontrado y deben de haber organizado una partida de rescate. Tenemos que salir de aquí.

—Ya estoy lista —afirmé con decisión.

La noche en que creía que me iban a partir el corazón había acabado del modo más feliz posible, reunida con el hombre que amaba y prometiéndonos amor eterno. Estaba más que preparada para abandonar mi triste escondite.

Xander se quitó la camiseta para cubrirme la cara y los brazos, y acto seguido avanzó conmigo en brazos entre los árboles. Antes de que me diera tiempo a quejarme, él ya había llegado a un claro.

—¿Te has hecho daño? —le pregunté cuando su linterna se apagó antes de que hubiera podido examinarlo.

—Cielo, eres mía y me quieres. Soy tan feliz que ni siquiera me he inmutado por un par de rasguños.

—¡Xander! ¡Samantha!

Oía la voz de Julian cada vez más cerca.

—Ponte la camiseta —insistí—. Y déjame en el suelo.

Me soltó, pero solo para pasarme la camiseta por la cabeza.

—Mete los brazos —insistió.

—Ni hablar. Quedarás desprotegido.

—Hazlo —gruñó—. Te has desgarrado el vestido y te prometo que iremos con más cuidado.

Introduje los brazos en la camiseta un poco a regañadientes, pero no podía negar que me encantaba sentirme envuelta por el aroma de Xander impregnado en la tela.

—¡La he encontrado! —gritó para que lo oyeran sus hermanos—. Sígueme para que pueda ir apartando las ramas —me dijo, y empezó a abrirse paso entre la vegetación.

Al cabo de poco aparecieron Julian y Micah, y se alegraron al comprobar que no nos había pasado nada.

Los tres unieron esfuerzos para sortear los obstáculos de la naturaleza y no tardamos en llegar de nuevo a la feria.

Xander le dio las gracias a sus hermanos, que ya estaban a punto de irse cuando los llamé:

—¡Esperad!

Micah y Julian se volvieron y me miraron expectantes. Vi la mirada de preocupación en su rostro y quise calmarlos de inmediato. Ninguno de los dos merecía seguir sufriendo.

Miré a Julian.

—En una ocasión te dije que no podía prometer nada, que solo había venido para cuidar de Xander e intentar hacerle compañía.

—Asintió, pero no dijo nada, así que continué—: Ahora puedo prometeros algo muy distinto. Os prometo que siempre amaré a Xander. Os prometo que no lo abandonaré hasta que exhale el último aliento de vida. Os prometo que nos cuidaremos mutuamente el resto de nuestras vidas. Lo quiero y él me quiere también. Nos tenemos el uno al otro, por los tiempos de los tiempos.

Cuando Xander me abrazó, Julian y Micah sonrieron de oreja a oreja.

—¡Menos mal! —exclamó Micah—. Bienvenida a nuestra alocada familia, Sam.

Me abalancé sobre ellos para abrazarlos y sentí una gran alegría por ambos, por lo mucho que habían sufrido por su hermano menor. Ahora por fin eran libres. Los tres.

—El viernes que viene cenamos en nuestra casa —insistió Julian con una sonrisa radiante—. Y trae pastel.

Micah enarcó una ceja.

—¿Pastel? No sabía que cocinaba.

—Estabas demasiado ocupado con Tessa —le recordó Julian.

—Sí, pero a Tessa y a mí nos encantan las tartas.

—Pues esta vez no os perdáis la cena en nuestra casa —gruñó Julian.

Micah sonrió.

—No nos la perderíamos por nada del mundo.

Ambos me guiñaron un ojo y se alejaron hablando del pastel de arándanos de Maine mientras yo me lanzaba a los brazos de Xander.

—Estás lleno de arañazos —dije compungida.

—Dices eso porque aún no te has visto en el espejo —replicó, y volvió a tomarme en volandas—. Vámonos a casa. Quiero curarte todas las heridas.

Se puso a girar y grité, presa de una alegría que no había sentido jamás.

Quizá porque nunca había querido a nadie como lo amaba a él. Ni de lejos.

Al final me soltó, pero creo que recorrí todo el trayecto hasta el coche levitando.

# Capítulo 34

## Samantha

—¡Caray! Pero ¿cómo te has hecho todo esto? —me preguntó Xander mientras me examinaba y acariciaba mi cuerpo desnudo, buscando los pequeños cortes y rasguños que se le hubieran podido pasar por alto.

Llevábamos media hora como mínimo en la ducha principal porque quería asegurarse de que ninguna de las heridas era grave. Y aunque podría haberle dicho que solo eran unos rasguños, disfrutaba de sus atenciones.

Tener a alguien a mi lado que se preocupara de mí tanto como lo hacía Xander era algo muy especial para una mujer como yo, que había pasado más de una década sola.

—Solo son arañazos —le aseguré. Por suerte la caldera funcionaba a la perfección, porque si nos hubiéramos quedado sin agua caliente nos habríamos congelado.

Desde que nos habíamos metido en la ducha, no había parado ni un segundo de limpiarme con jabón antibacteriano. Francamente, no entendía cómo era posible que no hubiera acabado el envase.

Necesitaba una nueva distracción. Con urgencia.

Le quité la botella casi vacía de las manos.

—Dame eso.

—Espera, creo que aún…

No tenía remedio, pero debía dejar de preocuparse si no quería volverme loca.

Me puse un buen montón de jabón en la mano y dejé la botella en el banco de la ducha.

Xander tenía la mayoría de rasguños en el pecho y la espalda, unas heridas que se había hecho al quitarse la camiseta para protegerme cuando intentábamos salir del bosque entre la vegetación.

Le enjaboné su musculosa espalda y lo obligué a darse la vuelta para limpiarle también el pecho.

Las cicatrices de las puñaladas se veían perfectamente y sentí una punzada de dolor, como me ocurría siempre que pensaba en todo lo que había pasado Xander. Sin embargo, hice un esfuerzo para dejar aquel pensamiento a un lado, porque también sabía que ambos estábamos a punto de iniciar una nueva vida juntos. Una vida sin espacio para los lamentos o el sentimiento de culpa.

Nuestro único objetivo era profesarnos amor mutuo.

El chorro de agua se deslizaba por su espalda mientras yo le acariciaba el pecho y fui bajando hasta sus abdominales. Tenía un cuerpo tan perfecto que me deleité siguiendo con los dedos el fino rastro de vello que empezaba en su ombligo hasta llegar a su miembro, en estado de máxima erección.

—Ahí no tengo ningún rasguño —me dijo con voz gutural.

—Ninguno —admití—, pero me gusta tocarte.

—Samantha… —me advirtió en un tono que me provocó un escalofrío de gusto.

—Te deseo, Xander. Aquí y ahora.

—Pero te has hecho daño…

—No tengo ninguna herida, solo algún que otro rasguño.

Deslizó un dedo hasta mi mentón para que levantara la mirada. Nuestros ojos se encontraron y supe que el amor y la adoración que vi eran un fiel reflejo de lo que sentía yo también. Me llevaría algo de tiempo acostumbrarme a esa expresión tan real y descarnada de sus sentimientos.

—No soporto ver tu precioso rostro magullado. Si me hubieras esperado, te habría dicho lo que sentía de verdad —dijo, mientras me acariciaba con el pulgar la comisura de los labios.

—Tenía miedo. A veces te quiero tanto que me aterra —confesé—, y cuando pensé que tú no sentías lo mismo por mí, me derrumbé.

—Si por algo se ha caracterizado siempre nuestra relación, Sam, es por ser muy real e intensa. Bueno, salvo la primera vez que lo hicimos, cuando me comporté como un imbécil —gruñó.

—Yo tampoco estaba preparada para entregarme —confesé. No quería que asumiera toda la culpa de nuestro primer encuentro sexual.

—¿Cómo es posible que me ames a pesar de todo, Sam? ¿Cómo? Soy un alcohólico y exdrogadicto. He hecho daño a mi familia y amigos, y hay pocas cosas de las que pueda sentirme orgulloso. ¿Y tú? Amarte es lo más fácil del mundo. Te has dejado la piel para convertir tus sueños en realidad. Has sabido honrar la memoria de tu familia. Eres joven y guapa. No sé si me entiendes…

—Yo solo conozco al Xander de ahora, no al del pasado.

—Pero si ni siquiera me porté bien contigo cuando nos conocimos.

Lo abracé del cuello.

—Cuando te miro, veo a un hombre que se ha enfrentado al dolor de una tragedia y ha logrado imponerse tras una dura batalla. Me vuelve loca el hombre que se desvive por hacerme feliz en una cita. Me vuelve loca tu creatividad y tu perseverancia para no rendirte jamás. Me vuelve loca tu consideración y tu determinación. Qué diablos, me vuelve loca hasta tu terquedad… bueno, solo a veces.

—Haré que te sientas orgullosa de mí —me prometió, y me derretí al ver su mirada fervorosa de ojos oscuros.

—No lo entiendes. Ya me siento muy orgullosa.

—Estás loca —murmuró con una sonrisa.

—Mira quién habla —repliqué y me puse de puntillas para besarlo.

Xander me agarró con fuerza y agachó la cabeza para devolverme el beso. Cerré los ojos y me dejé llevar por la intimidad de aquel beso, incapaz de reprimir un gemido cuando su lengua se abrió paso entre mis labios para unirse a la mía.

Empapados en agua, iniciamos una sensual danza lúbrica, piel con piel, gracias al jabón que aún cubría nuestros cuerpos. Sentía el deseo irrefrenable de estar cerca de él y no separarnos jamás.

Cuando apartó sus labios de los míos, lo agarré del pelo mojado.

—Samantha —gruñó.

—Hazme tuya, Xander. Te necesito —supliqué e incliné la cabeza hacia atrás cuando empezó a besarme la sensible piel del cuello y los hombros.

—Quiero ir despacio, disfrutar del momento. Hasta hace poco tenía pánico de que no quisieras estar conmigo.

—Eso nunca —le aseguré con rotundidad—. Te quiero demasiado.

—Qué suerte la mía —gruñó, recorriendo con las manos mi cuerpo enjabonado.

Yo deslicé las mías por su espalda, hasta llegar a las firmes nalgas, y le clavé los dedos.

—Podemos dejar la calma para el segundo asalto. Te necesito ahora.

Entonces me apartó y me obligó a darme la vuelta para ponerme de espaldas a él. Apoyé la cabeza en su hombro y le rodeé el cuello con los brazos mientras él me manoseaba los pechos y excitaba los pezones con habilidad.

—Esto es lo que se siente al ser feliz —me susurró al oído—. La felicidad era esto.

—Sí —gemí.

—Te quiero, Samantha. No entiendo por qué me quieres tú, pero no voy a darle más vueltas al asunto. Eres mía y estás atrapada.

Abrí la boca para responder, pero cuando noté que sus dedos se abrían paso entre mi sexo húmedo, me quedé en blanco y solo pude pensar en el dios que tenía detrás de mí.

—Xander —gemí sin aliento.

Me levantó una pierna para que la apoyara en el banco y poder acceder más fácilmente al objeto de su deseo. Yo me había convertido en una fuente inagotable de lujuria cuando sus dedos se abrieron paso dentro de mí.

Me acarició.

Me tocó.

Me masturbó hasta que ya casi no pude aguantarlo más.

Lo agarré del pelo con fuerza y arqueé la espalda para notar el roce de su erección descomunal.

—Basta ya —supliqué.

—Pues solo podemos hacer una cosa —murmuró al tiempo que me inclinaba hacia delante y apoyaba mis manos en el banco de la ducha.

Guiada por mi instinto, apoyé los pies con firmeza, me abrí de piernas y me preparé para lo que sabía que iba a pasar.

—Ahora —exigí, provocándolo y restregando las nalgas contra él.

Agaché la cabeza y mi pelo húmedo formó una cortina en torno a mi rostro, momento que Xander aprovechó para agarrarme de las caderas y metérmela desde detrás. Fue una embestida profunda y los músculos de mi conducto hicieron un auténtico esfuerzo para alojar su miembro.

Xander gimió y esta vez fui yo quien realizó una hábil acometida con las caderas para sentirla hasta el fondo.

Estaba excitadísima, pero la sensación de placer que me embargó al sentirlo dentro de mí ayudó a aliviar la tensión que había acumulado en los preliminares.

—Sí —murmuré y sentí un escalofrío de placer cuando él se retiró para volver a metérmela sin piedad.

Nos acoplamos en una danza tan antigua como el origen de los tiempos, en la que ambos compartíamos un único objetivo.

Yo necesitaba más, pero no sabía exactamente lo que me esperaba hasta que Xander me agarró de los brazos, me dio la vuelta y me sujetó contra los azulejos de la ducha.

—Rodéame con las piernas.

Obedecí de inmediato: entrelacé las piernas en torno a su cintura, y alcancé algo muy parecido al éxtasis cuando nuestros cuerpos se reunieron.

Era eso lo que necesitaba.

Quería sentirlo entero.

Me embistió con el alma e intenté aguantar como buenamente pude a medida que aumentaba la excitación con cada acometida. Xander me sujetaba de las nalgas y me clavaba las uñas siguiendo el ritmo frenético y primitivo de sus caderas.

Apreté las piernas con cada una de sus arremetidas, pero acabé profiriendo un grito de indefensión cuando ya no pude aguantar más, arrastrada por el tsunami de un orgasmo estremecedor. Apoyé la cabeza en su cuello mientras mi cuerpo se entregaba a la oleada de placer.

—¡Dios, Sam, te quiero con locura! —gritó Xander cuando llegó al orgasmo, y mis músculos vaginales apuraron hasta la última gota de su cálida esencia.

Mi cuerpo se relajó por fin e intenté recuperar el aliento.

Como siempre, la intensidad de las emociones que me habían sobrevenido me dejaron agotada.

Permanecimos abrazados en aquella postura unos minutos más, hasta que Xander se apartó y pude apoyar de nuevo los pies en el suelo.

Nos enjuagamos y, cuando salí de la cálida ducha, él me rodeó con una toalla grande y suave.

Primero me secó a mí y luego él mismo. Me sentía sin fuerza en las piernas, pero tampoco importó porque Xander me tomó en brazos y me llevó a la cama.

Me pesaban los párpados y me acurruqué junto a él, protegida por su abrazo protector.

Una vez saciadas mis ansias de lujuria, permanecí inmóvil junto a mi amado, porque sabía que ese y solo ese era el lugar donde quería estar.

Había iniciado el viaje sin saber si hallaría la paz, pero había encontrado mucho más.

Recordé las palabras de Xander, que perduraron en mi memoria mientras conciliaba el sueño: «La felicidad era esto».

Ahora entendía a qué se refería. La felicidad era justamente eso, y estaba convencida de que nos gustaba tanto a los dos, que estaríamos juntos el resto de nuestra vida.

# EPÍLOGO

*El verano siguiente...*

Me detuve a cierta distancia para observar a Xander, que estaba levantando en brazos a la hija de su prima, con gran cuidado, pero con la experiencia que había ganado en los últimos meses, en contacto constante con bebés.

Habíamos elegido un día fabuloso para celebrar un pícnic familiar. Era increíble el gran número de Sinclair que se había reunido en el césped del parque.

Todos habían aceptado la invitación y yo no cabía en mí de gozo al ver reunidos a todos los miembros del clan.

Xander había demostrado que tenía mucha mano para calmar a los bebés que no paraban de llorar, lo cual era una suerte, ya que todos sus primos tenían al menos un hijo y Sarah acababa de anunciar que estaba embarazada del segundo.

Lancé un suspiro de satisfacción mientras sacaba la comida de la nevera y ayudé a Kristin y a Tessa a preparar las mesas. Ambas se manejaban aún con cierta agilidad, teniendo en cuenta que llevaban varios meses de embarazo a cuestas y que iban a dar a luz con solo un mes de diferencia, a finales de septiembre y de octubre respectivamente.

—¿Se lo vas a decir? —preguntó Tessa con curiosidad mientras sacaba los sándwiches de langosta que había preparado en el restaurante.

Yo tenía un secreto, pero aún no se lo había contado a Xander. Me mordí el labio inferior hecha un manojo de nervios y dejé las patatas en la mesa.

—No creo que hoy sea un buen día —respondí—. Todo el mundo está muy feliz y no sé cómo reaccionará.

—Se pondrá loco de alegría, ya verás —me aseguró.

—Nunca hemos hablado de tener hijos y ni siquiera llevamos un año juntos —le dije.

Debía admitir que mi marido no había tardado nada en ponerme una enorme, y seguramente carísima, alianza de matrimonio en el dedo. Nos habíamos casado justo antes de Halloween el año anterior y éramos más felices de lo que podría haber imaginado jamás.

Xander era un marido y un compañero maravilloso, siempre a mi lado cuando lo necesitaba. Aún iba a terapia, pero a medida que había ido solucionando cada uno de los problemas, también se había reducido la frecuencia de las visitas.

Francamente, a veces creía que estaba mejor que yo. Había cedido su estudio de grabación a un par de artistas y estaba en pleno proceso de sacar adelante su sello discográfico.

También actuaba de vez en cuando, pero en general se limitaba a dar conciertos benéficos para las organizaciones a las que siempre habían apoyado sus padres.

Por mi parte, yo había entregado el libro a mi editor y estaba muy nerviosa esperando la publicación mientras escribía la segunda parte.

Tessa me lanzó una sonrisa maliciosa.

—Seguro que no podrás esperar hasta vuestro aniversario. Se te empieza a notar.

Me llevé las manos al vientre en un gesto instintivo.

—Lo dudo —admití—. Xander aún no se ha dado cuenta, pero no tardará.

—¿De qué no me he dado cuenta? —preguntó el interesado con curiosidad a mi espalda.

—Uuups —dijo Tessa entre risas.

—Venga, dame a la niña, que tu mujer quiere hablar contigo —dijo Kristin, que se acercó a Xander y tomó en brazos a la hija de su primo Jared.

—¿Qué pasa? —me preguntó, algo nervioso.

—Nada, no pasa nada —aseguré, procurando tranquilizarlo, y lo agarré de la mano para que me acompañara a un lugar más tranquilo.

Me acaricié el colgante de la lágrima que Xander me había regalado el año anterior. Nunca me lo quitaba. Era una especie de talismán que me servía de consuelo.

—Venga, dímelo —insistió.

Lo observé y mi corazón empezó a latir con fuerza al ver su mirada de recelo.

—Sé que nunca hemos hablado del tema y no sé cómo ha pasado…

—¿Qué? Sea lo que sea, lo solucionaré —se apresuró a decir—. Pareces angustiada y no lo soporto.

Sus palabras me provocaron una sonrisa y lo miré con ternura. No tenía ni idea de la noticia que estaba a punto de darle, pero estaba dispuesto a enfrentarse a cualquier problema por mí.

—No puedes solucionarlo —repliqué para tomarle el pelo—. Más que nada, porque el causante has sido tú.

—Pues solucionaré lo que haya hecho mal —me prometió.

—Dios, Xander, no te imaginas cuánto te quiero —dije lanzando un suspiro. Era todo cariño y generosidad—. Estoy embarazada —le solté sin más.

Su rostro adoptó un gesto pensativo y de confusión.

—Te he dicho que estoy embarazada —repetí con algo más de convicción—. Tomaba precauciones, así que no entiendo cómo ha podido ocurrir. Pero ¿sabes eso que dicen de que ningún método anticonceptivo tiene una fiabilidad del cien por cien? Pues nosotros formamos parte de ese pequeño margen de error. Aunque a lo mejor es culpa mía, porque hubo un mes que me olvidé de la inyección por un virus que tuve y, cuando me acordé, por lo visto ya era demasiado tarde.

—Estabas enferma.

Me encogí de hombros.

—No me quedé embarazada cuando estaba enferma, pero tardé tanto en ponerme la inyección que volví a ovular. A veces pasa. ¿Estás disgustado?

Su gesto solo reflejaba incredulidad, de modo que no sabía cuál era su reacción. Siempre habíamos hablado de los niños como un plan de futuro a medio y largo plazo, así que no sabía qué opinaba del giro que iba a dar nuestra vida.

—¿Estás bien? —preguntó muy serio—. ¿Tienes náuseas? ¿El bebé tiene algún problema?

Le acaricié la mejilla y la mandíbula.

—Ambos estamos muy bien.

Entonces me agarró en volandas y dimos varias vueltas, aunque con suavidad.

—¡Pues no podría ser más feliz! —exclamó, y me dejó en el suelo.

Lo abracé del cuello de inmediato.

—Yo también soy muy feliz. A veces la vida nos cambia los planes que habíamos hecho, pero cada vez me gustan más las sorpresas que nos depara.

Xander sonrió.

—Quién te ha visto y quién te ve. Con lo que te gusta tenerlo todo controlado…

Le di un beso en la comisura de los labios.

—¿Cómo quieres que no me haga ilusión tener un hijo tuyo? Te quiero.

—Yo también te quiero, cielo —afirmó y me acarició el pelo—. Mientras tú y la niña estéis bien de salud, poco me importa cuándo tengamos hijos.

—¿Quieres una niña? —pregunté, emocionada.

Xander asintió.

—Quiero que sea como tú. Pienso malcriarla sin parar.

Estallé en carcajadas porque sabía que era verdad lo que decía. Daba igual que fuera niño o niña, seguro que nuestro hijo estaría muy mimado. Sus futuros primos ya habían demostrado que podían sonsacarle todo lo que quisieran a su tío Xander.

—A mí me da igual que sea niño o niña, estoy segura de que serás un padre fantástico —le aseguré, y Xander esbozó una sonrisa de felicidad.

—No me puedo creer que vaya a ser padre. Bastante suerte tuve al conocerte y lograr convencerte para que te casaras conmigo, pero esto sí que es un buen premio. Me muero de ganas de contárselo a Julian y Micah. Qué bien, ¡nuestros hijos se criarán juntos!

—¿Quieres que vayamos a decírselo ahora? —pregunté, radiante de felicidad.

—Sí, vamos —respondió sin pensárselo dos veces.

Debería haber imaginado que Xander estaría encantado. En el fondo, quizá ya lo sabía.

—Enseguida —dije, pero antes quería darle un beso.

Xander desprendía un aroma a jabón, muy masculino, y cuando nos besamos el corazón aún me daba un vuelco. Se tomó su tiempo, disfrutando del apasionado beso, pero cuando al final nos separamos, me miró y me dijo:

—Te quiero, Samantha —declaró, muy serio—. El día más afortunado de mi vida fue cuando llegaste a Amesport. Gracias por quererme. Me has cambiado la vida. Y me has cambiado a mí.

—Tú amor también me ha cambiado —le aseguré al borde de las lágrimas, conmovida por su dulce confesión.

Antes de llegar había creído que venía con la misión de ayudarlo, pero al final había resultado que él también me había salvado a mí. Tal vez era cierto que yo era una mujer de éxito, con mucha iniciativa, pero no era menos cierto que no había logrado dejar a un lado la sensación de que estaba sola en el mundo.

Xander y yo nos complementábamos de fábula. No había nada que lo justificara, pero había tomado la decisión de dejar de darle vueltas al asunto. Se había convertido en el dueño de mi alma y su familia era también la mía.

Por fin había encontrado un lugar en el que me sentía a gusto.

Al final Xander me soltó, pero tendió el brazo y le tomé la mano sin dudarlo.

—Vamos a darle la buena noticia a tu familia.

—Nuestra familia —me corrigió.

Asentí con los ojos empañados en lágrimas y lo seguí, soñando con el futuro que nos esperaba.

Nuestro amor.

Nuestra pasión.

Y nuestro bebé, que desde el día de su nacimiento iba a conocer a una familia que lo querría a más no poder.

Nuestros caminos se habían cruzado por culpa de un dolor inconmensurable, pero quizá por eso Xander y yo estábamos tan unidos ahora. Después de todo el dolor y la soledad que habíamos superado, habíamos aprendido a amar y confiar en el otro.

Antes de reunirnos con sus primos y hermanos Xander se detuvo y observó las mesas del pícnic.

—Mis padres se habrían sentido muy orgullosos —dijo con voz grave.

—Mi familia también —admití.

Ninguno de los dos habló con un deje de tristeza. Xander me rodeó la cintura y seguimos andando sin decir nada más.

Nunca nos olvidaríamos de la gente a la que echábamos de menos, pero habíamos aprendido a valorar a los seres queridos que teníamos con nosotros, y en esos momentos nos esperaba la tribu completa de los Sinclair para escuchar la buena nueva.

«El dolor nos hará más fuertes».

Por un momento me pareció que oía a mi madre susurrando esas palabras. Era uno de sus dichos favoritos y nunca me había parecido más acertado que en ese momento.

—Gracias, mamá —articulé en silencio. Una prueba más de que los seres queridos nunca nos abandonan del todo.

Xander y yo sonreíamos como dos bobos cuando llegamos a las mesas del pícnic.

Ambos estábamos preparados para seguir adelante con nuestras vidas y disfrutar de una felicidad que el pasado siempre nos había negado.

Xander me estrechó la mano.

—La felicidad es esto —dijo en voz baja.

Miré a mi alrededor y observé las mesas, todas ellas ocupadas por nuestros familiares. No podía estar más de acuerdo con esa frase que pronunciaba tan a menudo.

Xander y yo por fin habíamos encontrado la felicidad tras largos años de dolor. Pero sabíamos que había que luchar por ella.

—Esto es, sin duda —admití con un suspiro de satisfacción.

Tenía a Xander.

Tenía un bebé en camino.

Y tenía también una familia.

Cuando Xander comunicó la buena noticia los demás, no pude reprimir la sonrisa. Aún no entendía cómo había tenido tanta suerte de pasar a formar parte del clan Sinclair. Fuera o no una locura, eran míos, mi familia, y nunca iba a separarme de ellos.

# NOTA DE LA AUTORA

En Estados Unidos se consumen más opioides que en cualquier otro país y cada año los médicos los recetan a millones de pacientes para aliviar el dolor crónico o agudo. En la actualidad nos enfrentamos a una grave crisis de salud pública y no es algo que haya ocurrido de la noche a la mañana. En la década de 1980 y 1990 empezó a aumentar el número de recetas de estos medicamentos y hoy en día probablemente fallece más gente por sobredosis de opioides que por accidentes de tráfico, VIH o violencia de armas de fuego.

La heroína y el fentanilo son algunas de las sustancias más habituales que consumen las personas que sufren esta adicción cuando ya no consiguen que sus médicos les receten más medicamentos, de modo que no solo sufren dolor crónico, sino también síndrome de abstinencia.

En el momento de redacción de esta nota, se está tramitando una nueva legislación bipartita en el Capitolio para limitar la cantidad de opioides que se pueden recetar a los pacientes que sufren dolor agudo. Quizá no baste con ello, pero sería un buen inicio, una forma de admitir el problema subyacente responsable de un gran número de muertes por sobredosis.

Si crees que tú o un ser querido sufrís problemas de adicción de este tipo, pide ayuda a tu médico, en alguno de los recursos disponibles en internet, en líneas de atención telefónica o centros de rehabilitación, según donde vivas. La adicción a los opioides es una enfermedad cerebral crónica que provoca daños a largo plazo en las estructuras biológicas de este órgano. Se trata de un tema complejo, así que no tengas miedo de pedir ayuda.

Si no vives en la región del Medio Oeste o en la Costa Este quizá no hayas oído hablar de esta epidemia. Quizá tu vida no se haya visto afectada por ella. Sin embargo, me gustaría que conocieras este problema. Además, una mayor conciencia de lo que está ocurriendo sería un primer paso muy importante para lograr una solución permanente en todo el país.

XXX

Jan

# AGRADECIMIENTOS

Me gustaría expresar mi agradecimiento a mi editora, Maria Gomez, por el apoyo continuo que ha mostrado a los Sinclair. Asimismo, quiero darle las gracias también a todo el equipo de Montlake por el entusiasmo hacia esta serie.

Gracias a mi equipo de KA: Sandie, Natalie, Isa y Annette. ¿Qué haría sin vosotras? Sois maravillosas.

Un saludo muy especial para mi equipo de calle, las Gemas de Jan, por el gran esfuerzo que realizáis en el lanzamiento de cada nuevo volumen. Sabéis que sois las mejores, pero aun así os lo quiero decir.

Muchas gracias a mi marido, Sri. El último año y medio no ha sido nada fácil para mí, pero tú has podido con todo. Te quiero por tu apoyo y por encargarte de que nuestra vida siga adelante cuando yo tengo que escribir.

Y, en último lugar, gracias a mis lectoras. El apoyo que le habéis brindado a esta serie ha sido increíble y estoy muy agradecida por que me hayáis permitido seguir haciendo lo que más me gusta.

Made in the USA
Columbia, SC
11 August 2020